修订版

"小橘灯"
青春励志故事
（创业求实卷）

刘素梅◎主编

不用说教，念故事书就好。

中国华侨出版社

图书在版编目(CIP)数据

"小橘灯"青春励志故事·创业求实卷 / 刘素梅主编.—北京：中国华侨出版社，2012.8（2021.2重印）

ISBN 978-7-5113-2812-0

Ⅰ.①小… Ⅱ.①刘… Ⅲ.①故事–作品集–中国–当代 Ⅳ.①I247.8

中国版本图书馆CIP数据核字(2012)第195271号

"小橘灯"青春励志故事·创业求实卷

| 主　　编 / 刘素梅
| 责任编辑 / 严晓慧
| 责任校对 / 李江亭
| 经　　销 / 新华书店
| 开　　本 / 787×1092毫米　1/16开　印张/16　字数/220千字
| 印　　刷 / 三河市嵩川印刷有限公司
| 版　　次 / 2012年10月第1版　2021年2月第2次印刷
| 书　　号 / ISBN 978-7-5113-2812-0
| 定　　价 / 45.00元

中国华侨出版社　北京市朝阳区静安里26号通成达大厦3层　邮编：100028
法律顾问：陈鹰律师事务所
编辑部：(010)64443056　64443979
发行部：(010)64443051　传真：(010)64439708
网址：www.oveaschin.com
E-mail：oveaschin@sina.com

Preface 前言

什么是青春?青春是那悠扬的歌,青春是那醇香的酒,青春是那南飞的雁,青春是那根永不褪色的青藤……有人说"所谓青春,并不是人生的某个阶段,而是一种心态。卓越的创造力、坚强的意志、艳阳般的热情、毫不退缩的进取心以及舍弃安逸的冒险心。"

青年人在懵懂中成长,他们拥有风一般的灵动,火一般的热情;青年人崇拜英雄,追逐偶像,学习一切自己感兴趣的知识,而阅读无疑是最好的途径,那些拥有感人事迹的英雄模范无疑是青年人们最好的励志目标和学习的榜样。

于是《"小橘灯"青春励志故事》系列图书应运而生。

本书选取了古往今来的最有励志价值的人物,为他们做传,书写他们那或催人奋进,或感人至深的故事,力求将中国民族最传统的美德,最精粹的文化呈现在青年人的面前。要知道,一个国家、一个民族的领袖人物和英雄人物,是这个国家的历史标识和精神典范。这些青春励志人物,无不有着坚定的理想信念、高尚的道德情操和伟大的国际情怀。我们想要传承历史,弘扬民族精神,发生在这些人身上的真人真事正是最有说服力的励志经典。

他们中,既有中国伟人、革命英烈,也有国际友人、平民英雄。由于人物众多,我们将其分为爱国求是、科学求真、人文求善、艺术求美、创业求实五卷,分别讲述这些励志人物的经典故事。这些英雄模范人物、先进人物的事迹是引导青年树立正确的核心价值观,树立健康向上的生活态度、积极进取的人生观的最好素材。

爱国求是卷选取的是那些不畏强权,捍卫信仰的英雄人物。方志敏、叶挺、李大钊、秋瑾、文天祥……他们为了实现自己心中的正义与各种各样的反动势力做殊死的搏斗,他们中的很多人甚至不惜牺牲自己的生命。

科学求真卷选取的是那些为了国家和民族的发展而奋斗在科研战线上的科学家们。钱学森、茅以升、李四光、华罗庚、陈景润……他们为了追求科学与真理,造福国家与人民而努力拼搏,他们中的很多人为了祖国的强大放弃了外国优越的待遇和科研环境,甚至为了工作不顾自己的健康,他们虽不是烈士,却也同样伟大。

人文求善卷选取的是那些著书立说、泽及后世的文化名人,以及一心为民、乐于助人的道德模范。白芳礼、陈逢干、钱钟书、鲁迅、蔡元培……他们为了创造文化、启迪智慧,为了心中的信念,为了能让其他人过得更好而不惜牺牲自己,不惜奋斗终生,他们中的每一个,都是值得我们尊敬和学习的人。

艺术求美卷选取的是那些在艺术上取得卓越成就,为人民带来美的享受的艺术大师。常香玉、梁思成、郭沫若、梅兰芳、徐悲鸿……艺术是他们所从事的职业,美是他们毕生的追求,他们最大的成就,就是把美带到了世界的每一个角落,也带进了我们的心里。

创业求实卷选取的是那些立志为人类为国家创造财富的成功企业家和杰出的劳动者。任正非、袁隆平、王进喜、张謇……他们用自己的双手建设国家,让人民过上幸福美满的生活。

最后,希望那些热爱读书的青年人能够形成知荣辱、讲正气、守诚信、作奉献、促和谐的良好风尚,成为对国家和社会有益的人,这是本书编者最大的愿望。

CONTENTS 目 录

☆ 杨怀保　将孝道做成事业 …………………………………………… 1
　　　　——生活给了我太多的磨难，但我相信，
　　　　　　只要不轻言放弃，终会走出一片艳阳天。

☆ 刘强东　中国的零售业传奇 ………………………………………… 10
　　　　——我们的成本在下降，我们的客户满意度在提升。

☆ 马化腾　QQ帝国的主宰者 …………………………………………… 16
　　　　——在中国的土地上，每一天都诞生着商业奇迹。

☆ 李彦宏　互联网的"摆渡"者 ………………………………………… 21
　　　　——我是一个非常专注的人，一旦认定方向
　　　　　　就不会改变，直到把它做好。

☆ 史玉柱　一个大起大落的创业神话 …………………………………… 27
　　　　——努力耕好自己的田，别天天盯着别人的田。

☆ 李书福　中国的汽车大王 ……………………………………………… 36
　　　　——让低收入者开得起汽车。

☆ 俞敏洪　中国最富裕的教书匠 ………………………………………… 42
　　　　——我这辈子什么都可以离开，就是不可以离开讲台。

☆ 李　宁　从运动员到企业家 ·················· 49
　　　　——如果火炬接力的承办权落到外国公司的手里，
　　　　那将是12亿中国人的耻辱。

☆ 张　钢　将火锅店做成餐饮业帝国的人 ·········· 57
　　　　——有太阳的地方就有小肥羊。

☆ 张　茵　废纸堆里走出来的女富豪 ·············· 64
　　　　——我虽然居住在美国，但我的事业在中国。

☆ 许家印　地产界的领军人 ······················ 70
　　　　——质量塑品牌、诚信立伟业。

☆ 梁稳根　民营重工第一人 ······················ 77
　　　　——相对于国家的进步而言，企业自身利益的得失是微不足道的。

☆ 夏春亭　中国塔机大王 ························ 83
　　　　——成功时居安思危，创业路永不止步。

☆ 郭台铭　代工领域的成吉思汗 ·················· 89
　　　　——要做就做全球最大的企业！

☆ 陶华碧　10亿身家的"农村妇女" ················ 96
　　　　——帮一个人，就能感动一群人；关心一群人，就能感动整个集体。

☆ 柳传志　中国IT界的教父 ······················ 102
　　　　——小公司做事，大公司做人。

☆ 刘永行　希望集团创始人 ······················ 109
　　　　——一个努力为自己的使命奋斗的人，上帝都会为他让路。

☆ 任正非　商界的思想家 ························ 116
　　　　——世界上一切资源都可能枯竭，只有一种资源
　　　　可以生生不息，那就是文化。

☆ 曾宪梓　用领带征服世界 …………………………………… 123
　　　　——做生意是智慧的较量,是自己与自己斗争,自己考验自己。

☆ 袁隆平　把种地当做事业 ……………………………………… 129
　　　　——专注田畴,群生饱暖农夫志;杂交水稻,百世芳菲功德人。

☆ 钟南山　抗非事业的先行者 …………………………………… 135
　　　　——人不应该单纯生活在现实中,还应生活在理想中。

☆ 王　选　科学家与企业家的完美结合 ………………………… 145
　　　　——我的座右铭是:"多做好事,少做错事,不做坏事。

☆ 史来贺　一个属于中国农民的创富传奇 ……………………… 154
　　　　——事在人为,路在人走,业在人创。

☆ 王进喜　为了祖国的石油事业 ………………………………… 159
　　　　——有条件要上,没有条件创造条件也要上。

☆ 包玉刚　中国走出的世界船王 ………………………………… 167
　　　　——大富大贵不忘造福乡里,叱咤风云终究叶落归根。

☆ 范旭东　一个实业家的传奇 …………………………………… 175
　　　　——以能为社会服务为最大光荣。

☆ 李烛尘　一心报国的工商业家 ………………………………… 183
　　　　——神州无限伤心事,总觉崇洋是祸根。

☆ 卢作孚　一个时代的完人 ……………………………………… 190
　　　　——只有为人民服务的人最受人民欢迎。

☆ 张弼士　中国葡萄酒工业化生产的先驱 ……………………… 198
　　　　——美酒荣获金奖,飘香万国;怪杰赢得人心,流芳千古。

☆ 张　謇　中国唯一的状元实业家 ……………………………… 204
　　　　——天之生人,与草木无异,若留一二有用事业,

3

　　　　　　与草木同生,即不与草木同腐。

☆ **乔致庸** 一代儒商的代表 ················· 211
　　　　——人弃我取,薄利广销,维护信誉,不弄虚伪。

☆ **王　炽** 实至名归的一代钱王 ················ 217
　　　　——以利聚财,以义用财,乃为商人之典范。

☆ **雷履泰** 中国银行业的始祖 ················· 222
　　　　——任何事业的开创都需要有第一个敢于吃螃蟹的人。

☆ **李嘉诚** 香港商界的一个传奇 ················ 228
　　　　——不义而富且贵,于我如浮云。

☆ **霍英东** 愿意为祖国奉献一切 ················ 237
　　　　——四门大开,欢迎普通群众进来。

杨怀保

将孝道做成事业

——生活给了我太多的磨难,但我相信,
只要不轻言放弃,终会走出一片艳阳天。

姓　　名	杨怀保
籍　　贯	陕西省汉中市勉县
出生日期	1983 年
历史评价	首届中国大学生十大自强之星标兵,孝基金创始人。

一个感动全国的人物,一个用实际行动书写孝文化的年轻人,一个用自己的经历唤起时代记忆的青年。少年的不幸成就了他对人间的大爱,艰难的生活铸就了他对未来的决心。一个新时期优秀青年的代表,一个值得学的的榜样,他就是杨怀保。

贫苦的童年

1983 年 12 月的冬天特别的寒冷,陕西省勉县定军山镇的寨子坡村笼罩在一片冰冷之中。这是一个贫困县里的贫困村,多一个孩子,仅仅是多了一个将来的劳动力而已。

贫困,对任何一个家庭都是难以逾越的障碍,而杨怀保早已习惯了与贫困为伍。贫困的生活总是类似的,刚开始走路的他就要跟随母亲上山放牛,打猪草。

5岁的时候,大部分孩子都还生活在家人的种种呵护之中,而杨怀保却在放完牛、割完猪草以后,帮着家里做饭了。年幼的他,下巴只有灶台高,每次炒菜只能站立在一个小板凳上……

6岁,杨怀保开始了自己的小学生涯,刚上学的时候,他是被父母送到远房的亲戚家寄读。因为学校距离亲戚家很远,小小的杨怀保每天早上5点就要起床往学校赶。在上学的路上,用跋山涉水一点都不过分,每次上学都要走很长的山路,还要过四五条河。山区的河流水量很难预测,一场大雨过后,他往往只能对着宽阔的水面无能为力。有的时候,会遇见其他同学的父母在接送孩子,他们会顺便把小杨怀保背过河。然而好运总是可遇不可求,更多的时候,杨怀保只能选择绕道,而这就意味着他要多翻好几座山。

在寄读的日子里,怀保经常受到当地小孩子的欺负和捉弄,比如替其他孩子扫地,背书包,等等。每当这个时候,他就会想起来这里上学之前,妈妈给他说的话"我们送你到这来,就是让你在这好好读书,你要不怕吃苦,不管遇到什么困难都要坚持到底,我和你爸有空都过来看你……"此时的杨怀保,仅仅是个六七岁的孩子。

小学三年级,杨怀保8岁。这一年对于年幼的杨怀保来说有着特别的意义。弟弟的出生,让杨怀保感觉得到了生活的乐趣和自身的责任。为了维持家里的开销,父亲一直在外打工,家里只有妈妈和弟弟。此时8岁的杨怀保便是家里唯一的"男人"了。为了不耽误自己的学习,小小的杨怀保背着弟弟去上学。每次放学,杨怀保都早早回来做好饭,然后割猪草。在周末的时候便跟随妈妈下地干活,替身体不是很好的妈妈分担一些体力活。

忙碌,是杨怀保童年记忆里最常用的词汇。每天,他和妈妈总是有干不完的活,放牛,打猪草,做饭,锄地……当杨怀保看到妈妈头上的白发时,他心里萌发出一个信念,一定要让妈妈过得舒服一点,而最为实际的行动就是给妈妈买一件衣服。为了实现这个小小的心愿,杨怀保每个周末和晚上都到山上挖药材。可就在此时,母亲突然病倒了,杨怀保第一次用自行车大胆地载着妈妈去了医院。在妈妈病情稳定后,他又用剩下的钱给妈妈买了一双手套。看着妈妈戴着新手套开心的样子,杨怀保心里感到无比的骄傲和自豪。

不屈的中学生

小学六年转眼就过去了,怀保进入到了初中。在初中,杨怀保结识了很多好朋友,也认识到了很多优秀的学生。

从小艰辛的生活早已让杨怀保的内心产生了突破的欲望,他渴望着改变,甚至想过辍学去打工,但周围活生生的例子又让他看了没有文化和知识的悲哀。最终怀保下定决心:不管遇到什么困难,他一定要把书读下去,成绩是回报父母最好的礼物。

不幸总是无情的,在他上初二的时候,母亲需要在西安动大手术,这对于早就一贫如洗的家庭来说,无疑是晴天霹雳。为了妈妈的手术费,一家人东拼西凑,四处借钱贷款。一万多元的手术费用让这个原本已经贫穷的家庭雪上加霜。妈妈的病虽然通过手术治好了,但永远丧失了劳动能力。

12岁的怀保,在此时面临着一个看似难比登天的挑战:手术后的妈妈需要有人照顾,年幼的弟弟需要照顾,而他还要上学,更为重要的是:爸爸由于要去照顾妈妈,去了西安。家里还有即将收割的小麦,收完小麦还要种上大豆和玉米。当所有的事情都集中在了一起,集中在一个十多岁的孩子身上,而他要完成这个几乎不可能完成的任务。他想到了求助,求助那些平时和他家交往还不错的人,请人帮忙收种庄稼,付给他们工钱。就这样,年幼的怀保一边给雇来的人做饭，一边照顾着弟弟。从这件事里，他开始坚信了一个信念："不可能"这三个字已经不会出现在自己的人生中了。

虽然手术后的母亲丧失了劳动能力，虽然怀保要用周末的时间给家里干活，虽然生活条件比较艰苦，但经过自己的努力，在中考时他如愿考进了陕西省重点高中——勉县一中，并且他的成绩超出了录取分数线70分。

进入到了花季的高中生活，杨怀保的生活依旧没有想象中的那样美好。经历了人生坎坷的16年，在自己人生观形成期，他选择了坚持，坚持自己的人生道路，坚持通过读书来改变命运。在高一期终考试中，他以重点班第五名的成绩进入到了文科班。为了减轻家里的负担，他把自己的家庭情况汇报给了学校，在学校领导的关爱下，免除了他高中的学费。

如果一个人的成长是需要挫折来磨砺的话，那生活肯定是异常的"眷顾"这个孩子。怀保的父亲为了供应怀保和弟弟读书，也为了还掉母亲手术费所欠下的债务，他到一个建筑工地打起了临时工。不幸就像电视里说的那样，他的膝盖在一次事故中受了重伤。为了维护自己的权益，他四处奔波，但最终虽然打官司获得了胜利，但父亲也像母亲一样丧失了劳动能力，只能靠偶尔给别人做点零活挣钱补贴家用。

在家庭丧失了爸妈的收入后，杨怀保的生活更加艰难了。虽然学校已经免除了他的学费，但还有住宿费、书本费、生活费等其他必需的开支。在交过了住宿费和书本费后，他的兜里只有200块钱了。面对这种情况，他只能最大程度地降低自己的生活标准：早上一个馒头，喝一碗稀饭；中午是三个馒头和学校餐厅的免费一碗汤；晚上又是两个馒头和一碗稀饭。这种情形仿佛是路遥《平凡的世界》里的孙少平。

由于长期的营养不良，在高二的时候，怀保虚弱的身体也生了一场大病，此时的家庭，除了年幼的弟弟，都陷入到了病痛的折磨中，而此时的杨怀保几乎陷入到了绝望的边缘。但杨怀保想到了父母，他想要让自己的爸妈过上好日子的愿望,使他继续选择了坚持,选择了抗争。

在这样的状态下,怀保进入到了紧张的高三。高三的生活是枯燥的,也是压力很重的,除了学业上的压力外,杨怀保还有家庭给他带来的重担,虽然当时父亲的腿伤还没有完全好,但为了让他读高中,父亲还是执意找了一份打扫卫生的工作。为了节省开支,杨怀保和父亲租房住在一起。

经历过高三的人都知道,进入到了高三,仿佛已经拉开了枪炮的保险栓,在高考的战场上,脑力和体力都是一种极大考验。可是为了生计,怀保还是要和爸爸做农活,给县城里的人收割油菜和小麦,从早上5点多开始一直持续到次日深夜1点。

除了学习,杨怀保从没有放弃对自己素质的拓展,在中学的六年里,他担任班干部,并且积极参加数学、英语各种竞赛,还有征文比赛。他还获得了学雷锋标兵、优秀三好学生等荣誉。

十年磨一剑,高考就要到来了,在长期缺乏营养的情况下,又加上高考感到紧张,杨怀保感觉脑子一片空白,考试发挥得并不是很理想。在填报志愿的时候,他没有选择北大、人大这样的一流学校,而是选择了奖学金最高的湘潭大学。

小工、服务生、家教

在高考后的第四天,他就离开了家乡,为了自己上大学的学费,他开始了自己的暑期打工生涯。在西安,他花了三天的时间,找到了一家建筑工地。由于长期的学习和劳碌,在工地上差点被人当做是童工。杨怀保的第一份工作就是工地上的一名小工。白天,他推着独轮车从一楼到六楼,美丽的西安夜景早已经不是他能够欣赏的。

杨怀保在建筑工地干了20天左右的时候,一个好心的大哥怕累垮了他瘦弱的身躯,给他介绍了一份酒店服务员的工作。

高三毕业的暑假打工经历,给杨怀保带来的不仅仅是自己的劳动所得,更重要的是接触到了中国最底层的劳动人民,对生活有了更深的感悟和理解。

2003年9月13日,杨怀保一个人踏上了南下的列车。因为贫困,一家人只能把这位村子里的第一个本科生送到村头;因为贫困,家里只能给他变卖粮食凑齐的200元钱。

几经颠簸,他来到了大学校园,看到了庄严高耸的图书馆,感受到了大学校园的魅力。当激动的心情渐渐平息,一个困扰他18年的问题依然折磨着他,那就是贫困。带着打工和家里凑得1200元钱,他不仅交不上学费,甚至都不够住宿的费用。在万般无奈中,他想到了高中班主任,在班主任的支持帮助下,他向高中时期的好朋友借了1000元钱,让自己有了栖身之所。

在临近军训的时候,杨怀保的口袋里只剩下200元钱了。而家里的消息,让在美丽大学里就读的他感到了生活阴影比以往更加的沉重:妈妈病重,只能躺在家里;爸爸的腿伤后遗症复发,也没有钱去买药;自己弟弟体质也变得虚弱,学习成绩下滑得厉害……

在全家陷入到巨大危机的时候,这个年轻人决定为了自己,为了家庭做点什么来改变这个情况。刚进大学,涉世未深的杨怀保在校园里看到了一份招聘启事,满怀着对未来的憧憬,他却最终发现那是一个骗局。在奔流不息的湘江边上,想着被骗走的70元钱,杨怀保告诉自己,不能消沉下去。

在杨怀保的努力寻找中,他看到了学校勤工俭学部正在替一家槟榔公司招聘推销员的消息,每卖出一袋可以赚到2毛钱。就这样,杨怀保在推销槟榔中维持着自己的艰难生活。但槟榔的销售业是季节性的,杨怀保必须寻找其他的出路了。在老师的帮助和自己的努力下,杨怀保开始做起了兼职的家教。就这样,杨怀保在自己的努力中解决了自己的生活费问题。

2004年春节,在大学过完一个学期的杨怀保回到了朝思暮想的老家。

喜庆的春节并没有给这个贫困的家庭带来丝毫的喜气,整个家庭处于一种消沉和绝望的氛围之中。爸妈的身体越来越弱,有了病只能自己硬撑着。正在长身体的弟弟也变得十分瘦小。此时的杨怀保,心里已经做出了一个在大学时期就开始考虑的决定:把父亲、母亲和弟弟都接到湘潭去。宁愿自己多受点苦,受点累也不能再让年迈多病的父母受苦了。

一家人对这个近乎疯狂的计划表现出了一致的反对,一家人只想杨怀保能够好好上学,不愿成为他的累赘。可是,杨怀保脑子里想的就是一家人的身影。他给自己算了一笔账,如果自己大学四年毕业后,爸妈已经56岁了,等到自己找到稳定的工作,爸妈已经60岁的人。从农村里走出来的杨怀保清楚地知道60岁对于一个农村老人意味着什么,尤其是常年遭受病痛折磨的父母。

想到这种情形,杨怀保毅然决定:必须要把父母弟弟接过来。

而带着一家人上大学,最核心的问题就是给父亲找一份工作,解决父亲的忧虑。在不断地努力后,一位热心的阿姨帮助杨怀保的父亲在学校附近垃圾站找了一份工作。没有过多久,母亲和弟弟也来到了湘大。一家人终于团聚到了一起。弟弟读书的问题也在校领导的支持地得到了妥善的解决。这年的暑假,杨怀保像一个陀螺一样忙碌着,他一口气找了3份工作,白天骑上自行车,沿街推销口香糖,同时利用空隙兼职做某大学的招生工作;到了夜晚,他又去做家教。杨怀保每天清晨出门,一直要忙碌到晚上10点多。就这样,杨怀保挣到了5200元钱。

就这样,杨怀保通过自己的努力实现了自己的一个愿望,终于成功地把一家人安排到了身边。但挣到的钱在给弟弟交完学费和住宿费后已经所剩无几,面对此时的情况,杨怀保一边安慰父母,一边给自己加油。

经过老师和同学的帮助,杨怀保又找了几份家教,同时还应聘上了学校的学工处勤工助学管理中心市场拓展部部长。虽然这个职位一个月只有

185元的工资,但杨怀保做得很努力,做的也很用心。只有经历过贫困的人才能懂得贫困学生求学的艰辛。两年的时间,他为学生拓展勤工助学岗位约1000个,贫困生通过勤工俭学所得收入合计约15万元。这样的成绩让他得到了学校领导的高度好评。

在这样的生活中,杨怀保在奔波劳碌中承担和转换着各种角色。早上去菜市场买一家人的菜,安排柴米油盐,表现的像一个家庭主妇;走进大学课堂,他是一名不折不扣的大学生;晚上去给人做家教的时候,学生们说他是良师益友;在自己兼职的工作岗位中,他又是一个工作玩命的员工;回到家,他是父母的儿子,是弟弟的好哥哥,更是一家人的支柱和希望。

2006年9月,刚刚进入到大四的杨怀保成功应聘到了TCL公司。可当录用通知发来的时候,杨怀保陷入到了矛盾之中,此时的父亲刚刚把工作稳定下来,弟弟还在读初中,如果自己去工作的话,那就意味着一家人还要进行一次迁徙,而这,年迈的父母能够承受吗?

经过激烈的斗争,杨怀保决定自己不能离开湘潭,他要考取本校的研究生,只有给自己争取时间,才能让一家人有更好的未来。

孝道的力量

杨怀保在平时的接触中,开始关注到了留守儿童和留守老人。在查阅了相关资料后,杨怀保开始感觉到了自己身上的担子更重了。他想为这些人做些事情,于是就有了成立了孝基金的想法。

其实早在杨怀保上大学的时候,他已经开始了自己的创业生涯。每个寒暑假和周末,杨怀保利用自己做家教的经验,开办短期课外辅导班,最多的时候有近700名学生上课,一个假期就能赚几万元。除此之外,他和同学还开办过旅游公司,专门从事大学生旅游市场。由于价格低、服务好的优势,在业务好的时候一个人能挣到接近一万元。

从最开始卖一包槟榔到开办培训班以至于开展大学生旅游,杨怀保的心理也发生了巨大的变化,感觉到了中国尊老敬老的文化流失。于是,孝基金应运而生。在孝基金征集老人笑脸的过程中,杨怀保感受到了老年人对感情的渴望,也让杨怀保很受触动。

有人问杨怀保,有没有想过这个基金最好的结果和最坏的打算,杨怀保说,最好的结果就是把孝基金做成公益行业里一个有影响的品牌,能够实现基金的宗旨。最坏的结果无外乎拼尽全力后依然倒闭,但自己不会后悔。

孝道,对于杨怀保来说不仅仅是孝敬父母这个简单的问题。在他看来,一个人连自己的父母都不孝敬,那还能指望他承担工作岗位的职责吗?更谈不上对整个社会和民族的责任了。

2007年2月以来,杨怀保的事迹引起了全社会的广泛关注。在获得荣誉的同时,他更把这份荣誉化作实际的行动。他先后约为10万大学生带去了励志报告,为数千监狱里的犯人讲述真情。

2007年7月,杨怀保在长沙组织举办了国内首家"孝行天下"夏令营,把传播孝道,弘扬传统美德的种子在青少年中播撒。

"湖南省优秀共青团员"、"全国优秀共青团员"、"全国孝老爱亲道德模范"、"首届全国道德模范"等等的荣誉都成为了过去。杨怀保说自己的路还有很长,而他一直在奔跑的路上,孝道是他的事业,他的动力……

刘强东

中国的零售业传奇

——我们的成本在下降，
　　我们的客户满意度在提升。

姓　　名	刘强东
籍　　贯	江苏省宿迁市
出生日期	1974 年
历史评价	京东商城创始人。

他是最早一批在中关村的淘金者，一次偶然的事件改变了他的销售思路，也带来了一个全新的低价时代。他融资的力度让同行吃惊，他扩展的野心让外人赞叹，他的多渠道经营，他所追求的规模效益都开始显露出来。他就是电子商务时代的梦想家——刘强东。

闯荡中关村

1974 年，刘强东出生在江苏宿迁的一个普通的家庭里。1992 年，刘强东带着长辈期待考入了中国人民大学，按照他最初的想法，他想从这里走上仕途。但在大学的时候，他很快意识到自己似乎更适合做其他的事情。学社会学专业的他先用自学而成的软件编程技能挣得了第一桶金，而这一桶金是超过10万元。随后他又承包了学校附近的一家餐馆，最终的结果却是以失败告终。这次的失败，让曾经在校园里很富裕的刘强东在毕业的时候已经债台高筑了。为了还清债务，他在一家日资IT公司工作了两年。两年之后，债务还清了，刘强东也开始了自己新的追求。

1998年3月，刘强东从众人羡慕的外企辞职。怀揣着1200元钱到了中关村，开始了自己的创业生涯。在最初的一两个月里，刘强东没有买任何东西，他只是留心地观察周围的商贩和顾客。在经过仔细的观察之后，刘强东发现了"中关村的秘密"，也就是人们俗称的"炒货"。在大部分的摊位面前，老板好像什么都卖，自己的商品什么都有，但事实上一个摊位80%的货不是现货。

为什么刘强东有这样的判断呢？很简单，一般顾客去询问有没有譬如电脑、鼠标之类，店主一定说有。然后，店主派一个小伙子去拿货。这样一来，顾客自然而然的以为小伙子是去库房拿货去了。在没有明白玄机之前，刘强东也这么认为，但后来发现不是。那个小伙子十有八九去其他柜台找货去了，按照他们的行话，这叫"临时炒货"。

此时大家都在炒货，但精明的刘强东发现了其中的商机。因为在顾客等待商品的时候，一般情况下都要等10分钟左右，甚至更长。很多顾客在等待的时候就走了，这样店主就很可惜地流失了一个买主。为此，有没有一种办法可以解决让客户等上10分钟的难题呢？

方法是自然有的，也很简单，那就是给柜台提供现货。于是，刘强东去批发市场买几十款的刻录机，每种刻录机都在海龙找了24个柜台，每个柜台放上一个。免费给柜台放货，摊主自然很高兴，因为这样不用自己承担风险和成本。刘强东甚至专门找了一个人待在海龙大厦，保证任何一个柜台要刻录机，都是两分钟之内送到。"两分钟送到"是很多摊主无法抗拒的条件，但精明的刘强东也为此设立了一定的条件,他在给柜台留名片的时候,他向摊主交代得很清楚:你卖我的刻录机,价格可能比别人贵一块钱,但如果我2分钟送不到,我赔你10块钱。店主一般想都不想就会答应下来。

成功·困境·转型

就这样,1998年的6月,刘强东的"京东多媒体"公司,正式在中关村开业了。就凭借着出货速度的优势,越来越多的店铺开始跟他合作,他的议价能力也越来越强。此时的刘强东已经有了自己的想法:80%的商品都是我卖掉的,自己不可能还是和其他批发商一样的价格去拿货了。刘强东的自信是有原因的,在短短两年内,京东就成为全国最具影响力的光磁产品代理商。

到了年底算账的时候,刘强东惊讶地发现自己净赚了30多万元。随着自己与合作的柜台越来越多,到了2001年的时候,刘强东的公司销售额到了6000多万元,自己赚了1000多万元。但此时的刘强东开始寻找转型了。

之所以做出这样的决定,刘强东出于自己的考虑:尽管卖光磁产品让自己大赚,但利润却越来越薄。如此下去的话,自己的好日子终将不会持续太久。于是,刘强东开始学习国美的模式,但这种模式并没有给他带来巨大的利润增长。到了2004年前后,刘强东有了12家的店面,但自己只能赚到几百万元了。

事情在2003年发生了转折,"非典"的来临让刘强东有些不知所措。每天一睁眼,12家店面,光租金、员工工资和库存,就要赔掉几十万元。为此,刘强东整夜整夜地睡不着觉。在无奈之下,他开始泡论坛,发帖子。发的内容就是说自己是什么公司,卖的是什么产品,如果想购买,请汇款到××账号。这并不起作用,自己发出的帖子根本没人理会,因为绝大多数人都把他当成了骗子。

到了"非典"快要结束的时候,刘强东试探着把自己的帖子发到了国内当时光磁产品最大的论坛。

刘强东没有想到的是,在刘强东刚把帖子发上去的时候,立马就有人回复。回复的人,居然是这个论坛的创办人。这位创办人说了一句话,"京东我知道,这是唯一一个我在中关村买了3年光盘没有买到假货的公司。"就凭借着这句话,刘强东当天就达成了6笔交易。

尝到网络销售的"甜头"的刘强东开始对网上销售产生了浓厚的兴趣。也就是在那个时候,很多与他交流的网民开始说:要不你建立一家网上商城吧,这样一来我们买东西也方便了。

网民的提议给了刘强东很大的信心,在进行一番仔细的研究后,更加坚定了自己的想法。在看过2004年12个月的京东电子商务销售额的月度环比增长曲线时,刘强东感到了震撼:尽管网上业务几乎不赚钱,但订单月复合增长率达到26%,且以每年16倍的速度增长。

于是,凭借着6年积攒下来的2000万元,他毅然关掉为京东提供了95%利润的12家线下连锁店,专心做线上的商城店。这也就是如今京东商城的最初形态。到了2006年,尽管当时的京东还只卖IT产品,它的销售额就已经达到了8000万元。

问题是没钱

刘强东一直希望把自己的电子商城做大做强,而做到这一点,大量的资金是必不可少的。钱不是问题,问题是没钱。于是,刘强东开始自己四处找钱的生涯。

首先给京东投资的是安彩集团,但由于安彩自身经营出现了问题,安彩集团最终把钱收了回去。这下还没有尝到甜头的刘强东又不得不四处奔波寻求帮助。在2006年10月,刘强东结识了徐新。在经过一次长谈后,徐新和刘强东签署了投资协议——刘强东由此得到了1000万美元。这对于正处于资金困难阶段的刘强东来说无疑是一次雪中送炭的行为。

有了这1000万美元的投资,刘强东所做的第一件事就是扩张品种,由单纯的IT产品开始涉及数码产品、手机,等等。到了2007年,京东的销售额增至3.6亿元。短短的一年时间,增长了4.5倍,这是怎么样的发展速度。

随着大规模的扩张,刘强东又感觉钱不够用了,那就接着找钱吧。在徐新的引领下,今日资本和有雄牛资本以及著名投资银行家梁伯韬的私人公司,三方共投资2100万美元。

到了2010年年初,迅速发展的京东吸引了老虎基金等的资本高手。在京东的第三轮融资中,刘强东融资的金额达到了令人咋舌的15亿美元!

在公司业绩快速发展的过程中,刘强东一直在忙于扩充自己的规模,京东也一直处于亏损之中。但投资人依然相信,京东商城显然是最有可能成为另一个亚马逊的中国公司。在高峰时期,亚马逊的市值曾超过1000亿美元。

很多人对业绩好看却不实惠的京东产生了质疑:京东商城持续的亏损,到底是通往伟大企业过程中必经的阵痛,还是这本就是一条通往深渊的死亡之旅?

电子商务的帝国

在快速扩张的同时,物流已经成为京东发展的最大瓶颈。为了解决这个问题,刘强东开始广泛地建立自己的仓储中心。虽然现在的京东商城已经拥有超过20万平方米的仓储用地,但刘强东认为这远远不够,公司已经在北京、上海和成都分别购买了近千亩土地,以用于仓储的建设,其中上海的亚洲一号物流中心建成后,将可望成为亚洲最大的电子商务物流中心。

在刘强东的计划里,他希望自己的京东商城可以像亚马逊一样向其他电子商务公司出租物流服务。目前在京东商城近 7000 多名员工中,约 2/3 隶属于物流配送体系,这是一个流动的群体。为了增加这部分通常最具流动性的员工的归属感,他在大幅提高了其收入水平同时也提供了大量的基层管理职位。之所以这样做,是因为刘强东看到了物流对于自己的重要性。

梦想家兼实干家的刘强东依然很忙碌,这个被业界称为"价格屠夫"的男人正在用自己方式,自己的眼光打造着一个属于自己的电子商务帝国。

马化腾

QQ 帝国的主宰者

——在中国的土地上,每一天都诞生着商业奇迹。

姓　名	马化腾
籍　贯	广东省潮阳市
出生日期	1971 年 10 月 29 日
历史评价	创办腾讯并推出 QQ,腾讯集团创始人,2011 年福布斯中国富豪榜第 13 位。

在中国,几乎任何一个人只要打开电脑,进入到桌面系统,就会看到上面有一只很 Q 的小企鹅,当然,它还有一个更 Q 的名字——QQ。这只可爱的小企鹅缔造了一个庞大的虚拟帝国,当它在你的电脑屏幕右下角频繁闪动时,海角天涯近在咫尺之间。中国亿万的 QQ 玩家享受着小企鹅带来的便利,而它的缔造者正是马化腾。

不安分的软件工程师

马化腾出生在一个富裕的家庭。1984 年,13 岁的马化腾随父母来到深圳,来到了这个新兴的特区城市,这个使他一鸣惊人的地方。

1993年,马化腾从深圳大学计算机专业毕业,进入润迅公司做软件工程师,负责寻呼软件的开发。

当时的马化腾,对于互联网就已经有了比较深刻的了解,尽管那时互联网还没有在国内普及,可马化腾还是通过慧多网接触到了网络世界,并且为之着迷。

在润迅公司工作期间,马化腾除了为润讯做传呼软件的开发工作外,其他时间就没日没夜地趴在网上。不久,他冒险投了5万元,在家里装了4条电话线和8台电脑,承担起慧多网深圳站站长的角色。在网上,马化腾结识了很多朋友,例如网易的丁磊。后来,马化腾说,网易老总丁磊的成功启发了自己,只要努力去做,就没有什么做不成的事情。

通过在润迅的工作,马化腾悟出了一个道理:软件开发的真正价值和意义在于实用,而并非是写作者们的自娱自乐。在那个时候,大多数的软件工程师都将写软件当成一种互相攀比智力的方式,但是马化腾写软件却是为了让自己写出的东西被更多的人应用。这种实用软件的概念不仅培养了马化腾敏锐的软件市场感觉,而且让他也从中得到了实惠,比如说"股霸卡"。

当时已经升为润迅主管的马化腾看到炒股热的兴起,便与人合作开发出了股霸卡,这种股霸卡在赛格电子市场一直销售很好。这不但让他在圈内小有名气,也使他有了一定的原始资金积累。而面对日渐红火的股市,马化腾也没有袖手旁观。马化腾在1994年进入股市,他的经典之作是在一只股票上投入10万元之后,一直炒到了70万元,没多久,他的手中就有了近百万的资金。

马化腾的过人之处就在于,他没有小富即安。那个时候他的很多网络界朋友的新变化,也促使他开始重新审视自己。他无数次问自己:IT的机会这么多,我为何不能好好抓住呢?

险些卖掉了摇钱树

一个偶然的机会，马化腾在互联网上看到了一位以色列人发明的一种集寻呼、聊天、电子邮件于一身的软件 ICQ 基于 windows 系统的演示。这令马化腾为之着迷。马化腾开始思考，自己是不是能够写出一种能够在中国推广的类似于 ICQ——集寻呼、聊天、电子邮件于一身的软件。

为了实现这个想法，马化腾和大学同学张志东注册了一家公司——也就是现在大名鼎鼎的腾讯公司。公司成立后，马化腾召集深圳在电信、网络界工作多年，有着丰富业内经验的工程人才携手创业。

如何将寻呼与网络联系起来，对此马化腾有自己的想法。但是，是否要立即投入研发 ICQ，这当时在腾讯的内部也引起过不小的争议。最终，用马化腾的话来讲："对网络技术发展方向的认同感使大家求同存异，我们开始对 ICQ 技术倾注偏爱。"

功夫不负有心人，马化腾和他的团队成功的研发了基于互联网的网上中文 ICQ 服务——OICQ(后改名为 QQ)。腾讯开发出 QQ 之后，试着让用户免费使用，结果出人意料地火爆，10 个月用户上了 100 万，一年就上了 500 万户。可随着用户越多，贴进的钱就越多，因为人数增长就要不断扩充服务器，可当时一两千元的服务器托管费对公司而言都无法承受。为此，马化腾曾经到处去蹭用别人的服务器使用，最初时只是一台普通 PC 机，放到具有宽带条件的机房里面，然后将程序偷偷放到别家的服务器里面运行。

后来，马化腾觉得实在是养不起 QQ 了，就开始和 ICP(内容提供商)商谈卖掉 QQ 的事宜。在当时，QQ 只不过是腾讯的副产品，公司的主要业务是为深圳电信、深圳联通与一些寻呼台做项目。但是，最终都没有谈妥。最接近达成协议的一次就是和深圳电信数据局的谈判。深圳电信数据局的出价是 60

万元,但马化腾坚持100万,最终谈判搁浅。

QQ没卖出去,但是QQ用户的数量却持续暴增。马化腾只好到处去筹钱。银行、投资商,马化腾跑了个遍,但是始终没有找到投资。

QQ帝国

1999年是马化腾的重大转机。之前,好友丁磊在海外融资的成功给了马化腾巨大的启示:尽然在国内融不到资,何不到海外去找找机会呢?

为了寻找国外风险投资者,马化腾拿着改了6个版本、20多页的商业计划书四处奔波,最后找到了盈科数码动力有限公司和美国国际数据集团IDG。

盈科与IDG为腾讯注入了220万美元的资金,相应地分别得到了腾讯20%的股份。这笔资金可以说是救了马化腾和他的QQ一命,有了资金的注入,马化腾立即购进了20万兆的IBM服务器,到后来,QQ业务发展到2000万用户的时候,这笔钱还没有用完。

得到风险投资之后,有一个难题摆在了马化腾的面前,就是如何实现QQ的盈利。结果,马化腾从"移动梦网"的收费方式中得到了灵感。正所谓"他山之石,可以攻玉",马化腾与深圳联通公司合作,推出了"移动新生活"服务,首批推出10000张STK卡中,嵌入了"移动QQ"菜单。这样一来,QQ的亿级用户量开始产出效益。马化腾也在无线业务及其增值服务上面找到了一个良好的模式,实现了从虚拟世界走进现实世界,玩出了收费方式的嫁接术。

到了2001年的7月,腾讯在QQ上实现了正现金流,年底实现了1022万元的纯利润。

此后,马化腾开始从同行那里找灵感。当他发觉韩国有种给虚拟形象穿衣服的服务，他很快就把它搬到了他的QQ上；在网易那里，马化腾又得到了"QQ男女"的启示，盛大发展网游，于是马化腾就推出QQ游戏。就这样，QQ秀，QQ宠物，搜索工具……相继而出，逐渐的，QQ形成了自己的网络娱乐帝国。

　　2004年6月16日，腾讯成功地在香港联合交易所主板正式挂牌。对于腾讯的成功，马化腾宣称这是"玩"出来的成功，甚至提出"玩也是一种生产力"。从玩中找到需求，找到乐趣，找到商机。时至今日，腾讯已经是亚洲第一、中国最大的休闲游戏门户。

　　马化腾一手"玩"出了QQ的"企鹅"神话，但是在"玩"的背后，我们不能不看到马化腾对市场的敏感和对机遇的把握能力，以及对事业的执著。如果没有敏感的判断力和市场把握能力，马化腾不会发觉QQ的巨大商机；没有对事业的执著，马化腾就不会坚持到今天，成为中国最大网站的掌门人。

李彦宏

互联网的"摆渡"者

——我是一个非常专注的人，
一旦认定方向就不会改变，直到把它做好。

姓　　名	李彦宏
籍　　贯	山西省阳泉市
出生日期	1968 年 11 月 17 日
历史评价	百度公司的董事长兼首席执行官。

他有着俊朗的外表，在媒体上更像一个明星；他有着巨额的财富，却一直执著于自己的创业生涯；他有着世界顶尖的技术，却回国创办了属于中国的高科技产业。作为互联网时代的代表人物，李彦宏和他的百度公司彻底改变了我们的生活。

从北京到硅谷

1968 年，山西省阳泉市，李彦宏的出生地。他出生在父母都是工人的家庭里，父亲在兵工厂上班，母亲在皮革厂上班。在这个家庭里，虽然父母有 5 个孩子，但排行老四的李彦宏是唯一的男孩。自李彦宏上学起，他的母亲就对李彦宏说:"我们家没有后门,你今后要有好工作,就要好好学习,考上大学。"

求学时期的李彦宏是一个聪慧的孩子,尤其是对于新鲜的事物。在李彦宏上高一的时候,李彦宏的计算机能力得到了学校的认可,于是学校选派他参加全国中学生计算机比赛。在去之前,年幼的李彦宏对自己充满了信心,觉得自己至少能拿个名次回来。结果没想到的是,李彦宏在那次的比赛中连个三等奖也没有得到。

这对于一直心气很高的李彦宏是一个不小的打击。当他走进省会太原的书店时,他知道了原因。在太原的书店,李彦宏看到了很多在自己家乡根本看不到计算机书籍。第一次,李彦宏感觉到了自己眼界的渺小。

基于这种认识和经历,19岁的李彦宏在填报志愿的时候,他的第一志愿却不是北大的计算机系,而是信息管理系统。年少而睿智的他考虑到:将来的时代,计算机肯定会受到广泛应用,单纯的学习计算机恐怕没有将计算机和某项技术结合起来更有前途。

在进入到大学以后,李彦宏的情绪开始由新奇、兴奋转向低落和迷茫。这个与图书情报专业相关的专业和他理想中差距太大了,在学习的过程中,他整天接触的就是文献、目录。就这个时候,李彦宏萌发了出国的念头,为了实现这个愿望,李彦宏买了大堆"托福"书猛啃,每天就在宿舍—教室—图书馆"三点一线"地来回。功夫不负有心人,李彦宏北大毕业后,23岁的他义无反顾地远渡重洋赶赴美国布法罗纽约州立大学主攻计算机。

在留学的期间,导师的偶然的一句话改变了李彦宏。导师说:"搜索引擎技术是互联网一项最基本的功能,应当有未来"。这个时候是1992年,互联网在美国还没有普及,但李彦宏已经开始了自己的行动。从那个时候起,李彦宏开始钻研信息检索技术,并且就此认准了搜索。

在此后的时间里,李彦宏专攻一处,最先创建了ESP技术,并将它成功地应用于 INFOSEEK/GO.COM 的搜索引擎中。GO.COM 的图像搜索引擎是他的另一项极具应用价值的技术创新。

在硕士毕业后,李彦宏没有选择继续读博士。他进入到了华尔街,开始做金融信息检索技术。在华尔街,李彦宏看到了一个全新的世界,看到了一个有知识的人是如何利用自己的知识来进行致富的。他也敏锐地感觉到了,在华尔街,最有前途的不是金融家而是计算机天才。于是,他来到了硅谷当时最成功的搜索技术公司 Infoseek。在 Infoseek 工作的时间里,李彦宏见识了一个每天支持上千万流量的大型工业界信息系统是怎样工作的,并写成了第二代搜索引擎程序。

在硅谷的日子里,让李彦宏感觉最深刻的还是时时刻刻的商战气氛,在翻阅《华尔街日报》的日子中,李彦宏看到了微软如何跳出来公然反叛 IBM,又怎样以软件教父的身份对抗 SUN、网景……这样发生在眼前故事让李彦宏感觉到了商业策略的决胜因素。而这种信念,一直指导着李彦宏到现在。

火箭般发展

其实创业的念想在 1996 年就已经在李彦宏心里萌发了。每年他利用回国的机会,在各地转悠,看看国内的高科技公司都在做什么,大学里正在研究什么,普通人的电脑都被用来做什么。直到 1999 年的时候,李彦宏发现很多人的名片上开始出现自己的电子邮箱了,大街上广告上网站出现的频率也多了起来。此时的李彦宏敏锐地觉察到:自己回国创业的机会到了。

有了成熟的创业环境,接着就是找创业的资本。那时候的李彦宏每天开着车在风险投资的公司中寻找支持。当他拿到那张数额 120 万美元的支票时,李彦宏有种梦想成真的感觉。事不宜迟,在圣诞节的时候,李彦宏乘坐飞机降落到了北京。2000 年 1 月 1 日,李彦宏把 1 个财会和 5 个技术员叫到自己和合作伙伴徐勇合住的北大资源宾馆房间说:"我们这就开始了,办公室两条纪律,一是不准吸烟,二是不准带宠物。"就这样,早上爬起来进入到办公室,晚上从办公室出来后回屋睡觉。

然而,刚在创业劲头上的李彦宏遇到了网络泡沫破灭的时期,李彦宏又开始了寻找第二笔风险投资。在不断的努力下,李彦宏拿到了第二笔钱——9个月1000万美元。

有了足够的资金,客户也开始与日俱增。那个时候几乎所有的门户网站都在使用李彦宏的"百度"搜索服务。但李彦宏却开始发愁了:市场份额已经占了80%,但却没有盈利。这种商业模式肯定是有问题的。参照美国同行的经验,李彦宏提出了竞价排名的方案。在同董事会激烈的争吵后,李彦宏的方案终于得到了认可。效果是明显的,2002年10月,李彦宏召开了竞价排名业务全国代理商大会,使得百度竞价排名的广告业务突飞猛进;在2003年,李彦宏发起的"9月营销革命"——在全国近百个城市展开"竞价排名"付费搜索服务的市场推广活动更让百度取得了巨大市场反响;2004年9月,百度广告每日每字千金,创下中国网络广告天价。

2005年8月,百度登陆美国纳斯达克,百度进入到了一个全新的发展阶段。在美国,百度创造了中国概念股的神话,首日的股价涨幅达到了354%,这是纳斯达克2000年以来单只涨幅最高的股票。一夜之间,火箭般发展的百度让李彦宏拥有了亿万身家,并因此使得追随他的人群中突然冒出了7个亿万富翁、51个千万富翁、240多个百万富翁。

很多人说,如果李彦宏当初只是满足于为TOM.COM、263、上海热线、中国人民银行金融信息管理中心等提供搜索服务,而没有果断的让公司的盈利模式转变为搜索引擎的竞价排名,我们今天看到的百度仍然是中关村一家仅仅在幕后为企业提供搜索服务的技术企业。

认准了,就去做

作为技术出生的管理者,李彦宏最大的人生信条就是专注。作为管理者的李彦宏有一项很重要的工作就是充当"杀手"。其实早在2001年,李彦宏实施了百度历史上一次最重要的"自杀"行为——转型独立搜索引擎,但这次"杀"招却让成就了百度今天的一切。从1999年百度成立至今,互联网世界沧海桑田,"网络游戏""短信平台"纷纷强势登场,不少人捷足先登,赚得盆满钵满;不少人跟风而动,也摔得头破血流。而李彦宏说他只在做一件事:搜索。

到了2006年,李彦宏做出了裁撤企业软件部的决定,而在那个时候,百度的企业搜索已经有了中国石化、中国移动、国务院新闻办等100多家重量级客户,每年的增长率达到70%到80%。面对众人的不解,李彦宏只是说,他希望百度能够更加专注在搜索上。

在很多人眼里,李彦宏已经成为了偶像,但李彦宏有一句名言:"在人生选择道路上,每个人都时时刻刻面临着一些选择,我是一个非常专注的人,一旦认定方向就不会改变,直到把它做好。"在他的企业在快速发展的时期,李彦宏给自己提出了新的要求。

在创立百度之前,李彦宏已经是全球最顶尖的搜索引擎工程师之一,他所拥有的"超链分析"技术专利,是奠定整个现代搜索引擎发展趋势和方向的基础发明之一。当初七个人成立的百度已经占据了现阶段超过七成的市场份额。

然而这对于李彦宏来说,通过技术已经让百度成为了全球最大的中文搜索引擎,他的下一个目标是将百度打造成为全球互联网创新的大本营,要让百度这个名字在全球半数以上的国家成为家喻户晓的品牌。到了2006

年,百度股票是整个美国股市三只交易量最大的股票之一。只有全世界的投资者认可百度的股票,百度的产品才能一步一步走出国门,被外国的使用者接受。李彦宏为了他的下一个目标仍然在努力中,同时也将自己的经验传递给如今的人们。

  2010年5月,李彦宏应邀到中关村做客创业讲坛,分享百度成长的经验。在演讲的最后,他说:"现在这个时机我认为还是一个非常好的创业时机。"李彦宏还留下了"认准了,就去做,不跟风,不动摇"这句话来寄语青年创业者。这12个字正是他自己的人生箴言。

史玉柱

一个大起大落的创业神话

——努力耕好自己的田,别天天盯着别人的田。

姓　　名	史玉柱
籍　　贯	安徽省怀远县
出生日期	1962年9月15日
历史评价	巨人集团的创办者,中国改革开放30年创新人物。

从年轻有为的公职人员到辞职下海的创业者,从东拼西凑的几千元迅速成长为中国新生代富豪,从巨人集团的倒塌到脑白金的崛起,从保健市场到网游巨人,从负债累累到买下楼花(期楼)还钱,史玉柱一直在证明一件事情:我是传奇。

浙大情结

1962年,史玉柱出生在安徽蚌埠市的怀远县。虽然是一座不出名的小县城,却有着悠久的历史。据说大禹治水召集各个部落进行商议的地方便是涂山,而涂山就在怀远县的东南部。除了涂山,在怀远县的西南有一座山叫做荆山,据说就是发现和氏璧的地方。这样一个看似历史悠久的小县其实生活并不容易。很多人在民间戏曲里都有这样的唱词，"十年倒有九年荒"，唱词里说的是凤阳，而怀远县在明清时期是归属凤阳府管辖的。

史玉柱出生在三年自然灾害之年，但等到上学的时候，已经被中断的学校教育在1968年的时候得到了恢复。虽然出生的岁月不好，但这使得史玉柱避免了学业中断的麻烦，从小学一直到后来的研究生教育，史玉柱都非常顺利地完成了。

史玉柱在小的时候，是一个比较内向的孩子，平常说话不多，对外界充满了好奇，喜欢看书，尤其是小人书，甚至到了痴迷的程度。年少的史玉柱开始通过小人书认识到了大千的世界。但与自己的认识成反比的是史玉柱的学习成绩。

转眼间，史玉柱上了初中。在初中的学习环境中，史玉柱开始"改邪归正"，在学习上发起"疯"来。在学校里，史玉柱成为一匹"黑马"，学习成绩急速飙升，成为学习的上佼佼者。

后来史玉柱回忆这段中学时光的，史玉柱说："上了中学，我才真正认识到自身的潜力，原来我就是一个学习的料。"

在上中学的时候，史玉柱心里只有一件事——学习。在史玉柱那时的生活中，除了学习还是学习。周末和休息日在他眼里都是学习的时间。在同学眼里，史玉柱经常是最早一个到教室，最晚一个离开教室的人。在这种情况下，史玉柱的数学以及整个理科成绩在学校一枝独秀。这样的结果使他得到了父母的称赞。

在不知疲倦的学习中，六年的中学时光很快地过去，在填报志愿的时候，史玉柱的老师安排他拼搏一下清华或者北大。但史玉柱有自己的想法，史玉柱选择了浙江大学的数学系。

在史玉柱的思想中，他立志要做中国下一个陈景润，浙江大学的数学并不比清华、北大差，并且浙江距离家比较近，无论是回家还是去学校很方便。

此外,史玉柱最敬佩的数学家陈景润也曾经授课于浙大。

考试自然是没有问题的,1980年,史玉柱以全县总分第一的成绩考上了浙江大学数学系,他的数学考试成绩也的确很好,差一分就是满分。

机关里的软件工程师

史玉柱是带着成为陈景润的最高梦想去读大学的,然而到了浙江大学数学系刚过了一个学期,史玉柱明白了一个道理:自己当不了陈景润。

那时候的中学生和大学生大都崇拜陈景润。可是到了大学发现不是那么一回事,在大学一年级的时候,史玉柱发现,1+1不是那么简单的。在大学图书馆里,史玉柱去图书馆借《数论》看过之后才发现,整个中国学数学的都在研究和想法证明这一命题。史玉柱悲哀地发现:凭自己的天赋,根本不可能达到陈景润那样的高度。

在理想破灭以后,史玉柱的大学成绩就一直在中等徘徊。为了排解这种失意,史玉柱开始跑步,每天他从浙大跑到灵隐寺,然后又从灵隐寺跑回来,18里路。史玉柱跑了四年。

1984年,史玉柱大学毕业了,按照分配的原则,史玉柱被分配到了安徽统计局工作。现在看起来,数学和统计貌似是不怎么沾边的,真正的数学是研究逻辑的学科。但是在当时看来,统计局也是搞数字的,所以数学系毕业的史玉柱就被分配到了统计局上班了。

不过对于统计局来说,单位还是很重视这个来自浙大数学系的人才。刚分到了单位没有几天,史玉柱被通知去西安统计学院进修。在进修的几个月里,史玉柱接触到了计算机。在大学三年级的时候,当时在选择方向的时候,一个是纯数学,一个是计算机数学。既然已经做不了陈景润,那就选择了计算机数学方向。

到了西安统计学院之后,老师是一个来自美国的教授。在这位教师门下,史玉柱接触到了国外最先进的抽样调查的方法和统计的方法,而这,全都离不开计算机。

回到单位以后,史玉柱当时负责的是对农村抽样调查数据的处理工作。那个时候的统计局里,使用的统计工作还很原始和落后,主要是用计算器在那里加来加去。史玉柱提出了要求,应该买一台计算机。对于当时来说,计算机是非常昂贵的设备,但是领导也清楚地知道计算机能够提高工作效率,所以也就同意了史玉柱的要求。于是,史玉柱去了广州,花了5万块钱扛回了一台IBMPC。

自从有了这台计算机,史玉柱的生活完全变了样子。计算机房里往往是下班后依然能够看到史玉柱的身影。

到了此时,史玉柱的数学功底开始了显现了作用,这个学数学出身的人开始编软件,比一般计算机系的人还要纯熟。过去需要二三十个人干的统计的活,史玉柱用计算机,只需要找两个录入员,一到两天就完成了任务。

既然工作的效率得到了很大提高,史玉柱的空闲的时间也就多了。史玉柱开始琢磨,既然有了这么多的统计数据,那么能分析出什么情况呢?

这个时候,史玉柱就开始自己编写分析软件,这个软件可以得到很多有用的数据,比如收入不同的人主要购买什么物品,有什么消费特征,等等。然后把这些数据再将平均数进行对比分析,一分析就得出了很多以前统计人员没有发现的一些东西。

史玉柱的软件也在实践中不断完善,各地也纷纷使用他所编写的这套软件。史玉柱也因为这套软件得到了二三十元的奖金和一个技术进步奖。那是1985年,史玉柱刚年满23岁。在编写完软件后,史玉柱就基于分析得到的数据,写了一些关于农村经济问题的学术文章。这些文章得到了时任安徽省副省长的欣赏。

上级将史玉柱作为年轻干部中的"第三梯队"培养,摆在史玉柱面前的是一幅前途无量的美好蓝图。

自编软件闯深圳

对于史玉柱来说,他最在乎的是难得的学习机会,就这样,他只身来到了深圳读书。史玉柱学的专业实际是把数学和经济相结合的专业,目的是把数学应用到经济研究上面去。在深圳这个全国最先接触到改革风气的地区,史玉柱的思想得到了很大的触动。在毕业的前夕,史玉柱也开始做一些小生意。他在深圳买些录像机寄给合肥的朋友去卖,史玉柱每台大概可以赚一百元,这对于史玉柱的触动很大。

1988年,史玉柱从深圳学习回来,回到了安徽统计局。本应该安心工作他,回到单位的做了所有人都不曾想到的举动——选择辞职。当时人都觉得史玉柱疯了,他放弃了好好的国家饭碗,也抛弃了自己一帆风顺的仕途。领导和同事对史玉柱的选择感到惋惜,父母对他的举动也觉得不可理解。

通过卖录像机的合肥朋友,史玉柱结识了一些计算机界的人,其中就有一个专门的计算机代理,史玉柱就通过朋友的关系找他借了一台IBM的电脑,借了半年,借回家里自己开始编软件。

之所以敢于下海,史玉柱是有自己的眼光的。在以前的统计局里,史玉柱发现当时四通电脑打字机是非常流行的,而一台打字机需要2万多元。史玉柱就想,如果自己能够编写一个软件,让电脑具有打字机的功能,直接用电脑打字,这样不就节省了很多成本吗?

半年之后,史玉柱的文字处理软件诞生了,后来被称为"M-6401"。在以前的单位,几张软盘装好之后,使用电脑就能打出比打字机24点阵更漂亮的64点阵汉字。从此以后,单位的四通打印机就被放置到一边了。

史玉柱一看这软件"有戏",史玉柱立即揣上自己的软盘,南下深圳。

80年代的深圳,是各种淘金者的梦想家园。在很多淘金者眼里,深圳就是实现自己梦想的最佳乐土。

但史玉柱刚到深圳的时候,没有背景,没有资金。孤身一人的史玉柱,全部的身家就是东挪西凑的4000元人民币,而此时的史玉柱已经结婚成家。虽说史玉柱手握着技术,但除去个人吃穿住行,史玉柱几乎陷入了绝境之中。

为了尽可能的省钱,在住的选择上,史玉柱悄悄地"混进"深圳大学学生宿舍栖身。搞开发没有电脑的他也采取能"混"就"混"的游击战略,一次次地"混"到学生堆里去,在学校的计算机实验室偷偷地编写程序,借此完善自己的产品。

经过反复的实验和可行性论证,史玉柱的文字处理系统终于完美地问世了。也就是人们俗称的"汉卡"。

史玉柱的M-6401桌面文字系统解决了所见即所得的界面问题,史玉柱已经确信他的产品已经趋向了成熟。但买软件需要电脑演示。史玉柱那个时候哪有多余的钱去买电脑呢?史玉柱在报纸上找到一家专门卖计算机的公司。史玉柱找到公司的经理,然后把自己的软件演示给他看说:"我就是卖这个产品的,但是我现在没有钱,你让我先把电脑拿回去,我估计半个月内会有钱,等我的软件卖了钱,我给你多加1000元来买这台电脑。"当时一台电脑的售价是8500元,史玉柱是想用延期付款的方法,支付9500元来购买这台电脑。

出人意料的是,卖电脑的老板同意这位疯子的建议,而且派他的副经理将电脑抱给了史玉柱。这名副经理后来加入到了史玉柱的公司,现在是征途公司的副董事长。

有了可以演示的电脑,但没有人知道自己的软件。要想打出名气,最简单的方法就是做广告,但是史玉柱缺乏还是金钱。对于一项新产品而言,没有宣传,再好的产品也没有市场。史玉柱想到的同样的方法——延期付款。他跑到了北京,闯进了《计算机世界》报社广告部,把自己的软件演示给报社广告主任看。

当时的《计算机世界》是在 IT 界全国发行量最大的报纸。史玉柱虽然不认识广告部主任贺静华,但史玉柱还是那样的做法。"我有这样的产品,我需要做广告。"接着又说,"但我现在没有钱,需要延期支付。"不知道是史玉柱的诚心还是大胆打动了报社,贺静华答应给史玉柱打三期 1/4 版的广告,但规定了费用必须在半个月内交清。

就这样,创业之初的史玉柱买电脑的钱加上做广告的钱,总共需要的钱是 17550 元人民币,这对于当时的史玉柱而言,这已经让他负债累累。所以这无疑是史玉柱破釜沉舟的决定。15 天内,倘若挣不到钱,就是砸锅卖铁的话,史玉柱也还不起这样的债。

奇迹般崛起

1989 年 8 月 2 日,《计算机世界》刊登了半个版面的史玉柱的广告——"M-6401,历史性的突破"。

在剩下的半个月里,史玉柱备受煎熬。一天两天,一个星期过去了,订单还是没有。十二天过去了,订单依然是没有。

在等待了十三天后,史玉柱收到了有史以来的第一张订单。也正是在这一天,史玉柱收到了三张订单,接近 2 万元的汇款!这笔汇款犹如雪中送炭,拯救了史玉柱,也宣告了又一个新兴企业的诞生。

自此以后,一张一张的订单开始不断出现。8 月份,史玉柱的收入达到了 4 万多元,9 月份,史玉柱的汉卡销售额已经达到了 16 万元。此时的史玉柱,已经对广告的作用深信不疑。他将自己所得的收入又一次全部投入到了广告之中，到了 10 月份，史玉柱的销售额迅速突破了 100 万元人民币。

高科技带来了高效益，但科技产品的更新换代的速度越来越短。M-6401 取得巨大成功之后，在 1990 年 1 月，史玉柱带着热水器再一次来到深圳大学。史玉柱开始了自己的"集中营式的生活"。他和伙伴每个星期只下楼一次，而这一次下楼只是为了买一箱子的方便面。

150 个日日夜夜，150 天的昏天黑地的奋斗，经过这将近 5 个月的苦心钻研，史玉柱和他的同伴完成了第二代汉卡的研发工作。

这一年的 10 月，史玉柱将所有的 100 万元再次全部投入到《计算机世界》，这样赌博一样的广告宣传起到了意想不到的作用，M-6401 的月销售额攀升到了 500 万元。1990 年的前三个月，史玉柱已经挣到了 3000 万元。

1992 年 7 月，巨人公司升为珠海巨人高科技集团公司，M-6401 汉卡销售量达到了 2.8 万套，销售产值共 1.6 亿元，实现纯利润 3500 万元，年发展速度达到 500%。

1993 年，史玉柱进军保健品市场，通过大规模的宣传，史玉柱创办的公司不到两年就实现销售额上亿元，成为受人追捧的明星商人。

1994 年，巨人集团开始想要在房地产市场有所作为，在投资建设巨人大厦时，设计方案一变在变，从最初的 18 层一直涨到了 72 层，投资也从 2 亿元追加到 12 亿元。到了史玉柱 31 岁那年，他成为了中国新生代贵族的代表，从白手起家到大陆富豪排行第八，史玉柱用了短短 5 年的时间。

巨人回归

1995 年全国保健品市场的全面萧条，1996 年，巨人推出的"巨不肥"产品失败，最为致命的是巨人大厦建设资金告急，导致巨人集团财务严重告急，庞大的"巨人"轰然倒塌。到了 1998 年元月，巨人集团资产债务是负债

2.5亿元，史玉柱成为了全国最穷的人，成为了人们眼中不折不扣的失败者。

2000年，在江阴，史玉柱借着筹集而来的50万元，注册了一家并不出名的康奇公司，依旧是使用广告轰炸的策略，带来了一个新的保健品——"脑白金"的热销。仅仅只用了一年，脑白金就实现销售收入2.5亿元，史玉柱重新打造了一个属于自己的保健品帝国。2001年1月，史玉柱花2亿元收购了巨人大厦的楼花，他要把以前欠下的债还掉，对此，史玉柱只是说：欠债还钱，天经地义。

如果说史玉柱从此以后安心地做好自己的保健品市场，那也不是现在的史玉柱了。作为浙大数学系的高材生，一个以IT行业发家的创业者而言，内心依然存在着深深的IT情节。

2004年11月，上海征途网络科技有限公司正式成立，史玉柱正式进入到了网游市场。2005年4月，史玉柱在在上海宣布了巨人投资集团的新项目——网络游戏《征途》。为了推广这款游戏，史玉柱不惜投入巨大的资金进行宣传：在农村地区组织定期将网吧所有机器包下来，只允许玩《征途》游戏。此外还打出了"给玩家发工资"的口号。甚至兵行险着，在央视投巨资做《征途》的形象广告。这样的宣传达到了预期的效果，截至2007年5月27日晚，同时在线的人数突破100万，成为全球第三款同时在线超过100万人的网络游戏。

2007年11月1日，史玉柱旗下的巨人网络集团有限公司成功登陆美国纽约证券交易所，成为在美国发行规模最大的民营企业，史玉柱身价突破了500亿元……

李书福

中国的汽车大王

——让低收入者开得起汽车。

姓　　名	李书福
籍　　贯	浙江省台州市
出生日期	1963年
历史评价	吉利集团董事长,中资教育研究所理事会副理事长。

在很多同行看来,他是一个不折不扣的疯子。他是中国最早的一批致富先锋,他是游离于体制外的人。他有着敏锐的市场眼光,他也有着常人难以理解的造车梦想。他不怕嘲笑,不畏艰险,成功让很多人实现了有车的梦想。他敢于出手,上演了"蛇吞象"的传奇故事。他就是吉利集团董事长——李书福。

不安分的创业者

1963年,李书福出生在浙江省台州市的一个贫困的山村。19岁那年,李书福高中毕业。父亲给了李书福120元,这是李书福最初的创业资金。

那个时候的李书福,没有足够的钱,租不起房子。于是他整天骑着自行车在街上找人照相，而他唯一的家当就是那一台小照相机。在现在的旅游景点和公园里，现在还可以看到这样的生意人，被人俗称"野照相"。凭借着吃苦的精神，李书福半年后赚了1000元，正式开了一家真正的照相馆。

高中毕业的李书福经常喜欢自己倒腾照相机，为了省钱，他经常买一些零件自己组装照相机。照相馆的排灯就是他自己用白铁皮敲出来的。省钱、实用，一直是李书福最在意的两项指标。在一次洗相片的过程中，李书福意外发现，如果采用一种药水，可以把废弃物中的金银分离出来。看到这个商机的李书福开始把分离提取的金银背到杭州去出售。为了这个项目，李书福投资了1万元，但李书福还是关掉了效益还不错的照相馆。

在流传的故事里，是这样说的：在李书福决定关掉照相馆的那一年，他去一家鞋厂去定做一双皮鞋，在鞋厂他发现有四个工人都在给电冰箱做一种电子元件。

在那个时候，电冰箱在北方的一些城市还是供不应求的状态。李书福回到家后也开始琢磨起这种电冰箱零部件。最开始的时候，他是一个人生产，生产完了就装进包里，自己骑着自行车把零部件送到电冰箱厂。后来，李书福觉得一个人生产速度太慢，就找了几个人一起成立了电冰箱配件厂，他也就成为了配件厂的厂长。

这家配件厂的效益是很好的，一年的营业额已经有了四五千万。时间没过多久，李书福看到，制造电冰箱不是像想象中那么困难。既然我们能做配件，为什么不直接做电冰箱呢？此时的决定无疑是一种冒险，在那个时候，我国的民营经济还没有获得正式承认，电冰箱这种国家统一配售商品，不可能获得有关部门批准生产。

但李书福决定开始冒这个险，在1986年的时候，李书福在研发、生产出生产电冰箱的关键零部件后，他毅然决然地组建了黄岩县北极花电冰箱厂，开始生产北极花电冰箱。李书福的北极花电冰箱大获成功，并且成为国内电冰箱行业的知名品牌。此时的李书福作为北极花电冰箱厂厂长,事实上已经成为了千万富翁。那是1989年,李书福刚刚26岁。

1989年6月,国家决定对电冰箱实行定点生产,民营背景、戴着乡镇企业"红顶"的北极花,自然没有列入定点生产企业名单。李书福只好离开电冰箱行业,来到深圳进行学习。在学习的期间,因为一次的宿舍装修,李书福发现了一种进口装修材料收到广泛的欢迎。对市场极为敏感的李书福很快发现了这一商机。他很快加入到了这个行业,经过技术的改造,建材厂经营的铝塑板和铝镁曲板经过他的改造后,成本更低、利润更高。直到现在,这份产业每年还给李书福带来上亿元的利润。

向着梦想狂奔

在李书福的心中,从小就有一个造车的梦想。1989年,李书福买了一辆轿车后,却对周围的人说了这样一句惊人的话:"我看了一下,里面并没有多少东西。"

但造车不是那么容易的,毕竟汽车不是玩具。但李书福没有放弃,大车不让造就先造小车,四个轮子的不让造就先造两个轮子的。他于是先试着向摩托车行业进军。为此,李书福找了一家摩托车厂,解决了生产权的问题后,他把"浙江吉利摩托车厂"的牌子给挂了出去。而吉利摩托车也真的给李书福带来了大吉大利。到了1998年的时候,这家摩托车厂的产量达到了35万辆,跻身全国民营企业的前四强。

虽然摩托车已经获得了成功,但李书福造汽车的梦想一直没有停止。在1996年,他成立吉利集团有限公司的时候,他便宣称要进入到汽车行业。所有人都认为李书福已经疯了。在当时,还没有一家中国的民营公司敢于宣称自己能够造出一辆整车。面对铺天盖地的质疑,李书福再次语出惊人:"造汽车有什么难的!不就是四个轮子、两张沙发、一个铁壳嘛!"

话虽如此,但汽车行业是资本和技术高度密集的行业。李书福面临的状况是:资本不够,技术匮乏,人才短缺。

在最初的阶段,人才少得可怜,所谓懂汽车的,全公司加上李书福本人也就三个人。而这个汽车的含义还包括货车和农用车。面对这种情况,李书福想到了当初自己组装照相机和电冰箱的套路。他花了几百万元买来奔驰宝马等名车,拆卸了自己研究。自己动手,自己画画,自己装配,没有模具,只能用水泥浇铸、胶水黏合。可是,一辆汽车有上万个部件,不可能每个部件都自己生产。一次,李书福到上海采购零件,对方一听要造轿车,就认为这人有病,抬腿就走了。

到了1996年,李书福终于造出了一台前面看像宝马,后面看像奔驰,开起来又像个农用车的"怪物"。李书福把这辆车命名为"吉利一号",天天当做宝贝一样开到街上。

拿着自己造出汽车模样的照片,李书福跑到了北京,希望能够获得轿车生产的许可证。但一位领导告诉他:国务院24号令明确指出不再批准轿车项目。

在万般无奈之下,李书福只好选择与有生产权的德阳汽车厂合作,开始了自己艰难的造车生涯。按照李书福的设计生产,下线的第一批汽车表面粗糙、密封不好,上了检测台之后发现在雨天能够在汽车里养鱼,只能报废。第二批,接着报废。直到了第三批,经销商才对李书福的汽车有所认可。

1998年8月8日,一个很吉利的日子,李书福的第一款轿车"吉利豪情"正式下线了。为了庆祝正式正式生产,李书福向全国发出了700份的请柬,但没有人去参加,原因很简单,因为李书福生产的汽车还没有拿到"准生证",严格意义上来说,李书福的汽车其实是"非法"生产的。

既然已经做了,就没有回头的机会。随后,吉利采取了低价的策略,打出了"中国最便宜轿车"的口号,这一举动迅速占领了低端市场。

1999年,吉利汽车销量达到了一千多辆。

2000年,吉利汽车突破万辆销售大关。

2001年,吉利汽车终于获得了汽车生产许可证。

2005年,吉利汽车正式亮相法兰克福车展,实现了近百年以来中国汽车自主品牌参加顶级车展的突破。

2006年,吉利集团全年共销售各类轿车20.4万辆,在国内33家轿车企业中销量排第七,经济型轿车首次突破20万辆,排名第二。

从2007年起,李书福为自己的吉利汽车提出了新的目标:要做最安全、最环保、最节能的汽车,要让吉利汽车跑遍全世界。

李书福说,现在要有自己的绝活了,自己的汽车要在安全、环保、节能上有所突破。李书福说到做到,比如吉利推出BMBS,就是发生爆胎时的安全保障技术。对于这个世界性的难题,李书福采用另类解决问题的思路。它不在轮胎防爆上打主意,而是通过一套计算机系统,在爆胎瞬间增加对于轮胎的摩擦力,即使时速到200公里,汽车也不会是失去平衡。还比如,吉利集团现在已经造了一个1.8升的"电子等平衡"发动机样机。这款发动机正式装车以后,无论路上怎么颠簸,汽车的油耗都是3升左右,并且能够达到欧Ⅵ的标准。

大手笔,大气魄

2009年,吉利与沃尔沃达成了收购协议,李书福成为了全球的一个焦点。对于许多内内人士而言,他们并不看好这次收购,无论从年销售额、资产规模还是发展历史、品牌影响力上看,吉利与沃尔沃都不在一个档次。更何沃尔沃自己亏损严重,外界都看着李书福如何接管这样的一个烂摊子。

根据吉利公布的财务状况显示,吉利使用银行贷款 30 多亿元,从香港资本市场调用资金 20 多亿元,配套商欠款 60 多亿元,吉利的负债额超过 100 亿元。李书福在收购沃尔沃的过程中是认真的,也是卓有成效的,特别是在沃尔沃这个品牌的保护上,李书福表现出了对对方相当的尊重,为其组建了一个国际化的董事会,照顾了瑞典人的自尊,平息了外界的担忧。这与很多民营资本家在海外收购时表现出的躁动和狂妄形成了鲜明的对比。

北京时间 2010 年 3 月 28 日。这对于李书福和他的吉利集团来说都是一个难忘的日子,这一天吉利汽车与美国福特汽车正式达成协议,吉利汽车以 18 亿美元的价格收购瑞典汽车企业沃尔沃 100%的股权。

无论如何,吉利并没有被沃尔沃拖垮,他们仍然在健康的轨道上向前发展。现在的吉利在浙江临海、宁波、路桥和上海、兰州、济南、湘潭建有七个汽车整车制造基地,拥有年产 30 万辆整车的生产能力。集团现有吉利自由舰、吉利金刚、吉利远景、上海华普、美人豹等八大系列 30 多个整车产品。上述产品全部通过国家的 3C 认证,并达到欧 III 排放标准,部分产品达到欧 IV 标准,吉利拥有上述产品的完全知识产权,是中国首屈一指的汽车制造企业。

俞敏洪

中国最富裕的教书匠

——我这辈子什么都可以离开，就是不可以离开讲台。

姓　　名	俞敏洪
籍　　贯	江苏省江阴市
出生日期	1962年10月15日
历史评价	新东方教育集团的创立者，当下中国青年大学生和创业者的"心灵导师"。

在很早以前，他就被冠以"留学教父"和"创业英雄"的称号，他被公认为中国英文教育中的领袖人物。在《时代》周刊中，他被称为"偶像级的，就像小熊维尼或米奇之于迪斯尼"。作为中国最富有的教书先生，他有一所全国知名的大学校；作为一名成功的励志典型，他的演讲让很多大学生深受触动，他就是俞敏洪。

北大里的"丑小鸭"

在俞敏洪的演讲中，经常会提到这样的一个故事。

1978年，"文革"后第二次高考开始了，俞敏洪英语33分，落榜。1979

年,俞敏洪再次参加高考,依然落榜,英语成绩为55分。而那个时候的俞敏洪,最大的愿望是考上一个大专学校,这样在他毕业后能够回到农村去当老师,把自己的户口转为城市户口。连续两次考试的失利,差点让俞敏洪失去了再次拼搏的动力。正在这个时候,俞敏洪的一个同学高考考了三年终于考上了。这又燃起了俞敏洪的斗志,他心想:既然我的同学都能考上,我也应该能考上。更何况,他并不比我聪明到哪里去,我再考一年的话,说不定我也能够考上。

在第三次高考时,俞敏洪考出了387分的好成绩,而北大的录取分数线是370分。那年,在百分制的英语考试中,俞敏洪的成绩是93分。

就这样,来自江苏江阴农村的俞敏洪来到了北大。而在他成为一名大学生之前,他是公社的拖拉机手和生产队插秧高手。

都说大学时光是美好的,但对于俞敏洪来说,来到北大是痛苦的。在北京大学西方语言文学系这个充满时尚的专业里,来自农村的俞敏洪显得与周围是那么的格格不入。在俞敏洪的回忆里,那时的他好像没有一样能够拿得出的资本:自己长得不帅,来自农村地区,虽然英语在高考时考出了很高的分数,但口语和听说能力差得一塌糊涂,没有自己的特长,不会吹拉弹唱,不会说普通话,甚至在自己一直引以为傲的学习成绩上,他也从大一到大四一直倒数,如果说北大的学生都是天之骄子的话,那么俞敏洪恐怕只能算是一只"丑小鸭"。

压抑和痛苦充斥了俞敏洪的内心,在读大学的期间,俞敏洪从容地读了接近600本的名著,这也是俞敏洪在大学里除了学英语之外最大的收获了。

不惜一切，出国！

在毕业之后，由于种种原因，俞敏洪留在了北京任教。而同学间的差距在此时开始显露了出来，他越来越多的同学都结婚了，越来越多的同学收入让人惊叹。此时俞敏洪在美国的同学有的能够达到日薪50美元，而那时的俞敏洪月薪仅仅120元人民币。更为重要的是，俞敏洪依然是"孤家寡人"。

在痛定思痛后，俞敏洪决定要找一个女朋友，并且要到美国去留学深造。在俞敏洪最初的打算中，只要找个女人就行了，无论美丑和家境。或许是苍天的照顾吧，俞敏洪找到一个各方面都还不错的女孩。但在出国的问题上，俞敏洪遇到了巨大的麻烦。

由于自己大学成绩很差，想凭借成绩单去申请奖学金是根本不可能的事情。为了留学，俞敏洪不得不自己筹措留学的经费——12万元人民币。

在那个时候，这是一笔天文数字，俞敏洪想到了自己的专长，既然自己是教英语的，那就创办一家培训机构吧，在赚到12万的时候就去美国读书。

1991年，俞敏洪从北大辞职，自己开始做英语培训班。刚开始的时候，俞敏洪的课堂上只有一张桌子，一把椅子，俞敏洪自己拎着糨糊桶在零下十几摄氏度的天气里贴广告，往往刚把糨糊刷在电线杆上，广告还没贴上，就成冰了。就这样，俞敏洪早上起床去电线杆上贴广告，下午在办公室招生，晚上上课，就一个人忙。但第二年，俞敏洪就赚到了12万元。按照当初的计划，俞敏洪应该关门去美国留学了，但俞敏洪突然觉得赚钱蛮好玩的，于是又做了一年，结果在这一年里，俞敏洪赚到数百万，也就是在这个时候，俞敏洪萌发将新东方做大做强的信念。

最富有的教师

要想让新东方快速地发展起来,仅仅依靠俞敏洪自己是不够的。他必须找到自己的伙伴。这时,经常把《曾子》中的"用师者王,用友者霸,用徒者亡"的俞敏洪想到了自己海外的几个"兄弟"徐小平、王强和包凡一。俞敏洪到了美国,邀请他们回国一起建设新东方。怀着创业的激情,靠着兄弟间的情谊,新东方形成了最初的格局。恰好此时的中国正兴起了学习英语和出国的热潮,新东方开始在全国铺展开来,如同野草一样疯狂生长和扩张。

到了 1995 年年底,新东方的学员突破了 1.5 万人。随后也有了自己的书店,在上海个广州等地也开始注册和成立新东方的分校,一切都朝着良好的方向发展。

新东方发展到了 2002 年的时候,由于内部的矛盾,俞敏洪一度被董事会罢免。在重新担任董事长的时候,俞敏洪认识到:必须要引进外部投资,不然以现在的分配机制,利益分配的矛盾将会成为阻碍新东方发展的巨大障碍。

几经波折后,俞敏洪成功引入了美国的老虎基金,后者以 3000 万美元拿下了新东方 10% 的股权。到了 2005 年,新东方开始谋求上市了。

在最开始的时候,俞敏洪是不打算让新东方上市的,但由于新东方此时的股东众多,别的股东不同意。除此之外,当时很多的培训机构都已经融到了国际资本。此时的新东方如果不上市,很有可能就会把"中国第一家教育业上市公司"的头衔送给自己的竞争对手,而这个"第一"的品牌价值是无法计量的。

基于这个原因,俞敏洪决定到美国去进行路演,也就是所谓的游说。当时是 2006 年的 8 月,在美国是投资者的休假日。但时间紧迫,俞敏洪也顾不了这么多,在和美国有关部门商谈后,美国方面的对策是:新东方在中国的4股合并为1股,以8美元的价格在美国上市。

对于这个价格,俞敏洪认为是无法向股东交代的。他放出话来"我宁可不上市,也不能让股东吃亏"。在香港的路演的过程中,令俞敏洪没有想到的是,预计能够有10个人到场,融资目标在1.25亿美元的香港路演,在当天来了100个人,当场"搞定"了4亿美元。其中很重要的原因就是来听他路演的人中,有很大一部分都是新东方的学员,在经由新东方培训后出国。他们在金融系统工作,执掌着投资大权。就这样,俞敏洪凭借着自己广泛的学员关系,最终收到了60亿美元的承诺。与此同时,新东方股票的最终发行价格也上调到了15美元。

2006年9月7日,新东方在美国成功上市。短短的两个月内,新东方的股票上涨到了35美元,最高的时候达到了90美元。俞敏洪也因此收获了一个称号"中国最富有的教师"。

新东方,一个传奇

在拥有了大量的资本之后,新东方就开始寻找收购的目标。但一直没有找到合适的对象,这其中和中国民办教育的特点是相关的。在中国的民办教育中,基本上是处于一个人做一件事,办一个班的状态,既没有合法的机构,又没有正规的财务制度,给人的感觉就是特别的不规范。

2007年整整一年,新东方的收购对象一直处于悬而未决的状态。于是,俞敏洪新开设了从事司法考试培训的北京新东方北斗星学校,以及定位于婴幼儿教育的北京新东方满天星教育咨询有限公司。

一直到了2008年年中,俞敏洪决定出手收购了北京高考复读培训机构——北京铭师堂教育考试培训学校,这成为新东方上市后收购的第一单。在这次的收购过程中,新东方收购铭师堂60%的股份。铭师堂仍保留自己原有的品牌,在人员、业务等方面仍保留铭师堂原有模式。

这次的收购,达到了两个重要目的:一是延伸了新东方教育培训的产品线,二是在教师培训、教材研发、教学场地等方面达到了资源的互补。在收购铭师堂三个月后,新东方在东北又拿下了另一家高考复读学校——长春同文。这个时候的新东方,已经把高考复读作为了自己重点开拓的市场之一。

由于政策的关系,教育部出台的"公立学校不允许办复读培训机构"的政策也让俞敏洪看到了民办高考复读机构的市场空间。

如今的新东方,已经形成了自己的教育产业链,这包括:幼儿园教育,中小学生非学历教育、素质教育、高考复读教育;大学生就业培训班(律师培训、公务员培训、职业培训);外语和对外汉语教学四大体系。

对于投资,俞敏洪表示,新东方不会进行多元化的投资,要投资只会是教育领域,而不会投资在其他陌生领域。

只为一个教书梦

在俞敏洪的心中,一直有一个梦想,他希望能够在北京地区办一个小型的人文大学。这所主要面对农村贫困孩子的大学,在俞敏洪眼中将把它办成中国最高质量的私立大学。在各种场合中,俞敏洪都在寻找赞同的声音,包括政策的决策者和投资者。

俞敏洪在2008年新东方教育发展论坛上有过这样的一段演讲:"一个完整的教学体系应该由两部分组成,就是公立教学体系和民办教学体系。孔子的教育是典型的'私立学院',而学院一直在中国存在,比如白鹿书院。"

政策不明朗,资金严重缺乏一直是民办教育的困境,俞敏洪计划用基金募集的方式来进行这项事业,整个计划募集20个亿。

如今,这所俞敏洪心目中理想的大学征地工作已经开始,建筑设计也开始进行。为此,俞敏洪已经部署好了细节:这个学校占地 500~600 亩,靠山面水,学生们可以安静地在湖边读书,年老后他自己也能去那里讲讲课。俞敏洪说,"现在这个梦想已经开始,我将来一定把它办成百年名校。毕竟,从小我的母亲就希望我能做个'先生'。"

如今的俞敏洪,把自己的身价看的很低,他经常说,"人生不能用财富来衡量,尽管上市后我的财富大幅度攀升,但并没有改变我的生活质量、幸福指数。"这个在旁人眼中身价几十亿元的新东方董事长,内心最大的梦想仍然是"两袖清风,做个教书先生"。

李宁

从运动员到企业家

——如果火炬接力的承办权落到外国公司的手里，那将是12亿中国人的耻辱。

姓　　名	李宁
籍　　贯	广西壮族自治区柳州市
出生日期	1963年3月10日
历史评价	著名体操运动员，李宁公司的创始人。

他是全国人民敬仰的体操王子，他也是商业巨子。以他名字命名的产品专卖店已经开遍了全国，他的体育产品版图也在不断扩大。他完成了一个运动员到企业家的华丽转身，他实现了让中国体育运动员穿着中国领奖服领奖的梦想。他就是李宁，他用自己的实际行动诠释他企业的文化——一切皆有可能。

金牌堆砌成落寞

李宁出生在广西柳州。在1989年之前，他是中国运动员的梦想，是一个可望而不可即的标杆。在1982年第6届世界杯体操赛上，李宁一人包揽自由体操、单杠、跳马、鞍马、吊环和全能6项冠军,成为世界体操史上首位取得如此好成绩的运动员,由此被誉为"体操王子"。

从这以后,伴随着李宁的就是各种奖牌,尤其是在1984年的洛杉矶奥运会上,李宁又获得了自由体操、吊环和鞍马三枚金牌,同时由他完成的"吊环正吊臂后悬垂前摆上接直角支撑"和"双杠大回环转体180度成倒立"动作,这些都是让无数运动员羡慕的成就。李宁也成了无数中国民众的骄傲。

1999年的时候,李宁被评选为"二十世纪世界最佳运动员",他的名字和拳王阿里、球王贝利、飞人乔丹等25位体坛巨星一道登上了世纪体育之巅。

运动员的生涯是短暂的,尤其是体操运动员。天下无不散之筵席,运动员终究会面临退役的那天。现在退役的中国著名体育运动员,送别他们的是鲜花和掌声。但1989年,当李宁退役的时候,带走的却是失意和挫折。

1984年,在第23届洛杉矶奥运会上,李宁一人独得三枚金牌,从此"体操王子"的美誉一直伴随着他。但在1988年的汉城奥运会上,26岁的李宁屡次失手,遭遇了体操生涯中最惨痛的失败。

在李宁正处于人生低谷的时候,广东健力宝集团董事长李经纬适时出现了。

崭新的路

1989年4月21日下午,一个特殊的受聘仪式在广东健力宝有限公司正在进行,健力宝公司的总经理对着台下的人说,"让我们欢迎李宁。"从此以后,李宁开始了自己新的职业生涯。李宁6岁时开始自己的体育生涯,而这次面对的,完全是一种新的挑战。从这以后,体操王子李宁有了一个新的身份:健力宝集团有限公司总经理特别助理。

在这里，李宁开始接触到体操以外的东西，这是一个陌生的领域。这是一个他从未想到的领域。在这里，李宁主要分管是公关宣传、市场策划、筹办运动服装厂等工作。

在来到健力宝的第一件事就是为健力宝拍摄一部广告片。在经过调研之后，李宁认为健力宝以前的广告形式一直比较陈旧，达不到预期的效果。多年出国比赛培养出来的眼界，让李宁有了新的认识。李宁提议重新拍一个具有冲击力、富于体育运动感的广告片，差不多需要花60万的广告费用，这个数字在当时可属于天文数字，但是李宁的举动却受到了李经纬的全力支持。广告在中央电视台播出以后，获得了巨大的社会反响。由于广告所带来的巨大广告效益，让这一年健力宝的销量增加了3000万元。经过这次事件，李宁在健力宝集团内得到了更多公司员工的尊重。

李宁在健力宝集团踏实肯干的态度，认真学习的热情很快就得到了集团的认可，他用自己的实际行动证明了自己，证明了四肢发达的体育运动员也有睿智的头脑。

创业，并不容易

在健力宝取得了成功之后，经过几番的思考，李宁选择了最富挑战性的工作——创立属于自己的体育品牌。

在当时看来，把一个企业的品牌维系在一个人身上，这无疑是一种冒险的方式。一旦李宁本人说错话或者办错事，品牌就面临着很大的危机。何况，作为一个体育明星，名气总会有失去的那一天，如果不能很快打开市场，公司的处境是可想而知的。

选择体育品牌，在当时很多业内人士看来，这绝对不是一个明智的选择。原因很简单，在全世界范围内，做体育运动行业的公司已经有了很优秀的代表,无论是耐克还是阿迪达斯,甚至锐步都是这个行业的佼佼者。何况,运动鞋的技术革命时期已经过去了,李宁也没有足够的资金和技术来进行自己品牌的创新。更为糟糕的是国内的环境,中国人数众多,是全球运动鞋第一生产大国,除了国外的品牌,国内生产运动的厂家一直依靠着产能优势、价格优势生活着。"李宁"夹在中间,可谓四面楚歌,貌似已经走到了无路可走的境地。但是,李宁已经下定了决心要把这条路走下去,而且,他的背后还有李经纬在支持他。

很快,1989年7月,《广州日报》刊发了李宁牌运动服装征集商标设计的广告,同时这一广告也在全国多家媒体进行刊登,意在向人民昭示着一个信息:"李宁"来了。在众多的征集稿中,李宁挑选了一个沿用至今的商标:松鼠尾巴。对于这个中学老师设计方案,李宁很满意:这个看上去像松鼠尾巴的设计图案,很像李宁姓氏的首写字母"L",又有一种体操平衡感,并且显得很轻快活泼,很符合运动品牌的形象。

在李宁的心中,一直有一个梦想,梦想着希望中国的奥运冠军能够穿着自己的领奖服站在奥运会的领奖台上。

创立一个成功的体育品牌,有两位成功者给出了榜样。阿迪达斯的创始人是德国中部一个小城市朴素德国工人的儿子。在他20岁的时候,这个性格稳定的面包店学徒搭建了一个小作坊,一心想要制造一种主要用于运动的鞋子。制鞋的原料来自他自行车旅行中找到的废弃物和碎片,甚至从一战结束后废弃的汽车轮胎和美军的汽油弹里找到的橡胶。他的行为受到了父亲的强烈反对,因为在父亲看来,面包师是个有前途的职业,而当地鞋厂一直都是处于倒闭的状态。

在阿迪达斯创业成功的四十多年后,在美国,也有一位对运动产品产生强烈兴趣的年轻人。1964年,已经大学毕业的奈特和他的大学田径教练鲍尔曼各拿出500美元,买了1000双日本产的鞋子,拿到美国销售。由于资金的限制，他只能将库存的鞋子放在母亲的洗衣房内。随着生意的扩大，他们开始自行设计运动鞋。到了1972年，奈特正式设计出了"耐克"商标，随后创办了耐克公司。

在遥远而古老的中国，运动员出身的小伙子李宁也同样怀揣着梦想，开始进入到了体育用品的行业。

1990年，刚刚成立的"李宁"要做的第一件事就是要与体育巨头争夺在自家门前召开的亚运会。在李宁看来，刚成立的公司没有钱做大面积的广告，亚运会就是最好的广告机会。而亚运会上最著名的方式莫过于亚运会火炬接力。

让李宁没有想到的是，亚运会火炬接力处对亚运会火炬接力开出的价码是300万美元。这无论是对于李宁或者健力宝来说都是一笔无法承受的巨款。这个时候，李宁的公关能力和名人效力发挥了一定的作用。他调动了一切他所能掌控的资源，并用一种爱国的情绪感染工作处的领导。李宁说："如果火炬接力的承办权落到外国公司的手里，那将是12亿中国人的耻辱。"

经过一番艰苦的谈判，最终亚运会火炬接力活动，将由健力宝主办，而费用已经降低到了250万元。

在1990年8月，李宁作为运动员代表，身穿雪白的李宁牌运动服，在世界屋脊青藏高原上接过了亚运会圣火的种火。在整个亚运会圣火传递的过程中，全世界有2亿人直接参与，25亿中外的观众从媒体中了解到了健力宝，了解到了李宁牌。从那一刻起，李宁牌一炮打响。

这不仅是一次成功的公关策划活动，也是李宁商业才华的完美展现。这次赞助的成功极大地增长了新生的李宁公司的实力，刺激了李宁的进取心。

在1991年，由健力宝投资1600万元，广东李宁体育用品公司正式成立。到了1992年年底，李宁公司分别在北京、广东成立三家公司，各自从事运动服装、休闲服装和运动鞋的生产经营。

刚进入这一行业的时候，李宁采取的是贴牌方式生产"李宁牌"运动鞋，但是因为缺少经验，出厂的第一批鞋全部为不合格产品。当时，李宁投入运动鞋的开发只有50万元，其中有20万元都压在在这种运动鞋上。这是李宁在生产控制上的第一次尝试，结果却是这样的失败，李宁心里异常的沉痛。但是，李宁还是做出了决定：把不合格产品全部销毁，从头再来。那一年，李宁不到28岁。

李宁在起初创办公司的时候，主要的操作人员就是李宁和几位退役的队友，还有李宁的一些家人，那时的李宁公司是一个十足的家庭公司。到了1992年的时候，公司稍具发展的时候，李宁就有意识地聘请专业人员加盟。这期间最著名的例子就是李宁公司的第二任总经理陈义宏。他从生产总监做起，一步一个脚印升到总经理的职位。随着陈义宏等一批专业人才的加入，李宁公司有了长足的发展，公司的营业额每年以100%的比例进行增长。

"母子分离"

虽然李宁公司发展的势头很强劲，但在李宁的心中，有一个永远的心结，那就是李宁公司的特殊身份。李宁公司是健力宝的全资子公司，而健力宝的控股股东是广东三水县政府，是属于国有资产的。在李宁自己的心中，他更希望自己的公司能够朝着现代化的企业模式进行发展。要实现这个愿望，首先要解决两个问题：一是对公司进行股份制改造，另外一个是将李宁商标从健力宝中分离出来。

1994年初，在一位记者的引荐下，李宁和首都经贸大学教授刘纪鹏见面了。刘教授极力鼓动李宁脱离健力宝，因为他深刻的知道这种产权不清的状况将对李宁公司的今后整体的发展产生致命的影响。

刘纪鹏这样做，是有自己的理由的，首先作为一个职业的"改股人"，他有自己的职业道德,他看到了太多因为产权不清而失败的企业。此外,李宁是全国人民喜爱的体育运动员,他是被全国人民认可的,所以他愿意去帮助李宁。

在刘纪鹏的建议和操办下,李宁决定同健力宝公司分家。到了1994年年底的时候,只是在股份和品牌上采取了一些变动措施,李宁公司就顺利脱身。而在企业创立之初健力宝历次投入的1600万元,李宁分三次用现金进行了偿还。据刘纪鹏介绍说:"这种偿还是在历史成本之上偿还的,并没有一个很可怕的增值。"

一个公司的发展不可能是一帆风顺的,在经历了1993年到1996年的快速增长后,到了1997年,亚洲金融危机来袭。中国经济陷入到了一个低谷。此后的数年,李宁公司的销售收入一直徘徊在7亿元左右,李宁产品的市场地位也开始有了下降的趋势。

身处困境中的李宁萌发了上市的想法,在经过一系列的改革措施后,李宁公司有了新的变化。到了2001年,李宁公司营业额为7.3亿元,2002年为9.6亿元,2003年则增长到了12.76亿元。随着公司营业额的不断攀升,李宁公司的上市计划再次被提到了日程上来。经过了半年多的精心筹划,李宁公司终于2004年6月28日正式在香港主板市场上市,公开发行2.47亿股,并于7月9日再次增发新股3697.6万股,而李宁及其家族拥有资产在10亿港元以上。

奥运与雄心

奥运会,始终是李宁和他的品牌根深蒂固的一个情结。从2001年北京拿到2008年奥运会的主办权后,李宁为了能够与北京奥运会达成合作,其中付出了很大的艰辛。

在北京奥运会赞助商的竞争中,阿迪达斯是李宁的最大竞争对手。为了赢得赞助商的资格,李宁的核心竞标团队在奥组委的旁边专门租了一个房子,数十个人每天工作十几个小时来完成自己的策划赞助方案。

结果是令人心碎的,阿迪达斯凭借着自己雄厚的财力战胜了其他竞争对手,赢得了奥运会的赞助商资格。面对这样的结果,很多人都难以接受,但李宁没有放弃,他又打出了充满中国式智慧的组合拳。

在2006年,李宁便与中央电视台奥运频道签约,为所有主持人、记者量身打造专业服装。因此,在北京奥运会期间,李宁品牌也再一次通过中央电视台奥运频道的转播出现在亿万电视屏幕中。这是一个精彩的擦边球,也是一个奥运经济中的经典案例。

2008年3月,一辆黑色奔驰拉动着一个足有600平方米的黑色车厢从北京朝阳公园出发,开始了穿越中国版图的奥运旅行。这就是所谓的"李宁大篷车",也是李宁奥运行销创意的一部分。

李宁的创意收到了效果,根据行业报告,李宁于2009年超越了阿迪达斯,成为了内地体育市场占有率第二的品牌。

在体育运动的选择上,李宁主要选择了乒乓球、跳水、体操、羽毛球、网球等这些具有敏捷、灵敏、柔韧等东方体育特质的运动项目。在这其中,特别是羽毛球,在李宁看来,羽毛球在未来几年将会成为中国中产阶层的第一运动,而李宁希望消费者在进行羽毛球运动的时候,第一个想到的品牌就是李宁。为此,在2009年的7月份,李宁公司斥资1.65亿元收购了目前中国羽毛球器材市场三大品牌之一的凯胜体育。

"我们目前还是追赶着。"李宁公司现在的负责人在谦逊中表达了自己扩张的野心,"多年以前,有谁能想到索尼会被三星超越?人们固有的想象,都是会被打破的。"他说。

张钢

将火锅店做成餐饮业帝国的人

——有太阳的地方就有小肥羊。

姓　　名	张钢
籍　　贯	内蒙古自治区
出生日期	1964 年 11 月
历史评价	内蒙古小肥羊餐饮连锁有限公司董事长,第一个让中国餐饮品牌在香港证券交易所上市的人。

一个小小的涮锅,却孕育出了 50 亿的餐饮帝国。一个从内蒙古走出的品牌,让全世界的人们感受到了草原的味道。他是草根创业的代表人物,他为了企业的发展甘愿降低自己的股份。他为引进人才而不惜成本,他就是来自草原的汉子——张钢。

不安分的少年

1964 年张钢出生在典型的工人家庭。他的父母都是包钢的普通工人。按照子承父业的习惯,1981 年,张钢高中毕业后进入到了包钢技校学习。在上技校的时候,张钢第一次体会到了赚钱的乐趣。他用借来的钱在假日里开始摆地摊,主要是卖当时流行的喇叭裤。在假期里,他用借来的200块钱赚了300块钱。而当时他父母一个月的工资才27块钱。

1984年,技校毕业的张钢进入到了包钢,成为了一名看火的工人。这是一份体面的工作,并且是有国家保障的铁饭碗。但进入到车间的张钢看到自己的工作环境后,心里直嘀咕。原来,矿粉要经过燃烧这个环节来提高铁的含量,而这其中的火候掌握是十分关键的。张钢每天下班后,浑身上下都是铁矿粉,再加上看火是一个需要细心的活,一旦过了火候便意味着一场事故。

在上班几年后,张钢终于无法忍受自己的工作了,选择离开了包钢。可是自己又能做什么呢?上学时期倒腾服装的经历给了他启发:接着做服装生意吧。

那时候做服装生意主要都是南下到温州批发。地处交通不便的包头,张钢每次都要先从包头到北京,然后从北京转车到杭州,到了杭州以后还要乘坐数小时的长途汽车。这种辛苦的生活,锻炼了张钢的意志,更锻炼了他的眼光。在1991年的时候,张钢眼看着自己的一个好朋友因为一两笔货没有进好,最终弄得身无分文。而服装生意是分季节性的,一旦判断失误,后果将不堪设想。

到了1993年,张钢慢慢也积累下了近10万元的资产,但他还是下定决心不做服装了。但又该做什么呢?张钢一时心里也没有了方向。

在1993年到1995年的三年时间里,张钢一直在寻找好的项目,但一直没有找到。直到有一天,做服装生意认识的张宁平向张钢借钱。张钢问他借钱做什么?张宁平说要做手机生意。张钢听到以后就说:"干脆咱俩合伙做,我出5万,你出1万,股份一人一半。"于是,他俩从广州进了十几台砖头大的手机。1995年的时候,手机刚刚兴起,销量很快。张钢清楚地记得第一部手机就赚了1700元钱。

尝到甜头的张钢很快就和朋友合开了一家名叫惠达丰的手机经销部。在生意好的时候,一天能赚上一两万元。惠达丰很快成为包头市实力最大的个体手机经销商。看到张钢的生意红火,很多人也开始跟风,很快包头遍地都是手机店。开店的人多了,张钢的利润自然也就少了。到了1997年的时候,一部手机的利润只有几十元了。

到了1998年,有朋友给张钢说信息台能够赚钱,投资设备大概100万元左右,张钢和几个以前的合伙人在商量之后决定投资信息台。在开业的当天,张钢甚至都没有拿到电信局的正式批文。

包头第一家信息台开业后,张钢很快就把自己的业务扩展到了外地。在收回成本之后,张钢觉得这项业务没有太大的发展空间,有了重新改行的想法。

小肥羊,一炮打响

在一次出差的过程中,张钢吃到一种不蘸小料的火锅,觉得味道还不错。同时张钢也看到在呼和浩特有一家四川人开的火锅连锁店,生意时非常的好。张钢立刻敏锐地意识到羊肉火锅将是一个很大的市场。为此,张钢花了大价钱买下了火锅的底料,并且按照当地人的饮食习惯做出了改进。

在准备开店前,大家正在为起什么名字发愁的时候,张钢随口说"小肥羊",众人听到这个名字,一致表示赞同,这个名字与涮羊肉有关,并且十分好记。就这样"小肥羊"诞生了。

汤料经过张钢改进后的小肥羊涮肉火锅,在1999年8月8日正式开业,张钢与老朋友陈洪凯共同投资,成为小肥羊最初的创始人。生意好的出乎张钢的意料。在开业三天之后就出现了排队就餐的情形。两个月后,包头的另外两家分店也开始营业。

吃涮羊肉要蘸小料，这是百年以来传统的吃法。在这种吃法中，附属原材料配料繁杂，在配料中包括了麻酱、虾油、腐乳、韭菜花等样样不能少，调制起来非常麻烦。因此，在一般人看来，好的涮羊肉店必须配备技术精良的配料师父。没有调配精良的佐料，羊肉涮久了，汤料会变得乏味。而张钢开创的不蘸调料吃火锅将复杂的事情变得简单，受到了广大消费者的热烈欢迎。

此外，中式餐饮口味过分依靠厨师，一百个店有一百个厨师，也就有了一百个味道，很难形成自己的规模。而传统火锅的配料都是师傅的独家秘诀，这种情况也很大程度上抑制了涮肉产业的规模化。为此，小肥羊火锅底料的生产实行了工业化生产，统一配送汤锅底料，这省略了厨房的加工过程，也解决了中餐餐厅厨房面积过大的难题。

这样一来，张钢的连锁发展计划也开始实施了。就这样，小肥羊在全国各地攻城略地，仅仅过了三年，到了2002年的时候，小肥羊的营业额达到了25亿元，成为中国本土餐饮业的老大。

速度与健康

随着规模的不断扩大，小肥羊的问题也暴露了出来。

小肥羊当初的连锁模式基本上是这样的：在前期的时候，小肥羊主要是找一个单店作为一级加盟商，在打开市场后吸引单店的继续加盟。想要加盟的人主要是向一级加盟商申请，各地单店主要对一级加盟商负责，总部主要对一级加盟商负责，一般一级加盟商报上去的新加盟者总部都会批准。这样在最大程度上扩展了小肥羊的影响，使得整个企业得到了飞速的发展。但是，随之而来的就是由于对加盟控制的随意性太强，造成了小肥羊各地形象不统一，财务和预算也不完善，总部与单店之间缺乏沟通等各种矛盾。这个时候，一些加盟店甚至被曝出了卫生质量问题，这些现象都严重影响了小肥羊的品牌形象。

要速度还是要健康？刚刚三岁的小肥羊开始考虑"减肥"的问题。为此，张钢意识到自己必须要引进管理方面的人才了。而张钢物色的人选就是蒙牛集团副总裁孙先红。为了能邀请到他的加盟，张钢"三顾蒙牛"，孙先红终于来到了小肥羊，只不过与孙先红一同前来的还有当时蒙牛的财务投资总监卢文兵。为了能够真正留住人才，张钢将小肥羊5%的股权给了孙先红，而孙先红拿出2%给了卢文兵，二人正式成为小肥羊的股东。随后，原衡水驻京办事处的张占海也进入小肥羊，成为小肥羊副总裁。为此，张钢是这样解释的："我这人爱分享，有一家店，再大的股份也不多，有1000家店，再小的股份也不少。"到了2005年的时候，张钢和陈洪凯的股份从100%降到了40%，而小肥羊集团公司的股东已经达到了47人。

张钢的选择是正确的，2004年卢文兵正式加盟小肥羊，任常务副总裁，负责小肥羊的财务、信息建设以及日常事务工作。

走马上任后，卢文兵发现小肥羊完全是一个大型的个体餐馆，只不过是有很多的加盟店而已。在卢文兵看来，依据目前小肥羊的状况，小肥羊要想上市，还有一段很长的路要走。卢文兵告诉张钢，要想让小肥羊上市，至少需要四年的时间。而张钢对此的回答是："你放手去干吧，想怎么干就怎么干。"

张钢之所以敢于舍弃自己的股份，甚至让出自己一手打造小肥羊的管理权，张钢和最初小肥羊的股东也知道，小肥羊未来的发展,,最终要依靠制度化管理而非人治。当年赤手打天下、浑身草莽色彩的创业者最好的选择，莫过于把管理权交给那些熟知现代企业制度的经理人。

有了张钢的支持，卢文兵开始显示出他优秀的管理手段：卢文兵首先从部门设置、人员配备等方面入手。他几乎裁掉了公司所有中层管理人员，重新招兵买马，重新设立各个行政部门，让小肥羊的管理体系逐渐规范。

对于众多的加盟店，张钢显示出了自己壮士断腕般的魄力：从2003年年底开始,小肥羊抵御住了各地不断要求加盟的申请,大刀阔斧地进行全面的战略调整,将前期追求加盟数量的扩张模式调整为专著品牌信誉、确保稳健经营的方向上来。对于各地合约到期又做不好的加盟者,小肥羊一律收回改为直营;坚定地将上海、北京、西安、深圳、天津等五大城市定为直营的战略城市。为了提高自己的国际竞争力,张钢在总部明确下令:往后只要是肯德基、麦当劳设点之处,邻近的小肥羊店面全部都得直营。很快,小肥羊的加盟店从700多家缩减到300多家,虽然加盟店数量减少了,营业额不但没有下降,反而增加了。

中国火锅第一股

2005年餐饮百强的统计中,小肥羊稳居火锅企业头把交椅已经有几年了,然而这样的发展规模并不能满足张钢的发展目标。在张钢的理想中,"有太阳的地方就有小肥羊"。这首来自小肥羊公司的内部歌曲描绘了小肥羊国际化的蓝图。

2005年,小肥羊开始了自己在海外的扩张,先后在中国香港、中国澳门、中国台湾等开始了有益的探索。其中,中国香港的四家店为小肥羊创造了1.4亿元的营业额,多伦多的小肥羊店试营业的当天流水额就有5万元。到了2006年,小肥羊在海外关闭了海外加盟的大门,只做直营店。

到了现在,小肥羊在中国台湾、新加坡、中国澳门、韩国、日本等的分店将陆续开张,而在欧洲的布点也在紧锣密鼓地准备着。

当初张钢从蒙牛挖来卢文兵,最重要的任务就是希望他能够帮助小肥羊上市。公司要上市,财务必须规范,这是公司做大的第一步。同时重启战略加盟战略。在国内市场,一、二线城市主要以直营为主,二、三线城市以加盟为主,形成了成相互补充、相互促进的格局。新的加盟政策提高了对加盟者的要求,也提高了对加盟者的服务,最终的目的是提高加盟店面经营的标准化使之高水平运营,最终达到了消费者、加盟者、公司的三方共赢。

时间到了 2008 年,小肥羊集团有限公司股份在香港联合交易所上市。这是首个在香港上市的中国内陆品牌餐饮企业,被誉为是中国火锅第一股。

如今,小肥羊拥有三个全资控股子公司、五个分公司、一个物流配送中心、六个省级总代理、六个市级代理、718 家连锁店。公司直营及特许连锁经营的"小肥羊火锅店"遍布了全国 32 个省市。张钢的梦想也逐渐变成现实。

张茵

废纸堆里走出来的女富豪

——我虽然居住在美国，但我的事业在中国。

姓　　名	张茵
籍　　贯	广东省韶关市
出生日期	1957年
历史评价	东莞玖龙纸业有限公司董事长。

她第一次出现在胡润财富排行榜的时候，很多人并不认识这个女子。她从一团废纸开始自己的事业，她不甘现状，她积极进取，她鼓励环保，热衷公益，在2006年，她成为"胡润百富榜"上的第一位女首富，也是全球白手起家的女首富，她就是商界奇女子张茵。

收废纸的女人

张茵1957年出生于广东，父母都是"南下"军队干部。1982年，张茵开始攻读自己喜欢的财会专业。

1985年，27岁，对于一个女人来说，正应该是相夫教子的时候。可是，张茵放弃了国内优厚的工薪和住房，带着自己仅有的三万块钱到了香港。张茵选择的是废纸回收这一行业。

在刚进入到造纸业的时候,张茵敏锐的观察到当时内地纸张短缺的情况和其中蕴含的巨大商业潜力。由于我国的国情,我国虽然国土面积比较大,但整体的森林资源是比较匮乏的。尤其是改革开放的初期,纸张使用的速度大于森林的建设速度。在废纸回收这块,国内废纸回收体系不是很健全。这样一来造成的后果就是:国内用纸尤其是大部分高档用纸的原料都需要进口的废纸和木浆。

废纸回收是一个入门较低的行业,因此,张茵"收破烂"的事业得到了不少客商的支持。自从张茵在香港入了这一行,她就触动了同行的利益。原来,张茵一直坚持品质第一的原则,而在纸浆里掺水是香港此行的"行规"。为此,张茵甚至接到了黑社会的恐吓电话。面对着这种情况,张茵没有退缩,她选择了坚持。最后因为她的豪爽、公道,收废纸的那些人都愿意跟她做生意,愿意将自己收来的废纸卖给张茵。张茵也经常去看望他们,力所能及地去帮助他们。虽然在香港从事收废纸回收的都是一些文化程度较低的人,但特别的讲信义。尽管张茵的广东话讲的不是很好,可是那那些人都愿意向她诉说心里话。

由于张茵对回收的废纸坚持高标准、高品质,再加上那时正赶上香港的经济正处于腾飞的阶段,所以,张茵仅仅用了六年就完成了原始资本的积累。

有了造纸原料,张茵开始觉得,为什么非要把原料卖给其他造纸厂呢?张茵开始着手自己的造纸事业。1987年,张茵在香港做了不到两年,张茵就开始在大陆寻找可以合作的造纸厂。在此期间,张茵开始在中国选择投资合作伙伴,第一站是她的祖籍东北。张茵和辽宁营口造纸厂合资,很快就取得了成功。随后张茵就与武汉东风造纸厂、河北唐山造纸厂合作,投资规模有了进一步的扩大。

张茵在东莞1988年建立了独资造纸厂——东莞中南纸业有限公司,主要生产生活用纸。这是张茵事业的一个里程碑。

造纸巨头

　　香港的事业虽然发展得很好,但说到底是只是一个岛屿,原料是十分有限的。张茵将目光投向了世界上最大的原材料市场——美国。到了美国,张茵给自己定下了一个目标:成为美国的造纸原料大王。

　　1990年,张茵夫妇将回收废纸的事业重心迁往美国。之所以选择美国,张茵是经过深思熟虑的。除了那里的废纸资源丰富之外,还因为在美国的废纸回收系统是非常高效和科学的。此外,张茵凭借自己的细心,她发现并利用了别人没有发现的机遇——大量运送出口货物的集装箱回到中国的时候很多都是空返,因此张茵只用了极低的运费就把美国的废纸运到了中国。

　　1990年2月,张茵夫妇开始在美国拓展自己的废纸回收业务,成立了中南控股公司。如果说在香港的成功是依靠勤奋和勇气的话,那么张茵在美国的成功更多的是自己的智慧和多年积累。在短短的十年时间里,张茵建立的美国中南有限公司先后在美国建立了七家打包企业和运输企业。

　　1996年,张茵果断地在东莞投下1.1亿美元,成立了玖龙纸业。在当初设立玖龙纸业的时候,张茵显示了很多男性都难以企及的魄力和眼光。在20世纪90年代,绝大部分的中国造纸厂还处于年产5万吨左右的规模。

　　张茵给自己的定位是世界第一的包装纸厂商的目标。所以,一旦进入到这一行业,张茵就做了详细的规划。

　　2000年6月和2002年5月,张茵又花费巨资在东莞的基地安装了两条新的生产线。经过几年的发展,玖龙纸业的三条生产线,年近百万吨的生产能力在中国众多包装纸板市场上确立了自己的领头地位。但张茵的目光不在于此,玖龙纸业的脚步也从未停止。在张茵的领导下,新的生产线一条又一条的建成。

除了东莞的生产基地,张茵又把目光瞄准了江苏太仓。在江苏太仓很快形成了95万吨的产能,几乎是把一个新的玖龙纸业搬到了太仓。

张茵的眼光不仅仅在于自己纸厂的发展,还在于对未来的预测。现在投资最大的投入往往就是土地的价格。但张茵的玖龙纸业在东莞市麻涌镇的1353亩土地的建设了35万平方米厂房。令人想不到的是当时的土地成本仅为每亩2万元。到了江苏太仓,张茵果断出手,在太仓以单价8万~8.6万元购买了3839亩土地。不到几年,全国各地的土地价格飞涨,玖龙纸业深受其益。为以后的发展节省了大量的资金,展现了一个成功企业家的特质。

以后的几年里,随着中国经济的发展,中国对于箱纸板的需求也不断增加,张茵不断投资购买了大型造纸机。到了2005年底,玖龙纸业的产能已经达到了330万吨,在中国市场的占有率也达到了17%,从而超越了晨鸣纸业,发展成为全国第一、亚洲第二、世界第八的造纸业巨头。

财富人生

中国的发展,让更多的外商走进到中国,中国的企业也开始大胆地走出国门,这些国内外企业的巨头,以可口可乐、耐克、索尼等国际企业,以及以海尔、TCL等国内龙头企业都对自己的产品需要高质量的包装物,玖龙纸业的产品供不应求。

张茵是一个异常冷静的人,在国内的业务迅速发展的时候,她也从来没有忘记过对美国中南纸业业务的发展。2002年的时候,中南纸业跃升为美国集装箱出口量最多的公司,并以超过500万吨的出货量成为了欧美地区最大的纸原料供应商,大概每年需要20万个12英尺标准的运输集装箱。

在2005年的时候,美国每年可再生利用废纸中的1/7被中南输出,而中国再生造纸原料的1/4以上由中南输入。

这样,张茵就有了自己产业链条,张茵凭借中南纸业在美国的巨大业务,她将废纸低价收购并且以很低的运费运到了中国,以最优化的成本——中国相对廉价的土地、能源、人力资源、生产紧俏的高档纸制品。充分利用了自己各处的资源,合理分配,在中国造纸业中实现了属于玖龙纸业的神话。

2006年3月3日,玖龙纸业在香港成功上市。张茵以中南为基础,构建了庞大稳定的原材料供应渠道,同时,张茵以具有前瞻性的发展眼光、专一性的经营理念、超前的环保理念、完善的管理和配套服务以及规模效益,使玖龙纸业在香港股市得到了投资者的极大认同。在这种情况下,国际顶级投行"摩根士丹利"将玖龙纸业加入到了环球指数、标准指数的成分股,并加入香港恒生综合指数。

这一年,玖龙纸业成功地在香港获得了578倍的超额认购,募集到的资金超过38亿港元。而张茵也凭此一举超过黄光裕,成为了当年的中国首富。

张茵深深地知道,创业难,守业更难。为了搞好立业之本,张茵特别注重研发和控制成本方面的创新。到了现在,玖龙纸业所经营的包装纸客户却是相当多元化的。对此,张茵是这样解释的:"玖龙的客户都是全球性的,最大客户只占其销售总量的3%,40%的客户都是国外企业,包括许多财富500强企业。"

现在的张茵,依然很忙碌着,她用高标准的环保造纸来要求自己的企业,在优于国家标准的同时,玖龙在行业内率先建造环保、节能的焚烧炉,将造纸产生的固体废物和废水处理产生的污泥干化处理后用于焚烧发电,对绿色生产的实践不遗余力。

除了自己的造纸业,张茵也开始尝试进入新的行业,开启着自己别样的人生。

这个女人不简单

说起自己最大的成功秘诀，张茵总会提到说自己最大的特点就是埋头做自己的事情，凡事量力而行。在十多年的时间里，张茵的公司一年一个台阶，得到了快速的发展机会。然而张茵对此看得很淡："是我运气好，占了天时地利人和。"她说自己创业起步的时候，恰逢中国改革开放的黄金时期，回到美国后又恰逢美国经济复苏持续繁荣。除此之外，美国森林资源丰富，造纸业发达，废纸回收系统也十分科学。又加上她在香港经营过公司，公司资金雄厚，从而得到了很快的发展机会。

在张茵的眼里，性别对她发展没有什么阻碍。虽然工作起来女性体力稍差一些，但在其他方面和男人没有任何区别。张茵认为，只要有智慧，有进取心，有好的人品，就有可能获得成功。由于自己有信心能赚钱，对待钱财时显得比较大度。经常挂在张茵嘴边的一句话就是"女人男人，没有区别"。

十多年前，张茵梦想着做全美废纸回收出口大王。在这个愿望实现之后，张茵又有了新的愿望，那就是在中国实现年产包装纸100万吨，成为中国牛卡纸大王。据张茵自己说，目前看来，中国的经济秩序越来越好，投资环境也越来越稳定。在这种情况下，她承诺："在中国赚的钱一分也不会带走，要全部用于扩大再生产。"

这也就是张茵在接受采访时所说的一句话："我虽然居住在美国，但我的事业在中国。"张茵是这么说的，也是这么做的。

许家印

地产界的领军人

——质量塑品牌、诚信立伟业。

姓　　名	许家印
籍　　贯	河南省周口市太康县
出生日期	1958年
历史评价	恒大地产集团董事局主席。

他从农村中走来,他是高考恢复的受益者。他凭借着敏锐的眼光成为了中国房地产的引导者,他用自己的行动诠释了一个富人应该承担的责任,他用自己独特的营销手段引领着中国体育的进一步发展,他用自己的行动向人们证实着:为富亦仁。他就是恒大地产的老总——许家印。

勤奋的年轻人

许家印的父亲是16岁参军入党的老革命。在负伤后复员回到了村子里当报关员。在许家印还不到一岁的时候,母亲得了败血症,在那个医疗技术并不发达的时代,母亲匆匆撒手人寰。小小的许家印也就成天了"半个孤儿"。

在许家印小的时候,他就是一个不安分的孩子,喜爱倒腾"科技",在上小学的时候,他用块铁片做开关,把破电线、铁丝连在一起,连到被丢弃的手电筒电池上,就能制作出一个照明的"小家电"。

在农村,上学是唯一的出路,一家人省吃俭用,许家印一直读完了高中,但由于种种原因,年轻的许家印在农村干了两年的农活,直到1977年高考恢复,许家印终于有了把握自己命运的机会。高考的第一年,因为时间比较仓促,准备不是很充分,许家印落榜了。对于一心想走出农村的许家印来说,他不甘心就这样失败。第二年的时候,许家印发愤苦读,五个月后,178厘米高的许家印瘦得只剩下了90斤,但他也如愿以偿地考入了大学。在那年的高考中,许家印的成绩是整个周口市的第三名。

许家印最终来到了武汉钢铁学院(现武汉科技大学),他的专业是冶金系的"金属材料及热处理"。对于一个一心想离开农村的年轻人来说,许家印心里这样琢磨:即便再差,也能去炼钢厂当个工人的。

在大学里,许家印是一个学习不错的学生,他的老师倪国巨后来回忆说,许家印是一个"勤于学习,善于思考,长于宏观,精于细节"的人。

1982年,许家印大学毕业了,他被分配到了舞阳钢铁厂。两个月后,许家印主持制定出了"生产管理300条",其中就有一条"150度考核法"。具体做法是:在值夜班的时候,当坐在椅子里的值班人员身体打开的幅度超过150度,就定性为上班睡觉,要接受罚款。这种方法后来在厂里广为流传,许家印也由此得到了"点子多"、"会管理"的称呼。在舞阳钢铁厂,这个四面环山的地方,许家印一待就是10年。

创业，从零开始

1992年，许家印来到人生地不熟的深圳，开始了自己新的生涯。为了找到工作，他自己做了将近三十几页简历，东奔西跑跑了三个月，却没有任何结果。后来根据别人的建议，他将自己的简历浓缩成了2页。这一招果然取到效果，很快就有几家公司约他去面试。在经过面试后，许家印来到了中达，这是一家做贸易的公司。他从最基础的业务员做起，依靠着踏实可靠，又勇于开拓的精神很快就成为了这家贸易公司的办公室主任。

到了1995年底，已经成为这家贸易公司总经理的许家印，有了人生中一次机遇。他的老板派他进军广东的房地产业。到了广东，许家印看到了广东经济的快速发展。

就这样，许家印带着一个司机，一个出纳，一个业务员，一家公司就这样成立了。这家公司在广州做的第一个项目就是"珠岛花园"。这个项目在当时以大户型为主流的广州楼市，许家印另辟蹊径，主打"小面积、低价格"策略。在还没有发售的时候就引起强烈的反响。这个项目从一开始就体现出了许家印的烙印——快点，再快点。这个项目在实现了"当年开工，当年销售，当年售罄"，而做这个项目之前，许家印从未接触过房地产。

1997年，许家印决定创业了。促使这种改变的，是待遇的强大落差。广州的一个"珠岛花园"项目为母公司挣了接近2亿元，而当时许家印的工资才3000多元。经过和以前老板的长谈，许家印开始了自己白手起家的创业时期。他没有从公司带有一分钱，只是带了七八个人就创立了恒大实业集团公司。

在公司成立之初，亚洲金融风暴已经开始了。恒大地产集团逆势出击，采取了"短、平、快"的策略。恒大所做的第一个项目是"金碧花园"，这个高标准起步，低价位入市的项目创造了在广州昼夜排队购房，日进亿元的销售奇迹。经过三年多的快速发展，恒大地产集团开始进行资源的优化整合，开发流程的规范化，陆续开发出了第二金碧花园、第三金碧花园、金碧新城、金碧世纪花园、金碧华府等精品楼盘。

到了2003年，恒大集团创下了13个房地产项目同期开发，创下了至今房地产界的开发记录。这13个房地产项目，累计占地面积300万平方米，总建筑面积500万平方米，预计总投资额达200亿元。就在这一年，恒大成为了广州房地产最具竞争力10强第一名，并首度跻身中国企业500强、中国房地产企业10强。

经过了前两个阶段的发展，恒大集团有了飞跃的发展。但许家印提出了"二次创业"的号召，许家印已经不满足于广州，他的目光投向了全国。融资困难一直都是国内房地产企业难以做大做强的瓶颈。随着国内资本市场的逐步开放，上市成为很多房地产企业募集资本的最佳方式。在2009年的时候，国际金融危机的大环境还没有完全复苏，在这种情况下，国内其他房地产企业上市之路可谓艰辛。但恒大地产因为其业绩增长的巨大潜力，准确的市场地位，在赴港上市的众多内地企业中脱颖而出。

恒大的地产赴港入市，还引起了多位香港知名富豪的入股，李嘉诚确认通过长江实业以逾1亿美元认购，英皇集团主席杨受成则以私人名义认购逾亿港元。

热衷慈善

许家印是从农村走出来的苦孩子,他在发展企业的时候,也开始主动承担起了属于自己的社会责任。根据不完全统计,恒大共为慈善、文化、教育及治安等社会公益事业捐款 80 余次共 1.25 亿元。他的这种行为也受到了社会各界的广泛关注和赞扬。

1998 年,在我国面临着百年不遇的特大洪灾面前,恒大捐款 800 万支持灾区人民重建家园。

1999 年,捐款 800 万元资助新疆哈密地区希望工程建设。

2000 年,捐款 600 万元支持国家希望工程。

2001 年,为了资助广州特困学生和在职特困教师,许家印向广州市教育基金会捐赠 600 万元。

2004 年 5 月,为支持广东"十项民心工程",1000 万元支持贫困地区危房改造工程。

2005 年 12 月,捐款 400 万元赞助 2005 女子世界杯乒乓球赛。

……

这只是许家印众多捐赠项目中的一部分,在偏僻的希望小学,在孤苦的老人家里都能看得到许家印为改善他们生活所做的努力。2005 年 11 月 16 日,恒大地产集团被授予首届"中国最佳企业公民"称号,成为首批被授予"中国最佳企业公民"称号的唯一一家广州企业。

中国足球的希望

2010年2月29日,恒大在通宵的决策会议后,做出了一个外界很难理解决定:接手广药足球。而许家印首先做了两件事:第二天上班后的两个小时之内,恒大将俱乐部拖欠球员的工资奖金全部付清,又在一天之内将俱乐部对外欠款全部付清。

虽然许家印大力支持着足球,但他并不喜欢足球。甚至出现这样的状况:2010年恒大花了几千万引援,钱都花出去了很久,许家印还没认清谁是谁。

但这并不影响许家印支持足球,外人看来是难以理解的选择中,许家印有自己的看法,这是一笔相当划算的投资:对于已经处于冰点的中国足球,这是一次绝佳的抄底机会;对于快速扩张的恒大地产,足球将成为它一个绝佳的品牌宣传策略;对于急于扔掉足球包袱的广州市政府,恒大此举是在为政府分忧。

但这都不是最主要的原因,许家印曾经说过:"中国足球与中国经济的地位十分不配,像恒大这样有能力的企业,有责任去做。"

翻看这几年许家印对中国足球投资账本的人,很多人对于恒大地产都有这样的疑惑:一个民营企业家怎么拿得出如此源源不断的巨资,砸向与主业风马牛不相及的体育事业?

在中超的赛场,许家印定下的奖惩方案是"513":赢一场奖励500万元,平一场奖励100万元,输一场罚300万元。这是史无前例的高额奖励方案。

三年内,许家印已烧掉17亿元。这些钱主要用于以下用途:买断广药俱乐部全部股权、投资中超史上最豪华开幕式、开办恒大皇马足球学校的初期投资、引进几大内外援的转会费与年薪、新赛季奖金,等等。但这并不是一笔亏本的生意，与2009年相比，恒大集团2011的净利润已猛增11倍。

　　由于中国的足球水平和足球环境所致，恒大暂时还请不到世界顶级的球员前来效力，但是，就在2012年5月，世界上最好的教练之一，带领意大利队夺得2006世界杯冠军的"银狐"里皮已经站在了恒大队的教练席前。许家印的传奇还在继续……

梁稳根

民营重工第一人

——相对于国家的进步而言，
　　企业自身利益的得失是微不足道的。

姓　　名	梁稳根
籍　　贯	湖南省涟源市
出生日期	1956 年
历史评价	三一集团的创始人。

创建一流企业，造就一流人才，做出一流贡献，凭借着这样的豪情壮志，梁稳根一直奋力向前。作为"民营重工第一人"，他带来了整个工程机械行业的变革。作为最早一批改股的企业，梁稳根信奉：国家之责大于企业之利。他用自己的行动证明着自己矢志振兴中国民族工业的信念。

年少创业

1983 年，梁稳根大学毕业后被分配到了一个国营的机械厂。年少的梁稳根很快嗅到了不安定的因素，他和几个志同道合的朋友不安心这份安安稳稳的工作，总想试图去做点什么。

在最初的故事里，梁稳根总是会提到最初的贩羊经历。那是在 1986 年的元旦,梁稳根得到消息,市场上的一头羊卖了可以赚20多元。于是,梁稳根和三位伙伴,直奔湘西、常德,甚至贵州这些产羊较多的地方。一时间,"大学生成了羊贩子"成了洪源机械厂的爆炸性新闻。但等买回了一大批羊后才得知,之所以羊会看涨主要是由于外贸部门取消了一些大合同,过了元旦,羊价开始往下跌。梁稳根赶紧收兵,他的一次创业很快就以失败告终。

这四个人的贩羊经历受到了很多人的非议。有人说,国家花了那么多的钱培养他们,他们不为国家出力,老想着自己赚钱,满身铜臭。尤其是令梁稳根很难过的是自己父亲的态度,他的父亲曾拿着扁担追着梁稳根要把他撵回洪源机械厂。在老人的眼里,自己辛辛苦苦把儿子培养成了一个人让人羡慕的国家干部,在常人看来好歹也算是混出了个人样儿,怎么能说不干就不干了?

随后,梁稳根开始做酒,结果失败。接着,梁稳根接着做玻璃纤维,结果依然是失败。

几次的创业失败并没有改变他创业梦想,不断的失败也让一个懵懂的毛头小伙子变得更加成熟,更加理智。

在几经失败后,梁稳根通过分析,决定开发当时市场上一种很缺乏的有色金属焊料。梁稳根和自己的伙伴共4人,其中有3人是学材料专业的,再加上在中南大学材料专业方面颇有建树的梁稳根的恩师翟登科教授,梁稳根的底气从来没有这么足过。

1986年,梁稳根和自己的创业伙伴拿着东拼西凑的6万元,成立了涟源茅塘焊接材料厂。在一个地下室里,梁稳根开始了自己金属焊料的配方研制。在这期间,他们通过了数百次的调整,几十次的工艺改进。梁稳根终于开发出了自己的第一个产品——105铜基焊料。为了验证成果,梁稳根把这种焊料寄给了辽宁的一个工厂。可仍梁稳根没有想到的是,没有过多久,梁稳根便收到了工厂退货,原因是焊料的质量不过关。

按照以往的判断,这次创业又面临着夭折的危险。但此时的梁稳根已经不那么早下结论了,为了确保来之不易的创业项目,梁稳根回到了自己上大学的母校,请到了恩师翟登科来进行现场的指导工作。经过不懈的努力,梁稳根生产的焊料终于获得了厂家的认可。到了1986年的9月,梁稳根和他的创业伙伴收到了第一笔货款——8000元。到了1989年,梁稳根创立的小厂收入已经突破1000万元。

无人敢涉足的领域

随着企业的发展,梁稳根的眼界也变得更加开阔。他注意到当时国家巨大的基础设施建设所带来的巨大商机。"虽然我们不懂基础建设,但基建行业的设备我们还是懂的。"就凭借着这一句话,梁稳根决定把自己创业领域伸向一个向来没有个人敢于涉足,只有国企才敢做的行业——重工制造领域。

1993年,对于梁稳根来说是极不寻常的一年,在这一年,他主要做了这样几件事,首先将企业更名为"三一集团",然后将涟源的材料基地改造为"三一材料集团有限公司",最后将自己的总部搬到了湖南长沙。为了获得更好的市场份额,梁稳根又开始研制混凝土传送泵等工程建筑机械产品。事实证明,梁稳根的选择是十分明智的,在当年,三一的产值就已经超过了亿元大关。

从1993年到2003年的十年间,三一得到了快速发展,很快便跃居到全国工程机械行业的前列。

到了2003年,梁稳根把自己的目光投向了更为广阔的全球市场。以振兴中国民族工业为己任的三一重工,多年来始终坚持自主创新的道路,用自己的实际行动为中国的工程机械赢得了世界声誉。

2002年9月,在香港国际金融大楼施工现场,三一混凝土泵将混凝土送上了406米的施工面,比原来由国外老牌企业创造的308米的世界纪录提高了将近100米!

2003年9月,在举世瞩目的三峡三期工程工地上,三一新一代三级配混凝土输送泵试打成功,使输送三级配混凝土成为现实,填补了国内外工程机械领域的又一项空白。

用产业报效国家

2005年6月10日,三一重工股权分置改革方案以高票获得通过,并由此成为中国股权分置改革第一股,永久地被载入了中国资本市场发展的史册。

这次的成功,是梁稳根创办的三一集团文化精髓的重要体现,他们用自己的实际行动说出了三一创业者们心中最朴实的话语——"心存感激,产业报国"。

在成功的背后,梁稳根背负着巨大的压力。在2005年5月,当国家的决策部门正式宣布三一重工成为首批四家股权分置试点企业后,梁稳根对这次改革的看法核心有两点:一是解决经营动力问题,二是完善资本市场功能。对于这次的股权改革,梁稳根一直用一个"大猪和小猪"的比喻——大猪和小猪关在猪圈里,饲料挂在墙上,大小猪都吃不到;如果大猪不把饲料拱下来,大猪没吃的,小猪肯定也没有。现在进行的制度改革,在一定程度上就是解决"大猪"拱食的动力问题。

事实证明,梁稳根的比喻是恰当的,三一重工股改不但成功了,而且为后来股改的企业提供了范本。

到了2005年5月24日,三一重工股权分置改革方案提高了对价——每10股赠送3.5股并补偿8元。面对众人的不解和疑惑,梁稳根表示:"国家之责大于企业之利。相对于推动整个资本市场改革的进步而言，企业自身利益的得失微不足道。"

最终，三一重工成功破解了中国股市的"头号难题"。梁稳根也以自己强烈的历史和社会责任感赢得了2005年经济年度人物奖。他获得的评语是：他花了19年时间，把创业梦想耕耘成中国经济改革的试验田，2005年，他第一家推出股权分置改革方案，他以产业报国的成功向我们印证——穷则变，变则通。

疾慢如仇

了解梁稳根的人都知道，梁稳根制定了一个标语"疾慢如仇"。而这条标语的制定，是在实际发展中总结出来的。在三一重工进入拖泵这个市场之前，行业内几乎所有的企业都是国有企业。而从国企里走出来的梁稳根知道这些竞争对手的天然缺陷，最大的问题就是决策迟缓。而民营企业的灵活性和快速进退的优势，恰恰可以在那些大企业留下的市场空白中求得生存和发展。在梁稳根眼里：产品一定要尽快进入到市场，不必等到所有的东西都做完善了，即便有了缺陷和问题，只要抢在竞争对手之前，自己依然有足够的时间和机会把缺陷改正。

在产品的营销中，梁稳根发现，用户在购买工程机械的时候，对施工机械的质量、性能和可靠性是非常重视的，但更加注重生产厂家是否能够提供及时而有效的维修服务。因为任何施工方都不愿承受在施工过程中因机械故障影响工程进度而带来的损失。因此，梁稳根采取了快速进入，用优质的售后弥补产品与国外品牌的差距。

有了这个思路，三一重工在全国设立了38个服务网点、6个配件供应点，对所有产品档案实行数据库管理。除此之外，三一集团总部还设有绿色指挥中心，全天候解答客户问题。为此成立了反应小分队以及时处理全国各地的疑难故障，实时为客户提供服务。即使自己的用户远在西藏，三一在当地的维修人员也能在40分钟内赶到现场。

这种方式让三一重工受益匪浅，在很多用户中对三一的服务满意度是非常高的，这也是三一迅速扩张的重要原因。

梁稳根提出这一口号，不仅是仅表现在产品策略上，也表现在公司发展战略上。虽然重工行业有着很好的发展空间，但梁稳根不想依靠重工来壮大自己，而是在其他领域也想有所突破，加速实现自己的创业梦想。

2012年1月31日，三一重工公告称，其控股子公司三一德国和中信基金于2012年1月20日与德国普茨迈斯特股东签署了《转让及购买协议》，三一德国和中信基金共同收购普茨迈斯特100%股权，其中三一德国收购90%，中信基金收购10%。

对于这次的收购，很多行业内部的人都比喻为"蛇吞象"。对此，三一集团有这样的比喻：有时结婚就是一夜之间的事，但我们对普茨迈斯特已经暗恋了十八年。十八年前，我们刚进入到这一行业的时候，对方已经是世界第一，之所以我们能够与它结缘，那是源于我们十八年来的倾心相恋。

梁稳根在评价这次收购的时候说，从1994年三一重工进入混凝土机械制造领域起，我们就知道了施莱西特和普茨迈斯特，一直以来就是我们学习的榜样和超越的对象。三一对它有特殊的感情，我们半个月前才第一次相见，但一见如故。普茨迈斯特对三一来说是无法用价值来衡量的。"

这次并购，给三一带来的是世界的舞台。虽然三一的销售是世界最大，但还没有成长为世界名牌。收购德国的普茨迈斯特，是一种改变世界竞争格局的并购，让三一真正走向了世界。

夏春亭

中国塔机大王

——成功时居安思危,创业路永不止步。

姓　　名	夏春亭
籍　　贯	山东省威海市
出生时间	1955 年 1 月 28 日
历史评价	中国现代著名企业家,华夏集团创始人。

他从家庭作坊开始,走到了塔机事业的顶峰。在众人仰慕之时,他用战略的眼光开始投资华夏医药,开创了华夏集团新的增长模式。他又在众人的疑惑中,斥巨资开创威海的旅游业,他要给威海留下青山碧水,给华夏集团留下永久的财富。有人说他是傻瓜,有人说他是智者。其实他只是夏春亭,一个为梦想不断奋斗的人。

年少志高

如今的威海,没有人不知道"华夏城"。这个近两年刚刚开发的旅游项目正是夏春亭的手笔。

1955 年 1 月 28 日,夏春亭出生在山东威海。夏春亭的父亲具有老高中的学问底子。父亲虽然在当时已经可以算是有学问的人的了,但终生务农,在家里习字、读书,不问世事。很多人恳求他父亲出来做事或者当官,但都被夏春亭的父亲拒绝了。

夏春亭的父亲可以说是一个洞悉世事的智者,他不愿意因为自己让后人累于世事的纷争。让人无法预料的是,有这样一个韬光养晦的父亲,却没能培养出具有同样思想的儿子。在很小的时候,夏春亭就在心里谋划着一定要做点什么。

但有些未知的挫折是无法避免的,那场十年的浩劫中,因为夏春亭家在新中国成立前是比较富足的家庭,再加上宗族的问题,夏春亭一家成为了村里重点受批斗的对象。不仅自己的土地没有了,父辈的藏书也没有了。这还不是最主要的,更让夏春亭难以启齿的是,由于所谓的出身问题,他在村子里抬不起头来,到了谈婚论嫁的年龄,却没有一个好人家愿意把自己的女儿嫁给夏家。面对这种不公平的待遇,夏春亭没有消沉,反而激起了自己的斗志。

创业,用自己的双手

改革开放的到来让夏春亭看到了改变自己命运的机会。1985年,夏春亭决定创业。而当时他们所有的资产为:人民币48元。创业的地点就是不足30平方米的自家院内,产品是以水泥管为主的建材,而创业的工具是两把铁锹和自己焊制的模具。夏春亭既是老板,又是职工。凭着勤劳的双手和不怕吃苦的干劲,仅仅四年的时间,夏春亭就让那间小小的作坊变成了资产接近200万元的私营企业。

在做建材的过程中,各地蓬勃兴起的建设让生产建材的夏春亭看到了商机。经过几年的酝酿和准备,1994年,夏春亭开始进军塔机制造领域,主要生产塔式起重机、升降机等产品。

1995年1月8日,山东华夏集团正式成立,投资近亿元、占地473亩的华夏工业园开始启动,主要生产以塔机为龙头的建筑机械产品。

在塔机市场的包围中,夏春亭从来没有主动退缩,自己辛辛苦苦树立起来的品牌不能这样一点点被同行蚕食。他要捍卫自己的本色。就像夏春亭所说的那样,"丢掉本色,就像赵本山摘掉人们熟悉的那顶帽子"。

2007年7月,华夏集团在山东临沂设立华夏重工有限公司,这是一个距离主要市场更近的塔机生产新据点。这种行为很快得到了回应,由于自己良好的业内声誉和不利因素的消除,到了2010年,临沂华夏重工的塔机销量达到了威海总厂的60%。没有片刻的犹豫,2010年,江苏华夏建机有限公司成立。2011年,辽宁东北华夏重工项目已经开始了建设。除此之外,夏春亭还正在筹备在陕西和贵州设厂。其战略目的不言而喻:在临沂设厂,面对的是山东市场;在江苏设厂,面对的是长江三角洲地区;在辽宁设厂,面对的是东北三省;陕西设厂,面对的是大西北市场,贵州设厂,面向的是大西南市场。至此为止,夏春亭的经营几乎遍及整个中国。

早在2002年,当华夏塔机首次问鼎全国销量第一的时候,夏春亭就注册了华夏药业有限公司。

就在夏春亭的塔机事业如日中天的发展中,夏春亭敏感地意识到了危机的来临。这次的危机,源于他的一次出国考察。

在夏春亭一次欧洲的考察中,发现欧洲三十多个国家,他只见到了5台塔机。为什么欧洲的塔机数量如此的少,那是因为已经过了一个城市和地区的建设期。虽然此时的塔机行业依然如火如荼,华夏集团的主要生产项目还是塔机。但夏春亭已经看到了中国的塔机业早晚也会成为夕阳产业。而那个时候,华夏集团的命运就只能不可避免地走向没落。

除此之外,由于塔机行业的入门门槛不是很高,不属于传统意义上的高精尖技术,越来越多的企业开始涌入这个领域。自己的华夏集团处于山东半岛的最东端,与很多企业相比,华夏集团在原材料、运输成本等方面都不具备绝对的优势。荣耀下的危机向夏春亭袭来。

华夏药业

从欧洲回来以后,夏春亭决定开始转变,他需要一个40年后还能够坚强生存的行业。在这个时候,夏春亭的战略眼光又显现了出来。他首先考虑到的是食品行业,因为民以食为天,但食品行业比较低端,入门门槛较低,市场竞争又非常激烈。这项选择很快被夏春亭自己否决掉了。其次他考虑到了药品行业,凭着一个商人的直觉,他看到了制药行业在中国的发展前景。就这样,在全国塔机行业还在为争当世界第一而互相厮杀的时候,夏春亭已经开始了向药业领域进军了。

在制药行业,夏春亭给自己的定位是:技术先进,产品一流。为了实现这个定位,夏春亭不遗余力地进行高质量人才的引进。形成了博士、硕士等组成的梯级人才队伍,仅用了3个月,13条生产线就投入运行。从这个力度上看,夏春亭对于进军医药领域的决心和信息绝不亚于当初转行做塔机。

有了好的产品,更需要好的营销。在这个酒香也怕巷子深的时代,华夏药业却走的是传统的老路——进医院一对一推销。在这种模式下,夏春亭的药业推销走得异常艰难。

痛定思痛,夏春亭并不是一个认死理的人。这次,夏春亭决定借助外界力量,在经过几次的考察后,他把目光投向在了国际医药领域的营销高手,那就是营销网络遍布全球,具有先进营销理念和营销经验的瑞士诺华公司。2009年,夏春亭与其旗下的山德士制药有限公司签约,联手开拓市场。果不其然,在两家合作的当年,华夏药业的效益就得到飞跃式增长,税收首次突破1000万元大关。此后每年的销量都能够以50%的幅度增长,到了2010年,华夏药业的销售额达到了2.76亿元。除了营销上的合作,夏春亭还将自己的目光放的更加长远,双方的合作已经深入到了生产领域和技术开发领域。

夏春亭对于自己在药业领域的成就并不满意,他还想开拓更高级别的市场。在夏春亭的眼里,现在的华夏药业生产虽然采用的是GMP标准,但如果想要把自己的产品打入到欧洲市场,还必须遵循更加严格的欧盟标准。如果华夏药业能够与欧洲的企业通力合作,完全按照欧盟的标准进行生产和开发,那华夏药业的明天将会更加的辉煌。

投身旅游为长远

话说在15年前,夏春亭的华夏塔机前景还不是很明朗,夏春亭做了一个让人意想不到的举动,他拿着740万元钱在中央电视台和山东卫视中分别作了一个15秒和30秒的广告,在当时,很多人认为夏春亭疯了。因为在那一年,全集团的总收入只有740万元。可是,就是这种简单有效的广告效应,给华夏集团品牌的打响做出了不可忽视的贡献,让一个并不出名的牌子一下子成为了全国知名品牌。

15年后的今天,当华夏集团的塔机事业蒸蒸日上的时候,当华夏制药一年比一年让人看到希望的时候,夏春亭几乎用下自己所有的家底,向着旅游业进发。对于旅游业,投资大,见效慢是人所共知的。但夏春亭有着自己的打算,他把旅游项目看做是一次战略投资。在他看来,战略投资是今天栽树明天摘果子,战术投资是今天摘不到果子就不投资。夏春亭所看重的,是五年乃至十年后的回报,而不是眼前。不仅如此,夏春亭选定的旅游景区是一片荒山,由于长期的山石开采,大面积的山林遭到砍伐,最初的景象只能用山体裸露,乱石成堆,一片疮痍和荒凉来形容了。

此时的夏春亭又拿出了那股不服的倔强劲,开始向大山进行挑战。山石被开采了,那就填土修山,树被砍了,那就退耕种树,山里洪水泛滥,那就拦水筑坝……

经过愚公移山般的努力,原来遍体鳞伤的山峦变成了秀美迷人的山川。在自然景观不断恢复的时候,华夏第一牌楼、夏园、华夏阁等一批富有传统文化意蕴的景观也开始投建。夏春亭心里有一本账,旅游业是个长线投入的产业的确不假,但把这里的环境改造好了,不仅能带动周边的土地升值,华夏集团现有的宾馆餐饮业、地产业等都将受益,华夏第三产业的链条会越拉越长,使华夏集团迈上新的台阶。

这就是夏春亭,一个不断超越自己的夏春亭。

郭台铭

代工领域的成吉思汗
——要做就做全球最大的企业！

姓　　名	郭台铭
籍　　贯	中国台湾
出生日期	1950年10月8日
历史评价	鸿海精密集团董事长,曾位列台湾富豪榜第三位。

他说"失败是最好的老师",但他似乎没有失败的记录。他又说"成功是一件很可怕的事情",但他一直在成功。他所领导的企业是永远吃不饱的巨人,他被称为世界的代工之王,他能够自豪地宣布在自己的领域没有竞争对手,他就是郭台铭,一个商界的成吉思汗。

阿里山的神木

郭台铭的父亲是从大陆迁到台湾的,在台北做警察的工作。作为第一批来到台湾的外乡人,郭家也没有什么背景。这样一来,郭台铭小时候的生活是不安定和艰难的。郭台铭有一个大家庭,兄弟姐妹四人。一家人的生活都是依靠父亲微薄的工资。在小的时候。郭台铭就很聪明,很能够吃苦,在小伙伴中很有一些组织才能，是同伴中的孩子王。年幼的郭台铭还很懂事的，为了减轻家庭负担，郭台铭在很小的时候就带着弟妹们半工半读，每年的寒暑假都会外出打工赚取下半年的学费。在这样的家庭背景下，郭台铭没有机会接受高等教育，只是毕业于海事专科学校。

在毕业之后，郭台铭到了复兴航运这家船务公司上班。上班的地点是在当时有着"台湾华尔街"之称的馆前路。而他的工作就是排期以及押汇。那个时候的台湾，正赶上美国对台湾的纺织品实行配额管理，下一年的配额要由前一年的输出量来决定，而输出的额度就要看船期的安排，这样一来，船期越多，也就意味着明年的生意也就越大。所以，虽然是航运公司，但关系着很多纺织公司的生产，在一定程度上可以说是纺织工厂的命脉。而负责船期规划的郭台铭，自然是一个很吃香的差事，几乎每天的中午都会有人请他外出吃饭，是名副其实的"白领"。

从苦日子里走出来的郭台铭并没有留恋这种生活，他选择了创业。按照常理来说，创业都是在自己熟悉的领域。拥有航运公司工作经验的郭台铭深知海外贸易以转手便可赚钱的奥秘。但郭台铭看到的是海外贸易之后的东西：制造业，生产才是贸易的根本。于是，郭台铭决心自己去开工厂，一头进入到制造业中。

于是，郭台铭和自己的合伙人创办了"红海塑胶企业有限公司"。当有人问"鸿海"二字是什么意思的时候，郭台铭底气十足地回答道："'鸿'在天'海'在地，'鸿海'就是要做天地间生意的公司！"

但最初的公司并不像最初预想的那么顺利，经营出现了困难。到了第二年的时候，合伙的朋友决定撤资了。但郭台铭不想就这样放弃，他向岳父借了 17.5 万元，一个人把工厂顶了下来。公司的名称也重新登记更名为"鸿海工业有限公司"。

在最初创业的时期，郭台铭每月出货的塑料制品加工值也就 1 万元左右。为了节约成本,当时的 15 名员工就挤在租来的 83 平方米的厂房里工作,在外人看来,这根本就不像一个公司,顶多也就是一个家庭作坊。这还不是最为糟糕的,此时的整体世界经济环境都不是很好,尤其是在经历了全球第一次石油危机后,原材料的价格大幅度上涨,郭台铭的小公司经营依然很困难,处于严重的不稳定状态之中。

但就是在这种情况下,郭台铭却找人给自己设计了自己的英文签名,并且反复练习。他对周围的人说:"将来我的英文签名会很值钱"。

慧眼选行业

1976 年,郭台铭把自己的工厂迁到了板桥厂,主要业务就是"电视机用高压阳极帽组件"的加工制造。而当时鸿海生产零件所需要的模具主要都是"委外",也就是由别人来代替生产。为了能够准时交货,郭台铭不得不拜托模具师傅帮他赶工。在这期间,郭台铭发现这种方式的缺陷:在市场景气的时候,人们就自己开业,小厂林立,每个人都想做老板。这样一来的结果就是造成了模具质量的不稳定。郭台铭此时意识到:如果鸿海要更快地成长起来,决不能依赖别人。

代工产品的开发和加工速度完全掌握在模具师傅的手里,工厂的产品质量也握在在他们手里。这样不仅交货的时间难以保障,而且产品的质量也很难由自己把握。特别是一些大厂的产品,结构复杂,紧密型要求高,不做好模具等于自断后路。

面的这种将来的危机,郭台铭决定自己投资模具机器,建设一家完全属于自己的模具厂。

正在郭台铭筹集资金建立模具厂的时候,一个掮客找到郭台铭,向他兜售一块土地。那是在 20 世纪的 70 年代末,台湾土地正处于价格飙升的年代。此外,当时的制造业也开始起飞,制造业所需的原材料也很紧缺,很多的工厂老板干脆不生产了,把钱用来买原材料,然后囤积谋取暴利。

在经过三天的思考的之后,郭台铭最终还是决定把第一笔资金投入到了自己的模具厂里。不出所料,不到半年的时间,当初向郭台铭兜售的那块土地地价涨了三倍,而制造原材料也开始大幅度上涨。面对众人的质疑和不解,郭台铭只是淡淡地说:"当我以一个工业经营者的心态做出决定时,就开始看得比较长远,想把公司的基础打好。"

到了现在,很多制造业的人都清楚,如果当初郭台铭一旦犹豫,把自己的第一笔资金投入到土地之上,就再也不可能回到制造业上来了。

时间到了1980年,郭台铭敏锐地感觉到了科技变革带来的气息,他也觉得个人电脑的时代即将来临。为了抓住机遇,他必须进入这个最具成长性的领域。当时他选择的是连接器,而理由就是当时的鸿海具有40%到60%这方面的技术。1985年,郭台铭召开了一次长达五天的闭门战略会议,决定全力转入到电脑连接器领域。如果你有机会打开电脑,看到主机板上密密麻麻的连接器,你会感觉郭台铭当年的决策是多么明智。郭台铭的成功,正是从小小的连接器开始。

为了全力能够进入电脑连接器领域,打开美国市场,郭台铭亲自常驻美国做起了销售。但此时的美国厂家没有听说过小小的鸿海。与大企业相比,郭台铭甚至没有试验的机会。在万般无奈之下,郭台铭使出狠招,拼杀市场:"AMP卖一块钱,我就卖六毛钱,我的成本九毛钱,是赔钱在做。可是我要告诉客户,证明我的品质技术可以信赖。"在进入到市场以后,郭台铭开始发力:"当客人接受我以后,竞争对手还是卖一块,我们就卖八毛,开始损益两平。后来对手AMP卖一块,我们也卖一块钱,因为我们的品质、交期客户可以接受,同时也有非常多技术来维持和保证品质。"凭借着不断的努力,郭台铭与美国IBM、苹果等电脑公司建立了业务往来。

代工帝国

发展到了1988年,郭台铭的工厂已经发展到了几百人,年销售收入也到了亿元。但此时的郭台铭也感觉到了有种无形的制约笼罩着他。1987年11月,台湾开放部分台湾居民回到大陆探亲,郭台铭来到大陆后第一感觉就是我要在这里建厂。

郭台铭的兴奋是有原因的:在20世界80年代的末期,台湾基本工资已经超过了2500元,而大陆的工人的工资仅仅为500元。除了工资的差异,在台湾有钱也请不到人,而此时的大陆越来越多的年轻人排队找工作。

还有就是土地的价格,各地政府为了招商引资,出台了各种优惠政策,为厂商铺路,特别是在税收上,优惠政策从"二免三减半"放宽至"五免五减半",也就是前五年不用交税,后五年的税只要一半,而且如果厂商继续投资,还可以继续享受优惠。而最具代表性的就是深圳经济特区。

1988年10月,一个名为深圳海洋精密电脑接插件厂的台资企业成立了。地点在深圳西乡崩山脚下。

在开工的第一天,郭台铭对着新招募的150个员工说:"我们要做全球最大的企业!"很多员工听到这样的话,不禁笑了。因为此时的郭台铭,所拥有的只有这百十号人,唯一的一栋厂房还是租来的。

最开始的条件是艰苦的,没有独立的宿舍,电力也经常供应不上,生产时间基本上依照是否有电来确定。在停水的时候,工人们只能拿着脸盆,提着水桶到一公里外的村子里找水。

为了拓展市场业务,公司的业务员在宾馆里借机翻阅传真,甚至有的时候就站在传真机边,来一份看一份,一旦看到有用的客户,立即记下单位、姓名、房间号,然后上门去推销自己的产品。

这样的努力没有白费，1986年到1990年，鸿海已经从1.3亿元人民币成长到了4.4亿元人民币，五年之内成长了三倍。等到1991年6月18日，鸿海挂牌上市时，已是一个台湾第一、亚洲第六的连接器公司。

在企业成长的过程中，郭台铭奉行"赤字接单，黑字出货"的策略：即以低于竞争对手的价格"赤字接单"，又通过成本控制让自己获利，即"黑字出货"。当整个鸿海都"赤字进，黑字出"时，郭台铭的最高境界就应运而生，可杀敌意料之中，万里以外。

都说郭台铭是以低价取胜，但郭台铭不追求额外的利润。这其中最明显的例子就是坚持有原则的低价。在1999年，手机成为整个IT行业中最热门的产业，众多厂家都竞相追逐手机订单的制造。而那时的鸿海经过两年的快速发展，代工能力又了极大的提高。但此时的郭台铭却指出："只要手机的制造成本还在两百美元以上，我就不会碰手机。"郭台铭给出的理由很简单，高利润中肯定包含着高风险，而一家立志于长远发展的企业，绝不可以是一个机会主义者。后来，果然不出郭台铭所料，手机后来越来越便宜，逐渐成为一种大众产品的时候，郭台铭毅然决定进军手机领域。第一次出手便抢下了诺基亚和摩托罗拉的上千万只订单，把鸿海的低价优势发挥到极致。

自古商人都是逐利的，但郭台铭对高利润看得很清楚：追求高利润的企业会遇到一个问题，高利润造成大家习惯作决策的质量不是那么仔细，而等到外在环境一改变，企业文化一直维持在高利润的心态，将来公司的整个文化都很难改变。

与此同时，作为一个代工工厂，郭台铭却一直保持着从客户角度考虑战略的原则，在全球范围内布置它的超竞争平台。为此，郭台铭早在公司起步的时候就在康柏的总部旁边建立了一个成型机厂，只要康柏有了新设计，当天郭台铭就能把这些设计变成模型。这样的结果就是：十几年来，康柏一直是鸿海最稳定的合作伙伴之一。

有原则的低价,再加上全心为客户服务的原则,郭台铭领导下的鸿海战无不胜。

从深圳出发,富士康的版图已经扩张到全世界,在国内的山东烟台、山西太原和晋城、江苏昆山和淮阴、湖北武汉、河北廊坊、浙江杭州、辽宁沈阳和营口、北京、上海、四川、湖南、广西、内蒙古建立了工业园区。在世界范围内,日本、美国、英国、芬兰等地也建立了自己的生产和研发基地。据最近的统计,郭台铭所领导的全球员工超过70万人。

到了2007年,郭台铭在大陆第一次公开演讲的时候,他提到富士康成功秘诀,那就是策略在郭台铭眼里,策略就是方向、时机、程度。为此,郭台铭举了成吉思汗的例子。成吉思汗是如何打到欧洲的呢?内蒙古成吉思汗的后人会这样告诉来人:太阳往哪里下山,成吉思汗就往哪里打;冬天往西边靠南打,因为北边俄罗斯大雪厉害;夏天的时候往西边靠北打,因为南边沙漠地区酷热难耐。就凭着这种简单而有效的策略,成吉思汗和他的子孙率领着蒙古骑兵直捣欧洲的心脏,创立人类历史上最大的帝国,建立了人类历史上第一个真正意义上的全球化时代。

郭台铭,也因选对了投资的方向、时机和程度,在天时地利的情况下有了今天的成就。他因此被人们称为代工领域的成吉思汗。

陶华碧

10亿身家的"农村妇女"

——帮一个人,就能感动一群人;

关心一群人,就能感动整个集体。

姓　　名	陶华碧
籍　　贯	贵州省湄潭县
出生日期	1947年
历史评价	老干妈食品有限责任公司董事长。

她也许是全国文化程度最低的董事长,她没有名片,甚至大字也不识几个。但她凭借着一瓶辣酱,将自己的名字摆满了全国各地的食品店。她掌控着一个辣椒酱的帝国,她的产品行销海内外几十个国家,她就是陶华碧。当然,她还有一个众人皆知亲切的称呼"老干妈"。

辣酱中的商机

陶华碧出生在贵州省湄潭县一个偏僻的山村。由于家里比较贫穷,还是一个女孩子,所以陶华碧从小到大没有读过一天的书。在陶华碧20岁那年,她嫁给了地质队的一名队员。好景不长,没过几年,陶华碧的丈夫就病逝了,扔下了她和两个还未成年的两个孩子。为此,陶华碧不得不靠打工和摆地摊维持生计。

1989年,陶华碧在贵阳的街头开了一家小吃店,主要经营凉粉和一些小吃。为了招揽更多的生意,陶华碧在作料上下了很大的工夫,专门调制出了一种专门用来拌凉粉的辣酱。这样一来,陶华碧的小店里的凉粉受到了广泛的欢迎。

时间一久,陶华碧发现了一个现象:绝大部分来吃饭的顾客都是冲着自己的辣酱来的。陶华碧立即意识到,自己的辣酱当中蕴含着相当大的商机。于是,经过几年的反复研制,陶华碧的辣酱风味更加独特了,也有越来越多的人到陶华碧的小店里吃凉粉了。很多的时候,客人在吃完凉粉后干脆掏钱买一些辣酱带回去,甚至还有一些人,到了陶华碧的小店不是为了吃凉粉,直接就是跑到他的店里来买辣酱。

很快,陶华碧小吃店里的辣酱成为当地的抢手货,但陶华碧此时并没有意识到自己的辣酱中所蕴涵的商业价值。直到有一天,陶华碧很快又把自己的辣酱卖完了,一时见店里的客人又少了很多。陶华碧百思不得其解。终于,一个偶然的机会,陶华碧惊奇地发现,周围几家凉粉店里居然在用她的辣酱拌凉粉卖给客人。陶华碧当然不干了,结果在第二天,陶华碧的小店里就有了这样的规矩:不再单独出售辣酱。

买不到辣酱的凉粉店老板开始上门恳求陶华碧,甚至有人半开玩笑地说:"你看,你的辣酱这么火,比你的凉粉可赚钱多了,要不干脆,你别卖凉粉了,开一家工厂生产辣酱算了!"

说者无意,听者有心。一句玩笑话却深深触动了陶华碧,她想:既然我的辣酱有这么多人爱吃,我为什么还要卖凉粉呢?直接卖辣酱不是更好吗?

"老干妈"

  1997年7月,陶华碧从村委会借了几间厂房,招聘了40名工人,正式办起了自己的辣酱厂。企业需要管理,但对于文化水平并不高的陶华碧来讲,管理这么多人确实很让她感到为难。经过一番冥思苦想之后,陶华碧有了自己的办法,那就是:无论什么活,再苦再累她都亲自参与,以身作则。于是,陶华碧开始在这个小团体里身先士卒,亲力亲为,看到当老板都这样,工人无话可说,自然好好工作。

  当大批的辣酱被制作出来的时候,当地的凉粉店根本无法消化这么多的辣酱。于是,陶华碧又亲自背着自己的麻辣酱送到食品商店和单位食堂进行试销。这种看似很笨的方法到了效果。在不到一周的时间里,那些试销的产品全都卖完了。商店和食堂也开始打来电话,让她加倍送货。这样一来,陶华碧的"老干妈麻辣酱"很快就在贵阳市稳稳地站住了脚跟。

  到了1998年,"贵阳南明老干妈风味食品有限责任公司"正式成立,陶华碧手底下的工人一下子扩大到了200多人。这时候,摆在陶华碧面前的不是生产方面,而是来自管理上的压力。

  于是,陶华碧让自己长子帮忙制定出了公司最原始的规章制度。但陶华碧仍然觉得人才不足。于是,陶华碧又招聘了一个具有本科学历的年轻人。怎么样培养这个人才,又如何留住这个人才,没有文化的陶华碧想到了自己朴素又独特的方法:对于这个新招聘的大学生,陶华碧是想让他做办公室主任的,但陶华碧却没有立即任命,而是最先让他在公司里做杂活,然后又派他到全国各地去打假和考察市场。在经过半年之后,这位年轻人被任命为公司的办公室主任。而这个本科生,就是如今"老干妈"公司里的第三号人物王海峰。

俗话说,人怕出名猪怕壮,一件好的商品一旦出名,后面的跟风和假冒往往也随之而来。陶华碧的辣酱也难逃意外。由于陶华碧产品质量好,知名度高,1998年5月至1999年1月,"老干妈"产品在全国各地相继被跟进和仿冒:出现了多家仿冒的厂家,出现了由不同生产厂家生产的"老干妈"系列产品。

在所有的仿制产品中,以湖南华越食品公司生产的"老干妈"风味豆豉影响最大。到了1999年11月,陶华碧以不正当竞争为由将湖南老干妈告上法庭。在经历了几次审理之后,2001年3月,北京法院作出终审判决:湖南老干妈构成不正当竞争,停止在风味豆豉产品上使用"老干妈"商品名称,停止使用与贵阳老干妈公司相近似的瓶贴,赔偿经济损失40万元,并登报致歉。

在听到终审判决后,陶华碧只说了一句话:"真的就是真的,假的就是假的。"

为谁打工?

在经营管理上,陶华碧有自己的一套方式,那就是以情动人。甚至"老干妈"这个名字的由来也与陶华碧情感的感召力分不开。在陶华碧还在贵州红星机床厂技校卖凉粉和米豆腐的时候,她就以为人厚道,待人热情而赢得了很多的学生的光临。在这其中有一位名叫欧阳梓刚的学生,他的家境不是很好,学习又不认真,成天调皮捣蛋,打架斗殴。面对这样一个孩子,陶华碧像母亲一样对他进行说服教育,在生活上积极关心他,在得知他家境贫寒时又予以资助,打消了他辍学的念头,并一直帮助他完成了学业。当时的欧阳梓刚非常感激和尊敬陶华碧,将她视为自己的母亲一样,尊称陶华碧为"老干妈"。这样一来,技校的其他学生也随之将陶华碧喊做"老干妈"。于是,在陶华碧创办公司的时候,也就顺势将公司产品命名为"老干妈"。

陶华碧在制定最初的规章制定的时候,就把"亲情化管理"当做了重要方式。在员工的福利待遇上,陶华碧考虑到公司地处偏远的情况,为了解决员工吃饭和住宿的问题,她毅然决定所有的员工一律包吃包住。从最开始的几十个人发展到现在的1300多人,这个规矩直到现在还在执行着。

在公司的一千多名员工中,她能够叫出60%的人名。在每个员工生日的时候,都能够收到陶华碧送出的生日礼物和一碗加了两个荷包蛋的长寿面。在每个员工结婚的时候,她必定要亲自充当证婚人。在员工出差的时候,陶华碧就像送儿女远行的老妈妈一样,依然亲手为他们煮上几个鸡蛋……所以,在现在陶华碧的整个公司里,没有人叫她董事长,所有人都亲切地称她为"老干妈"。

在经过多年的打拼之后,陶华碧也感到了一点心累。每每看到同龄的老太太抱着孙子坐在树荫下聊天的时候,陶华碧就感到异常的羡慕。有一天,陶华碧拿出一个小凳子坐到他们中间。那些老太太看到她来了以后,话题就转移到了这个全国知名的"老干妈"身上。一位老太太问陶华碧:"你赚了那么多钱,几辈子都花不完,还这样拼命干什么?"陶华碧听到这话,一时不知道该怎么回答。那天回到家里,她彻夜未眠。

在第二天召开的公司全体员工会议上,陶华碧没有按照预定的讲话稿来进行讲话。在她讲话的时候,陶华碧把昨天发生的事情说了一遍,然后接着说:"我想了一宿,也没有想出个结果来。看到你们,我现在有了答案:企业我带不走,品牌我也带不走。毛主席说过,未来是你们的。我一想呀,我这么拼命,原来是在给你们打工哩!你们想想是不是这个道理?为了你们自己,你们更要好好干呀!"听到这样充满感情的朴素言语,所有人都愣住了,随之而来的就是热烈的掌声。

这就是感情的力量,感情就是凝聚力,在一定程度上,感情就是生产力。凭借着最为朴素和真实的情感,凭借着企业家的直觉,陶华碧一直在践行着这个道理。看到台下热烈的掌声,陶华碧开心地笑了:原来"老干妈"能够这么快的做大做好,凭借着的就是感情的凝聚力,而那套在外人看来很土的规章制度,却是凝结员工积极性的重要纽带,哪怕是自己的企业不断走向现代化了,而对员工的关心依然是企业立命的根本。

柳传志

中国 IT 界的教父

——小公司做事，大公司做人。

姓　　名	柳传志
籍　　贯	江苏省镇江市
出生日期	1944 年 4 月 29 日
历史评价	联想的主要创始人，亚洲最佳商业人士。

在中国社会环境中，他探索出一条属于中国企业的高科技产业化道路；在企业快速发展时期，他成功实施了联想的国有股份制改造，初步建立了现代企业制度，为后来者提供了榜样；在 90 年代初期，他立足本土市场，在与国际强手对话中取得了胜利，带动了民族 IT 企业的发展。他就是联想的缔造者和掌门人——柳传志。

一切起源于父亲

1944 年，柳传志出生在江苏镇江一个富裕的家庭里。

柳传志经常提到他父亲对他的重要影响。柳传志的父亲柳谷书在年轻的时候也是一个热血青年，在很早就参加了革命工作，1956 年加入了中国共产党。柳谷书是我国著名的法律专家,一生为祖国奉献不止。到了1984年,已经63岁的柳谷书奉国家之命在香港创办了香港中国专利代理公司,为国家创造了5亿多的资产。父亲这种兢兢业业的精神也感染了柳传志。

除了以身作则,柳谷书作为一个老党员,在柳传志考虑入党的时候,父亲就对他说:"你还是一定要积极要求入党。入党不入党对你的人生道路的影响是完全不同的,你得考虑清楚。"在父亲的鼓励下,柳传志在1983年加入到了中国共产党。

在生活中,父亲也给了柳传志很多有益的指导。在柳传志上高中的时候,正积极要求入团。父亲对此很是高兴。虽然柳传志自我感觉良好,但在第一次入团的时候没有让他通过,并且给了柳传志提出了很多意见。回家以后,父亲以为柳传志顺利通过了,后来看到柳传志落寞失望的样子就猜到了结果。在听完柳传志讲完事情的经过后,父亲鼓励他说,"我觉得你是个好孩子,而且各方面都不错的,这个团早晚会入的,不要那么不舒服,人家提的意见你要想想"。最后父亲给了柳传志提出了几点具体的措施。于是柳传志按照父亲的要求去做,一个月后重新讨论时,柳传志顺利加入了共青团。这件事对柳传志的触动很大,后来无论是上学还是工作,柳传志都信奉一点,自己以为行的事儿未必能行,别人也未必这么看。这与父亲的教育是无法分开的。

1961年,柳传志进入到了西安军事电讯工程学院学习。在这里,柳传志又学到了一种新的精神。因为柳传志在上大学的时候是军事院校,每个班都有行政领导,在当时被称为班主任指导员。这些指导员大都是抗日战争末期和解放战争初期入伍的老军人。他们所讲述的故事,甚至说话的神态都给柳传志一种特殊的军人气质。在指导员的言传身教中,柳传志也逐渐成熟了起来。后来在联想办企业的时候,柳传志提出了一个口号:"把5%的希望变成100%的现实"。也就是说当你要做某一件事情的时候,也要有这种一往无前的精神。当然,这种一往无前不是随随便便就一往无前了,而是要把事情想明白,看是不是能攻得下,一旦下定决心后就要一往无前了。这种影响对柳传志在日后的企业运作起到了相当重要的作用。

压抑中奋起

在柳传志即将从学校毕业的时候,"文革"爆发了。柳传志被分配到了国防科委成都十院十所工作,一年后他又与二十几位同学一起来到广东珠海白藤农场劳动锻炼,在那里经历了许多的磨炼。

到了1978年,柳传志开始兴奋起来,因为可以振作起来干活了。柳传志信心十足地参与了三台大型计算机的研制。在这个过程中,柳传志主要是做磁技术设备,但在做完后发现没有得到很好的运用,柳传志的成果被放置到了一边。这样的局面让柳传志心里有了很大的触动,钱也花了,到底最后得到了什么?柳传志陷入到了迷茫之中。此时的柳传志在学术上、工作上都有提高,写出了漂亮的论文,研制的机器也获得了奖项,但实际上好像没怎么用起来。这种感觉到了1980年,柳传志和其他工作人员做了一个双密度磁带记录器,送到了陕西省的一个飞机试飞研究所,得到了运用。柳传志感到十分的兴奋。但正是这个时候,柳传志开始接触到了国外的东西,发现自己所做的东西,和国外相差的还很远。这使得柳传志更加坚定了自己跳出去的愿望。

这种情绪到了1984年的时候到达了顶点。而最后一根稻草就是在科学院举办科技展的时候,一位国家领导人都没有到会。对于这件事,柳传志所供职的中国科学院对此议论纷纷。在经过仔细的琢磨后,柳传志觉得应该是党和国家领导人更加重视应用型的研究,更加重视技术转变为现实生产力的能力。但如何实现这一转换,柳传志心里也没有具体的方案,只是隐约觉得研究所的路肯定是行不通的。

正在这个时候,中关村中的人办公司成为一种风气。中科院研究所也有人开始去创办公司。给别人做验收机器的工作,一天的收入能有三四十元。而那个时候,很多科研人员的一个月奖金也就30多元。这种局面的出现对计算机所的正常科研造成了很大冲击。事情已经如此了,当时计算机所的所长曾茂朝心想:能不能依靠着自己的优势来创办一个公司呢?这样的话一旦盈利了就可以解决研究所急需的实际困难。而在所长心里,早就有了办公司的人选,那就是一直以来有着良好组织能力的柳传志。

接到创办公司任务的柳传志当然很兴奋,但马上就遇到了几个大问题:一个是出来后办不好怎么办?虽然在办公司期间的工资照拿,并不影响提职和提工资,但身负着重托,使用的是国家资金,柳传志的压力还是很大的。另一方面就是柳传志是中国科学院的人,是大学最高学府里拔出的尖子才到中国科学院的,但是一出来办企业,要去挣钱,那就跟小商小贩是一样的,这种感觉让人受不了。

但迈出了这一步,就没有了回头的余地。

1984年在中关村做生意,典型方法有两种:一是靠批文;二是拿平价外汇。但柳传志却不这样想,领导想把联想办成像科海那样——总公司下面一大堆小公司,每个公司都独立做进出口生意,虽然每个公司都在做重复的事情,但是每个公司都赚钱。对于这种情况,柳传志提出了"大船结构",反对当时普遍的"小船大家漂"状况。这种高的立意,柳传志一直在强调,只有立意高,才能牢牢记住自己所追求的目标不松懈,才能激励自己不断前进;其次,立意高了,自然会明白最终目的是什么,不会急功近利,不在乎个人眼前得失。

就这样,联想的"大船"开始行驶在变幻莫测的经济大潮中。

企业的主人

在最初几年的试水后,柳传志得出了一个认识,学会做贸易是实现高科技产业化的第一步。如果没有很好的贸易能力,优秀的科研产品也会被制造业的粗糙掩盖了。都说搞科研的人惧怕做贸易,主要是吃不了做贸易的苦。一旦学会做贸易,看事情,观察问题才会有穿透性。

在1987年的时候,联想开始代理ASTPC,一个月能销好几百台。打通了销售渠道以后,柳传志要自己生产。在当时的情况下,由于自身实力和国内环境的限制,柳传志决定到海外试试。

1988年,柳传志带领几个人来到了香港,而他们所有的创业资金就是30万港币。到了香港,柳传志首先想到的积累资金,了解海外市场。于是,柳传志选择了板卡业务,然后打回国内销售,这一选择为今后联想PC的成功奠定了一定的基础。

在企业创办之初的时候,中国科学院投入了20万元,之后便没有追加过投资,但企业的发展是需要资金的持续注入的。在资金出现缺口的时候,企业就必须通过贷款,而贷款的风险则要联想自己承担。

到了1993年的时候,联想发展也变得越来越好。这个时候,柳传志开始思考企业所有权的问题。责任和压力完全由经营者承担,但获得的利润要完全上交国家。在此时员工心中已经有了一定的不满情绪。在这种情况下,柳传志找到了中国科学院的周院长。对于柳传志的要求,周院长说:"我们坚决支持员工持股的做法,也希望员工能拥有股份,但科学院只是股东,不能对此作出决定,这个决定权在国有资产管理局手中,因此想了一个变通的办法,就是奖励你们35%的利润,即每年利润的35%归联想的员工。"对于这样的建议,柳传志同意了。

到了2001年,国家进一步明确同意联想进行股份制改造,由财政部将联想的资产做了评估,把其中资产的35%打折后,卖给员工。这样员工就拥有了联想35%的股份。

在自主拥有股权后,柳传志将这部分又做出了细分:对于公司的创业元老,将这35%股份中的35%,也就是占整个股份的10%左右,分成15份,柳传志得3份,其他的人有的得1份,有的得1份半,有的则是半份;35%中的20%,也就是整个股份的6%、7%,分给了公司的所有员工,每个人所得股份的多少则按他们的工龄和贡献、担任职务、所受奖励打分而定;另外的45%则留着分给后来的人。

对于有没有股权这个问题,柳传志看得很重,在柳传志看来,经过了股权的分配,年轻的人可以有更好的机会进入到管理层,年老的创业者也可以安心的退居二线。这样在分红体制的激励下,联想人觉得自己就是企业的主人,自然干劲十足,企业也越办越好。换言之,如果员工不去持股,在扩大经营范围的时候肯定要增加费用,员工享受不到公司发展带来的好处,长此以往,员工自然没有继续努力的动力。更何况联想是一个身处激烈竞争中的行业,它不是石油,也不是电力和铁路,在没有国家垄断的前提下,联想必须要以一个现代企业的姿态展现在人们面前。

属于联想的传奇

"2004年12月8日,IBM将PC业务卖给了联想公司,从而标志着IBMPC时代的结束,一个新的时代的来临。"这是联想集团以12.5亿美元收购IMBPC业务后,一位员工写下的文字。作为IBM战略调整的一个重要部分,出售PC业务是很符合逻辑的。而这种业务恰恰对联想有互补作用的。

在2000年,IBM第一次找到联想希望讨论收购的时候,柳传志认为是件不可能的事情,然而到了2004年,联想还是将这件事情做成了。后来柳传志回忆说,在那段时间里,柳传志一直在思考,思考自己有什么资本和技术,收购对象的特点,收购完了我们能做什么,在将这些问题考虑清楚以后,联想国际化的蓝图开始明晰,也就把这件不可能的事情变成了可能。

在柳传志看来,联想从IBM买回了三样重要东西:第一就是品牌,第二就是专利技术和团队;第三就是买回了一个国际性的公司治理构架和管理结构。而这些都是联想走向国际化所缺乏的。

在不被众多外界人士看好的情况下,联想坚持收购别人认为是"IBM扔掉的垃圾"的PC业务,并且用销售数据堵上了人们的嘴巴。

从2004年底到2007年上半年,在这接近3年的时间里,联想的营业额从并购前的29亿美元增加到了2006年的146亿美元;销售数量由2004年的418万台提高到2006年的1662万台,实现了全面扭亏为盈。

2011年,全球第二大PC企业联想集团宣布柳传志正式卸任联想集团董事长,这意味着,掌舵联想集团27年之久的"中国IT教父"柳传志将退居幕后。已经60多岁的柳传志功成身退了,但是联想集团以及无数受到过柳传志的帮助和启发的企业,将沿着他的脚步继续走下去,创造一个又一个属于国人的商业奇迹。

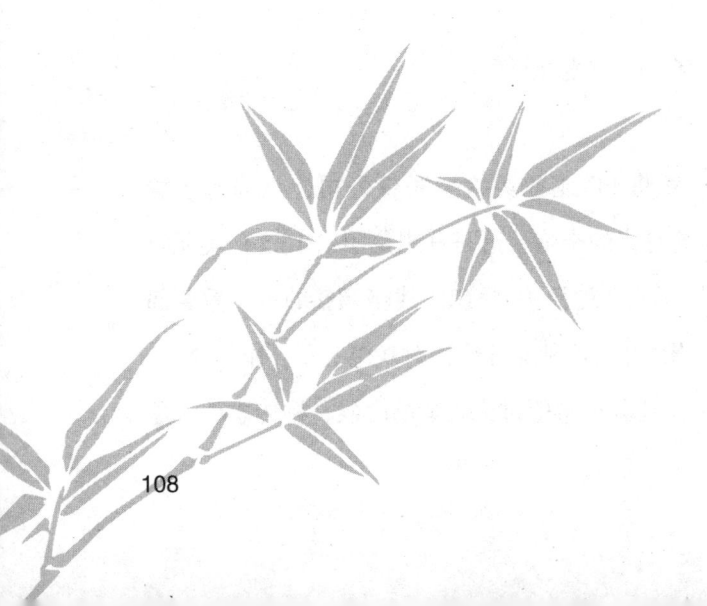

刘永行

希望集团创始人

—— 一个努力为自己的使命奋斗的人，
上帝都会为他让路。

姓　　名	刘永行
籍　　贯	四川省新津
出生日期	1948 年 6 月
历史评价	希望集团的创始人，2011 年胡润百富榜第 8 名。

作为一个白手起家的中国民营企业家，刘永行除了刻苦和努力之外没有任何优势。他早年身患腿病，在经商的早期又因为劳累过度机会丧失了行走能力。都说商人善谈，刘永行性格内向，早年说话还带有一定程度的口吃。但经过长期的矫正，他克服了几乎所有的弱点，靠的是本土的医术和近乎残忍的自我锻炼。刘永行的成功，是自身努力的结果，是勤能补拙的最佳范例。

平淡的起步

1979 年，刘永行一家从农民手里买了一只鹅。却因为一不小心把绳子松开了，导致鹅跑掉了。但过年家里是要吃肉的，于是，刘永行在街头摆了一个地摊,凭借着自己从小学习的无线电修理手艺帮助别人修理电器。结果大出意外,一个春节的时间,他赚了三百块钱。

在1978年,高考改革的时候,刘永行去参加了考试,考出了了全县第二名的好成绩。但最终被录取的学校是成都师专数学系。刘永行一边念书,一边担负起家庭的生活。

在毕业之后,刘永行被分配到了教育局下属的电教队工作。但刘永行并不满足每天按部就班的生活的状态,他总是和几个兄弟在一起谈论应该做点什么。在他最初的设想里,他们想办一个电子厂,甚至自己动手组装了一个音响去市场上卖。但这个计划因为当时计划经济的控制而未能实现。

在很长一段时间里,刘永行选择了养鸡。但一次意外让他们的养鸡生意陷入了僵局。一个外行的养殖户赊账拿走了小鸡,却因为不懂养殖让刘永行的现金流出现了问题,资金周转不开。在这种情况下,刘永行选择了坚持。最后成功地把剩余的小鸡卖到了成都市里面。最终的结果是勉强保本。

希望集团

1984年的时候,刘永行看到了从国外引进的鹌鹑养殖技术在四川正在推广。于是,经过商议,刘永行决定把鹌鹑养殖当做创业的项目。创业的地点就在以前做养鸡的场地里。通过养殖鹌鹑,刘永行终于挖到了属于自己的第一桶金。在刘永行的带动下,新津县掀起了养殖鹌鹑的高潮,最终成为全国最大的鹌鹑生产基地。

说过到鹌鹑的推广,是与刘永行的宽厚分不开的。在80年代,人人都想着致富,新津还是一个比较穷的地方,在刘永行养殖鹌鹑致富之后,很多人慕名过来取经。而刘永行总是毫无保留地把自己的养殖经验告诉给别人。这是一个正循环,养的人越多,介绍鹌鹑的人也就越多,到了后来,新津甚至成为了鹌鹑的代名词。

在形势一片大好的时候,刘永行生意越做越大,他的几个兄弟也陆续辞职。在这个过程中,刘永行看到了危机的存在,开始了自己的第一次转型。刘永行看到：新津的鹌鹑专业养殖户越来越多,如果不转型的话很快就会淹没在专业养殖户的海洋里了。

刘永行想到鹌鹑饲料。很简单的思路：养鹌鹑的人多了,饲料自然供不应求。在本地做鹌鹑饲料有着天然的优势。于是,刘永行开始学习动物营养学知识,与此同时,刘永行并没有放弃养殖的主业,只是养殖的方向开始向种鹌鹑靠拢。

值得一提的是,在鹌鹑养殖的80年代后期,新津的鹌鹑养殖已经远远超出了理性的范畴。在当时的新津县,发展成为了户户养鹌鹑的地步。作为鹌鹑养殖的引进者,刘永行强烈的社会责任感让他忧心忡忡。于是,在经过与县委领导商量之后,在新津写了一份通告。总算对鹌鹑过热的情况有了一定程度的遏制。

在刘永行涉足鹌鹑饲料市场的时候,正大集团也看准了这个市场。但刘永行鹌鹑饲料在本地新津的农民眼中更有威望,而相对正大这个跨国公司而言,鹌鹑饲料只是其中的一个小项目,因此没过多长时间,刘永行的鹌鹑饲料就完全占据了当地的市场。

在一次去广东的时候,刘永行的弟弟刘永好看到了正大在广东全面推广全价猪饲料。泰国正大集团在中国办了一个饲料厂,让中国原本瘦弱的猪仔变得白白胖胖。一时间,正大饲料成为中国生猪养殖业的抢手货。在很多地方甚至出现了农民排队购买饲料的景象。发展到了最后,一些养殖户为了买到这种饲料不惜通过托关系送礼的方式。这种饲料的出现,让国内的很多饲料厂倒闭了。这对刘永行触动很大,已经完成资本原始积累的刘永行不甘心只做鹌鹑饲料,决定再次转型,转向猪饲料。

1987年春天,刘永行投资了200万元,创办了希望科学技术研究所,又拿出了400万元搞技术研发,用300万元建饲料厂。

猪饲料对于当时的中国企业来说是一项极有科研价值的产品。刘永行决定自己开发属于自己的饲料配方。经过了艰难的研发,刘永行最终成功研制出了猪饲料的配方。这对于以后刘永行的发展是极其重要的。

在刘永行实验饲料的过程中,刘永行发现,新型饲料最离不开两样东西:一是氨基酸,二是鱼粉。其中氨基酸因为拥有非常高的技术含量,国内一直以来依赖进口;鱼粉虽然不是高科技产品,但由于国内鱼粉生产厂家生产的质量不合格,所以也一直依赖进口。在刘永行面前,核心技术都掌握在别人手里,自己严重缺乏竞争力。现实是残酷的,但人的智慧也是无穷的。刘永行大胆尝试用蚕蛹代替鱼粉。因为蚕蛹其实与鱼粉是有着一样的功能——都含有丰富的蛋白质。经过反复的实验,刘永行终于实现了用蚕蛹替代鱼粉的完美配方。

到了1987年的月份,刘永行推出了自己新型国产饲料,这种饲料不仅拥有营养价值高、操作方便的特点,同时具有价格低的特点,真正实现了价廉物美的目标,成为大中小农民均适用的新饲料。

作为市场的搅局者,市场龙头正大集团很快发动了反击。而价格战是最主要的手段。在实力和市场都不占优的情况下,刘永行看到了跨国公司的软肋:刘永行当时只是在四川一地运营,如果它在四川一地降价应对,势必会造成全国的价格体系出现混乱,四川的价格一低,经销商们就会到四川来进货。和刘永行预想的一样,首先发动价格战的正大集团最终输掉了这场战役。

这次胜利引起了官方媒体的关注,最后,国家领导人给刘永行企业题写了"中国的希望在于新型企业家"的题词。为此,刘永行把那时还叫育新良种场的企业改名为希望集团。

新的希望在路上

在四川做大之后，刘永行在企业里提出了"从企业经营发展到经营企业"的理念。在经历了兄弟分家后，刘永行领导的东方希望集团依旧专注于饲料行业。此时的刘永行，依旧把饲料当做一项事业而不是一项生意来进行了。在这个行业里，东方希望集团先后经历了多区域、多工厂、多品牌等几项裂变，但值得自豪的是，几乎东方希望的每一个工厂都在当地的区和县里居于效益名列前茅的行列。

1999年的时候，上海提出引进民营企业。时任上海副市长找到刘永行，希望能够引入东方希望。在经过几番的考虑之后，刘永行答应进入到上海。这其中当然有刘永行自己的打算。此时的东方希望已经成长为全国性的大公司，但唯一的缺陷是这个公司的原料所在地和主要的管理人员都是在四川。走到上海，刘永行就能够吸收更多的人才，也有一个可以与跨国公司较量的舞台。同时，刘永行对自己的企业充满了信心，他相信东方希望集团不会输给他们。因为这是在中国，在这片土地上，刘永行坚信他们比跨国公司更加本土化，也更加优秀。

把总部迁到上海以后，上海市给了刘永行很高的礼遇，在浦东新区给了刘永行很大一块土地让刘永行盖集团的总部大楼。但刘永行迟迟没有动工，一方面是因为这块地不断地有规划限制，另一方面我们不希望太张扬。直到迁入到上海九年之后，希望集团的大楼才盖了起来。但在总部大楼盖起来之后，集团总部并没有占据多少地方，刘永行把多出来的场所用于出租收益。

在希望集团迁到上海以后，刘永行得到了很多机会。在上海，有很多企业和单位找到刘永行做投资，为此，刘永行以集团的名义成为了民生银行、光大银行、光明乳业、北京南山滑雪场、上海银行、民生保险、成都银行等一大批优秀企业的股东。在刘永行的投资中,存在着一个很明显的特点:那就是在所有企业中,希望集团都只做小股东。

在投资中,刘永行却始终信奉稳健的投资策略。在房地产火爆的时候,有人建议他投资房地产,但他拒绝这样做。对此,他是这样解释的:房地产挣钱太容易,不具有挑战性。

从2002起,刘永行开始进入到了铝电业,其中作为标杆工程的东方希望包头稀土铝业有限公司,总投资将达百亿。即使这么大的投资项目,刘永行依然奉行自己的稳健投资政策。在在包头铝电项目第一期工程建设的时候,东方希望用了一年时间,投入25亿,建成25万吨原铝生产规模并投产,投资和建设周期都是国际通行标准的三分之一。

很多人说刘永行过于保守,但是这种保守在关键时刻挽救了东方希望。在2004年东方希望铝电产业刚投产之日,恰好是国家宏观调控政策出台之时,正因为投资用的全是自己的资金,东方希望才避免了资金链断裂的危险。

除了投资,刘永行还对自己的东方希望集团进行了精细化管理的改造。事实上,刘永行在希望集团发展的早期,他已经摸索出了很多的经验。但在希望集团向全国扩张的过程中,他又有意在一定程度上对企业的管理权放任,因为他清楚地知道90年代中国的养殖业有一个大发展的过程,此时抓住了机会就是抓住了发展的机会。来到上海以后,刘永行认为已经过了养殖业大发展的阶段,此时的东方希望集团已经成长为一家大公司,大公司在与小企业竞争的时候还是有一定劣势的。与大企业相比,小企业管理层级少,管理成本低,而大企业的管理层级太多,管理成本也开始上升,决策的过程也慢。在这种情况下,只有精细化管理才能保证企业的继续生存。

方向的转变

如今的刘永行,把自己的主要精力都放在了铝业生产上。这样的转变来源于一次去山西铝厂的一次考察,最开始的时候,他是听说用便宜的晋煤发电搞电解铝,成本很低。当刘永行看到火力发电的白色蒸汽后,刘永行脑海中突然有了一条明确的产业链:自己完全可以利用投资地的能源发电生产电解铝,而发电过程中产生的蒸汽可以生产饲料中重要的添加剂赖氨酸,而赖氨酸生产的废料又可以生产饲料和复合肥料,从而形成"铝电复合—电热联产—赖氨酸—饲料"产业格局。由此可以真正打造一个具有核心价格竞争优势的产业帝国。

从做饲料到进入到重工业,这种转变是巨大的。所遇到的困难也是以前没法想象的:从制铝工业的流程上来看,必须先从铝土矿中提取氧化铝,才能将氧化铝经电解得到金属铝。在现实的情况看,中国铝业股份有限公司是中国唯一的氧化铝生产商,氧化铝在中国的生产由中国铝业股份有限公司控制。进口则由中国铝业股份有限公司、中国五矿集团公司双双控制。刘永行这样一个民营外来者想同这些矿业巨头争夺市场,难度是可想而知的。

或许正是这些在外人眼里无法逾越的困难激起了这位四川汉子的壮志雄心。刘永行一直希望通过自己的努力,走出一条真正属于希望集团自己的希望之路。这种魄力或许正印证了刘永行曾经说过的一段话:"民企是粒种子,上面曾经盖着块大石板。后来邓小平挥锤将石板打碎了,那我得赶紧吸收水分和空气,但绝不提出要别人浇水、施肥的苛求。有些困难必须自己承受,有些困惑要自己思考。心甘情愿就无怨无悔。"

任正非

商界的思想家

——世界上一切资源都可能枯竭,只有一种
资源可以生生不息,那就是文化。

姓　　名	任正非
籍　　贯	贵州省安顺市
出生日期	1944 年
历史评价	华为集团的创办者,中国最具影响力的商界领袖。

在中国众多的企业家中,任正非应该算是当代中国的商业思想家。他避开喧嚣,远离闹市,却能够驾驭媒体。他以身作则,将华为的精神渗透到每一个员工手里。他居安思危,用危机意识赢得了企业以及同行的尊重。从产品营销到技术营销再到文化营销,任正非做的有条不紊,任正非因为他的思想和认识而杰出……

少年多磨难

1944 年出生的任正非是必然要经历战争的折磨,任家兄妹众多,连同父母一共有 9 个人。这么一大家的花销完全是依靠父母微薄的工资收入。为了保证任正非兄弟姐妹们能够活下去,当时家里吃饭也实行了严格的分饭制,在他上高中的时候,任正非正处于需要营养长身体的时候,可是他只能用米糠来充饥。高中三年的理想,任正非只是想吃一个白面馒头。19岁的时候,任正非带着父母和一家人的期望考上了重庆建筑工程大学。

1967年那年,任正非在重庆上大学,父亲那个时候正在挨批斗,作为家里的长子,任正非扒火车回家看望父亲,步行十几里到家,怕影响儿子前途,父亲在第二天清早边让任正非赶回学校,在临别的时候特意叮嘱:"记住,知识就是力量,别人不学,你要学,不要随大流。'学而优则仕'是几千年的真理。以后有能力要帮助弟妹。"这几句话任正非在心中铭记了一生。

回到了重庆,他遵从父母的话,在学校已经接近停课闹革命的时候,任正非不为所动,依然坚持自学电子计算机、数学技术、自动控制……无论在当时是否有用,任正非都能够认真地学完。这为他将来的发展奠定了坚实的基础。

在毕业后,任正非和当时的很多年轻人的选择一样,选择了军队,成为了一名通信兵。由于任正非的上进好学让他在参与一项军事系统工程的时候脱颖而出,受到了军队的重视。在这次的项目中,任正非有多项的发明创造,其中还有两次填补了国家空白。因为他的突出表现,任正非被选为军方代表,到北京参加了全国科学大会。当时的任正非只有33岁。

第一桶金

从部队转业后,任正非选择了一家电子公司。在这种选择的背后,可以看到的是对技术本身的重视。在创立初期,华为靠代理香港某公司的程控交换机获得了第一桶金。

国内在程控交换机技术了当时还是处于空白的状态。技术出身的任正非敏锐地感觉到这项技术的重要性。他将华为所有的资金都投入到研制这一自主技术上来了。在研制 C&C08 机的动员大会上,任正非在动员大会上对着全体干部说:"这次研发如果失败了,我只能从楼上跳下去,你们可以另谋出路。"这段话表明了任正非的态度。这种孤注一掷,破釜沉舟的勇气,华为研制出了 C&C08 交换机。这种产品与国外的同类产品相比,华为的价格比国外低了三分之二,但功能与国外产品类似。这样巨大的价格优势让华为 C&C08 交换机的市场前景非常的广阔。在华为成立之初的这个策略,让华为担当了极大的风险,一旦不成功,华为这家公司的命运只能是死亡。这种以技术为导向的做事风格也奠定了华为在同行之内的领先地位。

在开始研制 1991 年,华为现金流是非常紧张的,任正非把到账的所有合同预付款投入到了生产和研发工作。在华为最困难的时候,曾经有半年的时间发不出工资,任正非为了维持公司的正常运转,不得不以 24% 的年利息来借高利贷来进行产品的研发和员工工资的发放。

到了 1991 年 12 月,华为开发的 BH-03 交换机终于通过了全部的基本功能测试,终于把首批交换机发货出厂了。此时的华为,公司收到的预付款基本上已经全部用完,账面上的资金接近为零。如果研发还不成功,华为只能破产了。

1992 年,华为的产品开始大量进入到了市场,产值很快突破了亿元,利润超过了千万。任正非决定把全部利润投入到更高容量和更好性能的 C&C08 交换机,华为正式从一家交换机代理商转变为生产商。

飞速扩张

在中国,尤其是选择了电子通讯产业,在很多人看来任正非已经疯狂了。在全球范围内,华为的竞争对手都是世界级的商业巨头,他们有着几十年甚至上百年的积累,有欧美数百年以来发展形成的工业基础和工业环境,有世界领先的专业技术和研发体系,还有品牌的积累和大量的客户资源和先进的营销网络。

由于华为的民营企业的身份和所进入到的领域,华为最初的处境是异常凶险的,可以说是弱者中的弱者。

国内通信运营商的高投资增长率,到了2002年就下降了。在市场有限的情况下,华为主动出击,采取走出去的策略,任正非这样做还有一个重要原因就是国际市场上的空间利润是相当可观的。在当时,国内智能网每线的价格为6元人民币,国外高达15到40美元。面对国外大型成熟企业的围追堵截,任正非依然对自己的产品充满了信心,在他看来,他的自信来源于他的两大利器:产品的高性价比和他无坚不摧的团队市场。

国际市场竞争的背后,比拼的是企业内在的基本力量,也就是人们常说的产品和服务。

华为的第一个主打产品就是数字程控C&C08交换机,有了它才有华为的今天。华为在走向海外市场的时候,中国企业在交换机领域已经实现了集体突破,西方巨头一旦失去了技术垄断和成本优势,华为在国际市场上仍然有发展的空间。

更为重要的是,华为当初为产品所投入的研发成本已经大多在国内市场收回,因此他的产品在国际市场上所拥有的竞争力是其他企业所没有的。有人这样戏称,华为是用温州商人做鞋的策略来做电信产品。这样做的策略和后果都是一样的:通过自身的价格优势,压低国际市场的平均价格,不断使对手退出竞争。

除了自己的产品,任正非所倚重的还有自己的市场团队,在起初缺乏开拓国际市场的人才时,任正非在1995年开始从社会上引进"空降部队",跑马圈地创建了华为最初的海外市场体系,在全球近50个国家建立了代表处,获得入网证。这一批创始团队为华为培养了大量的海外人才。

  为了抓住最后发展的机会,从 1996 年起,华为的主要海外市场拓展到了非洲、中东、俄罗斯和南美等市场,即使是在相对落后一点的发展中国家市场中,华为与世界上老牌电信供应商相比,技术不是绝对的领先,规模和资本并不雄厚,没有很高的品牌知名度,那华为的出路在哪呢?

  在这种情况下,华为打出了自己产品最强势的一面:产品性能不一定最优,技术不一定最先进,但一定是最实用的,服务一定是最优化的,价格一定是同类产品中最低的。但这不是华为想要的全部。

十年磨一剑

  在电信行业,有这样的一句行话,如果你的客户不是世界级的,你的企业也很难有世界级的产品,要想成为一流的设备商,就要拿下一流的运营商。这时的华为,瞄准了英国电信。华为与其说是到英国去争夺市场,倒不如说是主动把自己送入到了高手如林的考场。

  历时三年,华为花费了数以亿计的资金,华为最终通过了英国电信的考核,成功加入它核心供应商的名单。这次的成功,不仅仅意味着未来可能会得到几十亿美元的采购合同,更重要的是华为通过认证的过程发现了自身的不足,看到了自己的优势和差距,所以说这次认证的过程比结果更加有意义。

  2005 年 4 月,英国电信公布了"21 世纪网络"计划。在这份未来计划耗资 18 亿美元的项目里,华为出现在了这一计划优先供货商名单里。与华为同时入选的是思科、西门子等其他七家电信行业的巨头。

  2005 年 12 月,华为与英国电信签署正式供货合同,这一纸合同的签订,标志着华为已经进入到了全球顶级运营商的大门之内,华为进入到了另一个发展的高度。

2005年11月,同样是在英国,华为和沃达丰这一全球最大的移动通信运营商达成了全球采购框架协议,由此一举进入到了沃达丰的战略供应商之列。

2006年2月,华为与沃达丰联合宣布,华为将在未来5年之内为沃达丰在其运营的21个国家提供华为定制的WCDMA手机,数量至少在50万部以上,这标志着华为已经打开了欧洲主流市场的大门。

2007年,经过华为的努力,拿到了德国运营商T-Mobile的订单。这样,华为在欧洲已经实现了全面的突破。

对于管理的思考

对于华为来说,任正非是一个非典型的领导者。更多的时候,任正非更是像一个文化人。在华为的内部,任正非的文章往往给华为的员工很大的精神动力。

《华为的冬天》,这是一篇在IT界流传很广的文章,在这篇文章完成的时候,正是2000年的冬天。那个时候,互联网投资的泡沫已经破灭,在电信业中,属于电信行业的冬天也悄然来临。但华为依然凭借152亿元的销售额,29亿元的实际利润居于全国电子百强的首位。面对这种情况,任正非直言失败,痛陈危机。很多企业将这篇文章打印发给自己的员工阅读,联想集团总裁杨元庆就是该文的积极推荐者。卓越的领导者不仅需要的是将企业带入快速的发展渠道,更要有一种居安思危、未雨绸缪的忧患意识。就像任正非经常说的那样:"失败这一天是一定会到来,大家要准备迎接,这是我从不动摇的看法,这是历史规律。"

《华为的红旗到底能打多久》,在这篇文章里,任正非系统地阐述了华为的核心价值观。在这篇文章里,任正非将企业的核心价值观做了明晰的解释,从企业的发展追求到对员工的培养,从如何进行技术科技创新到企业的社会价值,从企业文化的建设到企业责任的承担,任正非给我们展示的是属于华为的一个健康发展的企业形象。经过华为人的不断努力,即使哪天任正非已经不再管理华为,但只要接班人能够遵循这样的企业价值观,华为的红旗还将一代一代地打下去。

《我的父亲母亲》,这是任正非怀念父母的文章,在这篇文章里,任正非更多的是以一个儿子的角度来怀念自己的父母。对于那种家人的亲情的怀念,对于自己没有尽到孝道的自责,让很多人读起来唏嘘不已。在这里,我们看到了不是一个商业巨子,而是一个期望家庭美满的儿子。在这里,我们看到的不是意气风发的华为总裁,而是一个对父母悔恨的遗憾的不孝子。这篇被明基的管理层列为员工必读之文充满了感情的因素,有一种催人奋发的力量。

《天道酬勤》是在华为扩大生产,迅速发展的时期,任正非给新员工上的第一堂课。在这里,任正非一直在强调一个问题:奋斗成就了华为。

从华为创立之初,艰苦奋斗就是华为的主旋律。无论是普通员工还是企业的各个管理层,只有奋斗不止,才能换来不断的进步。在这里,我们看到的是一个成熟睿智的企业高层对企业做出的长远规划。

这就是任正非,一个多面的任正非,一个埋头做事的任正非。

曾宪梓

用领带征服世界

——做生意是智慧的较量,是自己与自己斗争,自己考验自己。

姓　　名	曾宪梓
籍　　贯	广东省梅县
出生日期	1934 年
历史评价	香港金利来集团有限公司董事局主席,香港中华总商会会长,香港特别行政区政府勋衔制度中的最高荣誉奖章——大紫荆奖章——获得者。

"金利来,男人的世界。"如今,金利来的广告词已经让人耳熟能详。金利来的品牌也已经是高端服饰的象征。但恐怕没有多多少人知道,一手造就了这个品牌的曾宪梓曾经不过就是个小裁缝。这个小裁缝就是凭借一双普通的手,在极为简陋的条件下裁剪出了足以媲美国际顶级品牌的领带,从而将自己的招牌点亮。

初识曾宪梓

1968年的夏天,香港尖沙咀某一家洋服店。一个胡子拉碴一脸油汗的黑脸中年汉子提着两个纸盒走了进来。大堂里,店老板正在一脸笑意地谈着生意,看到黑脸男子走了进来,马上变了脸色。

"干什么,你是干什么的,谁让你进来的,出去,出去,赶紧给我出去。"

黑脸中年汉子就这样被赶了出去。

然而第二天,这个中年汉子又来到了这家洋服店,不过这一次,这汉子全身收拾得干净利落,手里也没提东西,只是眼神里充满了谦和的笑意。

洋服店的老板打量了中年汉子片刻,认出了他就是昨天被他轰出去的中年汉子,眼神里闪过了些许诧异。

没等洋服店老板说话,中年汉子先开了口:"老板,昨天来得唐突,多有冒犯,今天我特意来登门道歉,请你喝咖啡。"

这时,隔壁的咖啡店已经端来了两杯热气香浓的咖啡。

洋服店老板脸色缓和了下来,两人坐在一起聊了起来。洋服店老板也说起昨天正在谈生意,商家最忌谈生意时别人介入。中年男子又向洋服店老板赔了罪。结果两人越聊越投机,最终成了朋友。

后来,黑脸中年汉子的货也摆上了洋服店老板的柜台。洋服店老板对手下人感叹道:"我这一辈子,见过的人形形色色,被我轰走的人也不知有多少。但是能像他这样来道歉,又交成朋友的,仅此一人而已,此人必能成大事。"

手下的员工挠着头问:"这人是谁啊?"

"他,……嘿嘿,记住了,'曾宪梓'!"

第一笔"学费"

20世纪60年代在香港,穿西装、打领带的人并不多。只有当时的巨贾名流才有这样的装束,而且所穿所戴都是国际的名品,价格不菲。

曾宪梓过去曾在他哥哥的小领带店里见识过领带生产的大致情形,来到香港后,曾宪梓决定依靠做领带维持生计。曾宪梓买来一台国产蝴蝶牌缝纫机、一把尺子和一把剪刀,开始在香港打天下。他为自己定下每天生产、销售5打(每打12条)领带的目标,因为只有这样,赚得的钱才能够维持一家人的生活。

曾宪梓将自己仅有的6000港元全部投入到生产领带中,自己购材料,自己设计,自己剪裁,自己缝制,自己熨烫和包装,日夜操劳,第一批领带终于生产出来了。

带着自己制作的领带,曾宪梓开始到各家商店去推销。然而,各个商家几乎都对曾宪梓的领带不感兴趣,有的甚至看都不愿意看。经过几番周转,终于有一家商店的经理还是经不住曾宪梓的软磨硬泡,同意看一看他的领带。结果,曾宪梓等来的不是订单,而是一番羞辱。商店经理出的价钱简直是"垃圾价"。那位经理对曾宪梓说:"你别不服,你来看看我这里的领带,你来比一比。"说着,就把自己店里经营的进口名品领带指给他看。的确,曾宪梓的领带与这些世界名品相比起来,无论是用料,还是款式都存在着巨大的差距。

看到自己制作的用料低廉、款式单调、工艺粗糙的低档领带没有市场,曾宪梓虽然痛苦却头脑清醒,他意识到自己错了!档次较低的廉价领带,并不能容易地打入市场,廉价产品所换来的不是利润,而是别人的歧视与羞辱。

曾宪梓一咬牙,就算自己花钱交"学费",看来要想打开市场,就得生产高档名品。

曾宪梓做出决定,将自己辛辛苦苦赶出的第一批领带统统以低廉的价格批给了街头的地摊,然后用换来的钱买来了几条价格不菲的国际名品领带。

回到家后,曾宪梓将买来的国际名品领带拆线,从一针一线的做工、一笔一画的花纹、一丝一缕的用料中,苦心研究外国名品领带的奥秘,从中寻找自己产品的名品之路。不断地思索和钻研使曾宪梓觉察到,像男性服饰,除了在领带上可以做出一些色彩和款式间的变化外,其他方面难以改观。所以,男性的服饰要想变得丰富起来,必然会搭配一条适合自己、真正显示男性本色的领带。因此,真正拿得出手的领带在做工、款式、花纹等方面都极为考究。同时,曾宪梓认定,在香港生产和经营中高档领带是一个颇具魅力的市场。

"高调"起家

通常,不管做什么,大多数人都是低调起步,很少有人一开始就把定位定得很高的。但是曾宪梓却反其道而行之,为自己选择了一条一般人不敢想的、高质量、高价位的"高调"路线。这或许就是曾宪梓和别人的不同之处吧。

在当时,想要制作高端领带,实际上就是与欧美的名品领带比高低。曾宪梓狠下心来高价引入了一批高档的法国面料,以欧美的名品领带为参照,再融入自己的钻研心得,精心裁制了4条高档领带。曾宪梓把自己裁制的领带与几条欧美名品领带混在一起,比较了一下,觉得无论在做工、还是在设计上都不算差。过了自己这一关,曾宪梓有了底气,他把自己做的领带拿去请一位领带行家鉴定。那位行家看来看去,一口咬定这些都是进口产品,还肯定地说:"香港的领带业我清楚,像这样面料考究、做工精细、款式新颖、质量上乘的领带,只有外国才能生产出来。"专家的一番话让曾宪梓喜上眉梢,自己的第一步成功了。

领带做出来了,关键是要卖得出去。没有客户,没有渠道,曾宪梓只能自己出去推销领带。这期间,曾宪梓受尽了白眼和冷遇,但他都忍了下来。他知道,自己的领带质量上乘,只要有一个机会,迟早会打入市场的。后来,他来到地处旺角的瑞兴百货公司。公司经理看过他的领带,虽然对质量赞不绝口,但还是担心在顾客中没有影响,难以卖出。曾宪梓想了想,说:"你可以把我的领带与那些进口领带陈列在一起,只标出成本价,这样一定能打开市场。"

瑞兴百货公司的经理答应了曾宪梓的要求。曾宪梓的领带终于在大商店中挂了出来,而且是与外国名品挂在一起。结果市场反应正如曾宪梓所料,曾宪梓那些款式新颖、花纹独特、面料精良、做工考究,且价格实惠的领带大受欢迎,买领带的人蜂拥而至。

香港向来以商业信息发达著称,曾宪梓的领带在瑞兴百货公司大卖的消息很快就传了出来,立刻引起了许多大公司、大商店的注意,一时间,竟形成了一股抢购曾宪梓领带的风潮。曾宪梓的"一人工厂"再也无法应付如此之多的订货。他迅速扩大了工厂规模,招募了一批工人,曾宪梓的领带在香港站稳了脚跟。

金利来的诞生

对于已经取得的成果,曾宪梓并不满足,他不断征求商店和顾客的意见,改进产品质量。然而没过多久,曾宪梓发现,有很多顾客不喜欢这个领带的名字——"金狮"。因为在粤语里,"金狮"同"金蚀"同音,"金蚀"也就是叫人赔本,这样的领带自然没有人愿意戴。

曾宪梓苦思冥想了多天,也没想出个所以然来。几天后,有朋友邀他坐船去澳门玩,他还在船上念念有词,同来的几个大公司男装部部长也参与进来议论。当时,曾宪梓的领带的英文名已经定了下来,就是"goldlion"。这时,有个人用英文试着发出"金"——"利"——"来"三字。曾宪梓脑中觉得电光一闪,有了,就叫"金利来"。金利来,金也来利也来,这个不但符合人们发财的思想,而且读起来也朗朗上口。

结果,"金利来"商标一问世,果然使曾宪梓的领带生意更上一层楼。人们被这个吉利的商标所吸引,很自然地就激起了购买欲。

有了响亮而吉利的好牌子之后,接下来还需要做好宣传。1971年,一个偶然的机会,曾宪梓把"金利来"广告推到了电视上。结果"金利来领带,男人的世界"的广告语一经播出,便红极一时。"金利来"的订单如雪片般飞涌而来。

尝到了广告甜头的曾宪梓再接再厉,从香港选美到尼克松访华,"金利来"的名字传遍了大江南北,这些广告宣传,为"金利来"的腾飞插上了翅膀。

曾宪梓研究外国名品领带,成功地总结了一套创造名品产品的必由之路——追求卓越,即选用最好的原料、最新的款式、最优的质量和精工制作,以及永不停止的广告宣传。曾宪梓凭借自己的智慧以及钻研创新精神白手起家、艰苦奋斗,最终登上了人生中的高峰,将自己的姓名载入商界名流的史册。曾宪梓说过:"做生意是智慧的较量,是自己与自己斗争,自己考验自己。"事实上,那些在事业上做出巨大成绩,成就辉煌人生的人,无一不是敢于创新,善于创新!

袁隆平

把种地当做事业

——专注田畴,群生饱暖农夫志;

杂交水稻,百世芳菲功德人。

姓　　名	袁隆平
籍　　贯	北京市
出生日期	1930年9月1日
历史评价	首届国家最高科学技术奖获得者,被誉为"当代神农"。

没有经历过饥饿的人不会了解袁隆平的价值,不追寻他的脚步的人不会体会袁隆平的艰辛。一粒改变世界的种子让我们看到了科学的力量,看到了执著的价值。心忧天下而从不停息,在盛誉之后,他本色依旧。袁隆平,一个值得让世界记住的名字。

懵懂的少年

1930年9月1日。北京的秋天是那样的美丽动人。在北京协和医院的产房中,新生儿是华静女士与袁兴烈先生所生的第二个男孩。袁兴烈先生按照袁氏家族"隆"字的排辈，又因孩子出生在北平，故取其名曰隆平，乳名二毛。

袁氏祖籍江西省德安县青竹板坡。袁隆平的父亲袁兴烈毕业于东南大学中文系，早期在平汉铁路局供职。抗日战争爆发后，投笔从戎，在冯玉祥第二集团军任上校秘书。新中国成立前夕，在国民党政府侨务委员会任科长。这位典型的中国知识分子给袁隆平留下的印象就是为人正直，讲究礼仪，严肃寡言，非常执著。

1938年的春天，日军大举入侵中国，袁隆平随父母从汉口动身，乘坐一只小木船，由水路逃至湖南，历时20多天，到达湖南桃园镇。桃园的生活对于年幼的袁隆平是美好的，他和当地的小伙伴一起抓鱼，游泳。

但是没有多久，年幼的袁隆平便又随着父亲一路颠簸到了重庆，在重庆的时间里，袁隆平6年时间换了4所学校，在动荡迁移中度过了人生中最美好的中学时光。抗日战争胜利后，由于父亲的工作又有变动，袁隆平一家人于1946年6月由重庆迁回汉口。

1949年夏季，袁隆平高中学业期满，面临高考。于是，考什么大学，学什么专业，成为全家议论的焦点。当年在南京政府侨务委员会事务科任科长的父亲，期盼自己的儿子更有出息。因此，他希望隆平报考南京中山大学，以便日后学业有成，继承父业。走一条传统的"学而优则仕"的正统路线。

可是没人能知道袁隆平自己在想着些什么。一路不停的颠沛流离，袁隆平知道自己希望看到的是什么。美丽的果园，充满生机与活力的花草都在不知不觉中吸引着那颗不太成熟的心灵。此外，多年的辗转生活，让他心里一直把生活八年的重庆当做自己的第二故乡，他怀念那里的山山水水，怀念那里的民歌船曲。

颇具民主思想的父亲，深知儿子的性格，既然儿子已立志学农，只好尊重他的意见。

1949年8月，袁隆平告别了南京，告别了父母，赶往他向往已久的重庆相辉学院。

1950年11月,在全国高等院校调整中,相辉学院与四川省教育学院、华西大学、四川大学、云南大学、贵州大学、川北大学等10所综合大学中的农学系合并而成为一所新型的农业高等学府——西南农学院。

袁隆平学习努力,但他不是书呆子。游泳、唱歌、乐器都是他不变的喜好。大学时光是快乐而短暂的。1953年夏,袁隆平在西南农学院4年的学习生涯即将结束。毕业以后到哪里去?从事什么工作?袁隆平和其他同学一样,面临着毕业分配的选择。他再一次走到了人生的十字路口。

祖国需要我

虽然袁隆平很想留在重庆,留在这个他生活了十多年的地方,但作为走出战争阴霾的大学生,他还是决定到基层去,到农村去推广农业技术,走上教学岗位,教书育人,把知识传播给一代又一代年轻人。

不久,袁隆平拿着毕业分配通知书,赶往湖南省农业厅去报到。在那里,他知道了他要去的地方是湖南省最偏僻的湘西安江农校,他将成为这所农校的教师。

那个他即将要去的地方,远在千里之外。他先是绕道乘火车,再坐汽车,而后是坐马车,再后来便是背着行李,徒步翻越雪峰山,历时半个多月。

在湘西教书的日子,生活是艰苦的,农校分给每个老师的粮食有限,老师们下课后,还要到屋后山上挖野菜,回来做菜汤吃。那里没有煤烧,老师们要自己上山去砍柴做饭取暖。

一年四季,春天播种插秧,夏季锄草挠秧,秋天收割耕地,他样样农活学着干,并抓紧课余时间,带领学生坚持参加生产劳动。

20世纪50年代的经典理论认为:"水稻是自花授粉植物,没有杂种优势。"但袁隆平却敢向权威挑战,坚信水稻的杂种优势,走向了对杂交水稻的摸索之路。

探索与突破

1960年,大山深处的袁隆平知道了杂交高粱、杂交玉米、无籽西瓜等,都已广泛应用于国内外生产中的消息。这对于农业科技工作者来说无疑是令人振奋的消息。其他农作物的成功让袁隆平认识到:遗传学家孟德尔、摩尔根及其追随者们提出的基因分离、自由组合和连锁互换等规律对作物育种有着非常重要的意义。这也让他燃起了培育杂交水稻的决心。

通过反复的讨论,他确定了两条道路:

一条路是进行人工去雄。众所周知,水稻是雌雄同花作物,一个稻穗要有100多朵花,每一朵花上都同时长有雌蕊和雄蕊,雌蕊的柱头受精后,一朵花结一粒种子。采用人工去雄就是用人工去掉其雄蕊,再从其他稻穗上引来雄蕊花粉进行杂交。这样做的好处是比较方便操作,但缺点更加明显,就是费时费力。通过这种方式获得种子数量十分有限,不可能在生产上大规模的运用。

另一条路,就是要培育出一个雄花不育的"母稻",即自花的雄性失去生育能力,而后用其他品种的雄性花粉为"母稻"授粉杂交,从而生产出杂交种子。这种设想也不是袁隆平首创,只是从来没有成功过的例子。所以在很多国际专家也断定,培育出雄花不育的母稻是天方夜谭。

貌似袁隆平陷入了死胡同,一条没有光明的黑暗之地。对于这个世界性的难题,袁隆平有自己的看法:

从资源上讲,我国是古老的农业国,又是水稻的种植大国,有着众多的野生稻和栽培成功的水稻品种。除此之外,我国还拥有辽阔的国土资源,尤其是海南岛的充足的温照条件,对于广大的育种工作者来说,那是不可多得的天然温室。

还有一点是其他国家所不及的就是我们是社会主义国家,可以充分发挥我们制度上的优越性,协同工作,共同攻克难关。

在1964年到1965年两年的水稻开花季节里,袁隆平和助手们每天头顶烈日,脚踩烂泥,低头弯腰,终于在稻田里找到了6株天然雄性不育的植株。经过两个春秋的观察试验,对水稻雄性不育材料有了较丰富的认识,他根据所积累的科学数据,撰写成了论文《水稻的雄性不育性》,发表在《科学通报》上。这是国内第一次论述水稻雄性不育性的论文,不仅详尽叙述水稻雄性不育株的特点,并就当时发现的材料区分为无花粉、花粉败育和部分雄性不育三种类型。

从1964年首次发现"天然雄性不育株"算起,袁隆平和他的助手们整整花费了6年的时间,先后用1000多个品种,做了3000多个杂交组合,仍然没有培育出不育株率和不育度都达到100%的不育系来。优秀的科学家是善于总结的,在不断的失败实验中,袁隆平认识到必须跳出栽培稻的小圈子,重新选用亲本材料,提出利用"远缘的野生稻与栽培稻杂交"的新设想。

有了新的指导思想,袁隆平就带着助手在野生稻群落中,发现了一株雄花不育株。如果把杂交水稻比作一场寻宝探险,那么这株雄花不育株就是找到宝藏的一把钥匙。

1972年,农业部把杂交稻列为全国重点科研项目,并且组成了全国范围的攻关协作网。

1973年10月,袁隆平发表了题为《利用野败选育三系的进展》的论文,正式宣告我国籼型杂交水稻"三系"配套成功。这是我国水稻育种的一个重大突破。紧接着,他和同事们又相继攻克了杂种"优势关"和"制种关",为水稻杂种优势利用铺平了道路。

草木荣枯，寒来暑往，杂交水稻的研究过程中所面临的困难是无法想想的，为了躲避政治斗争，他带着助手在海南岛上度过了7个春节，为了保护好秧苗，他卸下门板把秧苗转移到安全的地方。多年的长途跋涉，不眠不休，这一切在1974年终于有了回报。

1974年，袁隆平在安江农校试种的"南优2号"杂交稻亩产628公斤，与常规稻亩产150公斤相比，简直是天壤之别。

成功了，多年的执著终于见到了曙光，到了1976年，袁隆平和他的助手又用自己的勤劳和勇敢突破了制种的难题，揭开了我国杂交水稻大面积推广的序幕。

生命不息，奋斗不止

杂交水稻研制成功后，他解决了中国人的吃饭问题，向世人证明了中国人可以自己养活自己。纷至沓来的荣誉，那么耀眼，也那么沉重。

袁隆平说，他还有两个心愿没有完成：一是把"超级杂交稻"合成；二是让杂交稻走向世界。这是他的心声，也是一种对世人的大爱。对于众多的头衔和兼职，他能辞去的尽量辞去，对于各种会议，能不参加的尽量不参加，他心里只有他的杂交水稻。

满载着袁隆平的梦想与希望，杂交水稻在中国和世界的大地上播种和收获，创造着一个又一个神话般的奇迹。

一位农业经济学家曾这样写道：袁隆平为中国赢得了宝贵的时间，他增产的粮食实质上降低了人口增长率。他在农业科学的成就击败了饥饿的威胁。他正引导我们走向一个丰衣足食的世界。

如今，已经年近八旬的老人依然活跃在试验田里，为了他的超级稻，为了他的事业，为了让世界人民不再挨饿，袁隆平依然在奋斗。

钟南山

抗非事业的先行者

——人不应该单纯生活在现实中,还应生活在理想中。

姓　　名	钟南山
籍　　贯	江苏省南京市
出生日期	1936 年 10 月 20 日
历史评价	中科院院士,抗非英雄。

人们从灾难中看到他的身影,人们从感动中国的节目中了解他一路走来的艰辛。无论是风是雨,他总是一路前行。无论或起或伏,他总能淡然面对。他总是说,自己是一个医生,他的所作所为只是出于一个医生的良知。他精湛的医术,高尚的人格让我们感动,他积极关注民生,尽到自己的责任让我们敬佩。他就是医生的良心——钟南山。

苦难中盛开的莲花

1936 年 10 月 20 日,南京。对于中央医院儿科主治医师钟世藩和他妻子来说是一个喜忧参半的日子。这一天,他们的第一个孩子顺利出世,喜的是他们钟家两代单后终于后继有人了,忧的是现在正处乱世,孩子的诞生让夫妻以后的日子更加艰难了。因为出生的医院正好坐落于钟山的南面,所以父亲就给这个孩子起了一个很有气势的名字:钟南山。

1937年7月7日,此时的钟南山尚未满周岁。这一年的冬天,在南京沦陷的前夕,钟南山的父亲带着一家老小随着国民政府西迁到贵阳。在钟南山有限的记忆中,总是有空袭的警报伴随着炸弹的爆炸声和战机的轰鸣声。

在通货膨胀,物价飞涨的年代里,钟南山一家过得十分辛苦,但就是在艰难的岁月里,钟南山还是在母亲的教导下养成了同情弱者,乐于助人的品格。

1946年,钟南山10岁,一家人来到了广州。此时的钟南山依旧调皮,但开始和书籍结缘。每当来到父亲的书房,钟南山就变得安静。小小的钟南山被深深吸引在了书籍的世界里。在钟南山的记忆里,无论是工作时间还是节假日,也无论天晴还是下雨,只要医院里有事或者有医生来求助,钟南山的父亲从不推脱。父亲的行为已经不知不觉地在钟南山的心灵里留下了印记。

1949年10月1日,中华人民共和国成立。那时的广州还没有解放,在那段时间里,经常有两个人光临钟家。与以往的客人不同,钟南山的父亲很少和他们谈话,有时甚至一句话也不说。直到后来,钟南山才了解到,这两个人是当年国民党政府卫生署的官员,他们是劝钟南山的父亲带上医院的巨款离开大陆去往台湾的。最终,这位正直善良,充满爱国之心的医学专家义无反顾地留在了广州。到了广州解放以后,钟南山的父亲将这笔款项如数交给了军管会——一共是13万美金。这一年,钟南山13岁,父亲的所作所为让钟南山至今铭记在心,如同淤泥里的莲花,他不曾忘却。

成长的岁月

新中国成立以后,钟南山考上了广东省的华南师范大学附属中学。在同学和老师的眼里,钟南山无疑是一个优秀的学生。在读中学的时候,一位老师的话让钟南山铭刻终生,并且一直践行着,这就是:"人不应该单纯生活在现实中,还应生活在理想中。人如果没有理想,会将很小的事情看得很大,耿耿于怀;人如果有理想,身边即使有不愉快的事情,与自己的抱负相比也会很小。"

1955年的秋天,经过火车两天的颠簸,钟南山提着自己的行李,踏进了北京医学院(后更名为北京医科大学,后又并入北京大学,成为北京大学医学部医疗系)。就像所有的优秀生一样,钟南山上课特别认真,课余时间也从不浪费。此外,从小医学世家的背景让钟南山勤于思考,注意观察,善于分析和总结,所以钟南山的成绩一直很优秀。

在同学眼里,钟南山不仅仅是一个沉迷于书本的人,他还是个活泼好动,积极参加文体活动的然。在上大学期间,钟南山是名副其实的运动健将。直到现在,一直被人称道的是1956年,20岁的钟南山在参加北京市高校运动会上摘取了400米栏的桂冠。甚至在1958年,钟南山甚至在代表了北京参加第一次全运会的时候以54.4秒的成绩打破了400米栏的全国纪录,并一举夺得了男子十项全能亚军。

1960年,钟南山毕业了,并且以优异的成绩留在了北医大。正当风华正茂的钟南山准备开始自己事业的时候,一场突如其来的政治运动打断了钟南山的努力。

1968年这个在北医大学习了5年的医学生,成为了学校的一名锅炉工。在这种身体和心灵的双重煎熬下,钟南山在慢慢的磨炼着自己。

1971年9月，钟南山拖着孱弱的身躯，抱着自己无法舍弃的医学书籍，他踏上了南下的列车。

此时的钟世藩，依然保留着一个医生的情操，在双目几近失明的情况下，用了四年的时间，写出了50多万字的《儿科诊断和鉴别诊断》。这本书先后再版了6次，受到了广大基层医院的欢迎。一天，不爱说话的父亲问了钟南山："南山，你今年几岁了？"钟南山一下子没有明白父亲是什么用意，恭恭敬敬地回答道："36岁。""唉，都36岁了……"父亲深深叹了口气。这一夜，钟南山心如大海般翻腾。许多年后，钟南山总是对别人说，他的医学事业是从36岁开始的。

异国他乡

1971年年底，钟南山被调到了广州市第四人民医院里当一名普通的医生。在这里，钟南山被安排到了医院急诊室，从最基本的东西做起。

在一次接诊的过程中，钟南山出现了误诊，这次的误诊给钟南山很大的刺激。这时的他才明白自己的医学功底是多么的薄弱。这彻底惊醒了还处于迷茫中的钟南山。在以后日子里，同事发现钟南山变了，他开始仔细留意每一位走进急诊室的病人的症状、病因和治疗的过程，向周围医生请教自己不懂的问题。在做完手头的工作后，他总是开始详细认真地整理当天的医疗笔记。钟南山的笔记越来越厚了，但钟南山也越来越瘦了。

1978年，中国的知识分子迎来了科学界的春天，钟南山与侯恕副教授合写的《中西医结合分型诊断和治疗慢性气管炎》的论文，被评为国家科委全国科学大会成果一等奖。正当钟南山准备大干一场的时候，国家决定组织公费出国留学考试，对于这个难得的机会，钟南山没有犹豫，在考试中由于出色的发挥，钟南山赢得了出国的机会。

经过四个星期的英语强化培训,1979年10月,这一批肩负着祖国和人民重托的学员踏上了西行的列车。

1979年10月28日,钟南山终于达到了伦敦。在英国,钟南山受到了各种冷遇。1980年1月6日,钟南山怀着忐忑不定的心情来到了爱丁堡大学附属皇家医院呼吸系,等待着与他导师的第一次见面。见面后,导师弗兰克教授第一句话就问:"你想来做什么?"钟南山恭敬的说明自己的来意,是想做呼吸系统方面的研究。弗兰克教授有一种奇怪的语调说:"你先看看实验室,参加查看病房,一个月后再考虑该做些什么吧!"

这次不到十分钟的短暂见面让钟南山感到一种莫名的烦躁和压抑。是金子总会有发光的那天,钟南山在沉默中终于等到了属于自己的机会。在一次查房的过程中,钟南山遇到了一位患肺源性心脏病的亚呼吸衰竭顽固性水肿的病人。虽然医院的同事们对患者已经使用了很长时间的利尿剂,但依旧不见什么效果。在病人的生命危在旦夕的时候,大多数医生主张持续增加利尿剂的用量,钟南山依据自己的观察,运用中医辨证的方法,判断病人为代谢性碱中毒。他的治疗主张是改用酸性利尿剂治疗,以促进酸碱平衡,达到逐步消肿的目的。在双方争执不下的时候,弗兰克教授看着钟南山,指示给病人做血液检测,检测的结果确实是代谢性碱中毒。在依照钟南山的治疗方案治疗后,病人的状况有了很大改善,通过这一事件,钟南山得到了同行的认可。

在白天查房,晚上泡资料室的经历中,钟南山发现,呼吸生物实验室关于一氧化碳对血液氧气运输影响项目,不仅符合自己研究呼吸系统疾病的方向,而且正是指导老师弗兰里教授期待开展的项目。教授看到钟南山的实验设计之后,终于露出了赞许的笑容。进行试验以来,钟南山每天工作16个小时以上,每天深夜坚持整理自己取得的实验成果。每当他感到疲惫或者想放弃的时候,他就会用当初来到伦敦时的境遇来提醒自己。

1980年9月,钟南山的研究报告在全英医学院研究会议上得到了宣读。同年10月,钟南山应邀到奥地利首都维也纳参加欧洲免疫学会议。在这次会议上,钟南山结识了戴维教授。

　　1981年夏天,钟南山忽然接到了全英麻醉学术研究会的通知,邀请他前去作学术报告。这件事还要从钟南山在爱丁堡进修期间说起,那时候钟南山发现自己的实验结果同英国麻醉学权威克尔教授是相反的。起先,钟南山怀疑是自己在测定上出现了失误,但经过反复的测定,钟南山证实了自己结果的正确性。

　　1981年9月,在开往剑桥的火车上,钟南山陷入了思考:自己不过是一个名不见经传的中国医生,而对方是英国一位名声显赫的理论权威。在钟南山做报告结束后,面对各种各样的质问者,钟南山用大量的实验数据和严密的论证一一做出了解答。最终让质问者哑口无言。

　　1981年11月,钟南山结束了自己在英国两年的进修,从伦敦返回了祖国。短短的两年时间,钟南山凭借着孜孜不倦的研究精神,在呼吸系统疾病方面研究取得了六项重要成果,完成了七篇学术论文,其中有四项分别在英国医学研究学会、麻醉学会及糖尿病学会上发表。在离开英国之前,英国爱丁堡大学曾极力挽留他在皇家医院工作。但钟南山知道自己前来的目的,也明白自己身上责任。所以面对挽留,钟南山坦然地回答道:"是祖国送我来的,我要回我自己的祖国!"

归国,院士

　　20世纪80年代,广州虽然是相对比较大的城市,但医疗条件有限,要想适应不断变化的医学研究和医疗方面的需要,设备的更新是必然的。

　　但在财政不充裕的情况下,只能自己动手。内行人知道,支气管哮喘的基本特征是气道高反应性。当时国外流行的气道反应测定法至少需要一个电动射流雾化器、一个肺功能计,这些设备耗资在4000美元左右,基层医院和广大患者几乎没有机会使用这一设备。

从国外留学归来的钟南山认为,科研不仅仅是为了出成果,更重要的是把科研成果大众化。为了攻破这个难题,钟南山一下子钻进了实验室。

经过反复了试验,钟南山终于创制出简易的支气管激发测试仪。这种仪器的检测效果与进口仪器相当,并且只需要20分钟就能够得到可靠的结果。最为重要的是,这一款仪器,售价只要不到200元人民币。这种仪器受到了广大中小医院的欢迎。

1984年,钟南山开始担任广州市呼吸系统疾病研究所所长。

1993年呼吸系统疾病研究被广东省高教厅正式批准建立省重点学科。

1994年,成立广东省呼吸疾病研究重点实验室。

1996年,世界卫生组织的专家来到我国考察,当专家一行走进广州呼吸病研究所时,为这些专家做介绍的是钟南山的研究生。这些研究生以流利的英语、扎实的专业知识和研究成果让来访的专家赞叹不已。最后,专家给钟南山的评价是:你们的研究所是一流的,研究生也是一流的。

1996年4月的一天,钟南山并没有意识到有什么不同,但整个广州医学院像过节一样沸腾,经过打听才知道:基于钟南山在对呼吸疾病的研究中所做出的突出贡献,中国工程院决定授予钟南山教授"中国医药卫生工程学部院士"的称号。面对院士的头衔,钟南山对自己的研究有了更大的信心,但也感到了肩上的担子也更重了。

抗非是我的事业

2002年12月22日,一例病人被送到了广州呼吸病研究所。很快,与这位病人有过接触的医护人员也出现了与患者相类似的症状。

面对这种情况,钟南山是这样判断:这种肺病的毒性见所未见,闻所未闻,不仅来势凶猛,而且难以治疗。

1月21日晚上,钟南山赶到中山,对这些病人进行了会诊和抢救。并且在第二天的报告中将这个多日来困扰人们的"怪病",命名为"非典型肺炎",简称:非典。与此同时,陆续有同样症状的病人被送到了呼吸所和广州市内各大医院。

从2002年12月下旬开始,病人开始陆续增多,一些医生和护士也开始出现了感染。对于治疗方案,有人主张继续用抗生素,有人改用皮质激素,这在当时内部有了争议。因为激素会破坏人体自身的免疫力,但是如果不使用激素,病人自身的免疫力已经难以免疫,如果再出现继发性感染,那后果将不堪设想。

这种争议在医学界还没有一个统一的认识,与此同时,民间对这种"怪病"越传越凶。有人说,这种病传染性极强,只要和病人乘同一辆公交车,甚至和病人打一个照面都会传染。还有更为恐怖的说法是:传染上这个病,上午得病,下午透视,晚上抢救便是死亡。

面对这种情况,钟南山首先是想到的是控制!控制传染,控制病人的病情,而控制的前提就是必须首先要搞清楚病原体是什么。但是钟南山不清楚病源和传播途径是什么,钟南山一筹莫展。

2003年2月11日,为了安抚已经开始躁动民心,钟南山接收到了命令,在广东省卫生厅召开的记者见面会上,他要面对着媒体讲述这种病情的发生和病人的发展情况。钟南山为了国家,为了自己的病人,讲出了自己必须负责任的说话。与此同时,卫生厅还通报了广东卫生防疫部门已排除了禽流感、鼠疫、炭疽等病的可能性。很快,社会情绪开始趋稳。

在媒体会上,他以自己院士的声誉进行担保,告诉大家:非典并不可怕,是可防、可治的一种疾病。与此同时,钟南山和呼吸病组成的科研攻关小组,夜以继日的查阅文献,观察病人的变化。在实行了诸多方案后,终于找到了一个突破口,也有了针对性的治疗措施:当病人肺部阴影不断增多,血氧监测有下降时,及时采用无创通气,病人的氧气吸入量就会增多,能较好地改善病人症状;当病人出现高热和肺部炎症加剧时,适当给予皮质激素,从每日80毫克至500毫克不等,能有效地减轻肺泡的非特异性炎症,阻止肺部的纤维化病变;而当病人出现继发细菌感染时,必须有针对性地使用抗生素。

这在实践中被证实为一种行之有效的治疗方法。在广泛推广后,大大提高了危重病人的成功抢救率,有效地降低了死亡率和病人在医院的治疗时间。

4月3日,世界卫生组织专家小组在广州听取了广东专家对目前情况的汇报。刚从日本参加会议回来钟南山代表广东省非典型肺炎医疗救护专家指导小组进行了40分钟的汇报。在这次汇报中,钟南山侃侃而谈,举例有理有据,通过这次的发言,世界卫生组织的专家们一致认为,治疗这种疾病的经验已经在广东找到。

4月12日,好消息传出:从广东非典型肺炎病人气管分泌物分离出2株新型冠状病毒,显示冠状病毒的一个变种极可能是非典型肺炎的主要病因。4月16日,这一结果得到世界卫生组织正式确认。

在各国专家的共同努力下,这次疫情终于得到了有效的控制,当我国最后一例病人出院的时候,人们看到已经年迈的钟南山一下子苍老了很多,当时很多医生看到钟南山的背影时,都忍不住地哭了出来……

医者仁心

从"非典"的战斗中走下来的钟南山,依旧很忙碌。他经常说:"我已经这么大岁数了,能多做点就多做点吧。"作为全国政协委员的钟南山,时时刻刻没有忘记自己的责任,2004年,钟南山对农村医疗卫生体系中存在的问题表示忧虑,对医院既要治病救人又要盈利的矛盾现实提出了疑问,并建议国家应该多关注民生。

如今,已经荣誉无数的钟南山还在奔波着,用一个属于知识分子的责任坚持的自己的信念,用自己的行为诠释着医者仁心的意义。

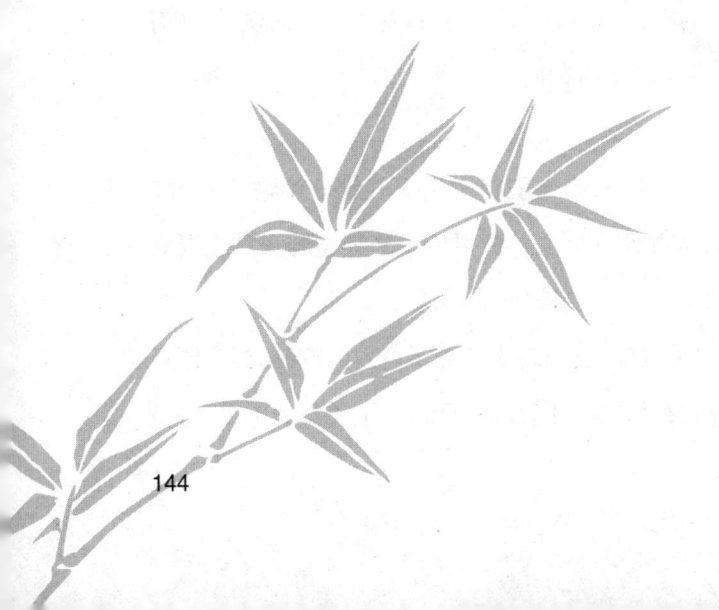

王选

科学家与企业家的完美结合

——我的座右铭是:"多做好事,少做错事,不做坏事。"

姓　　名	王选
籍　　贯	上海市
生卒时间	1937年2月5日~2006年2月13日
历史评价	汉字激光照排系统创始人,被誉为"当代毕昇"。

很多人说,王选是当代毕昇,他改变了中国的印刷史。也有人说,王选是科学家与企业家的完美结合,他将科学技术完美地融合在商业之中,是科技创新型企业的典范,是学人与商人融合的楷模。其实,王选的标签应该是中国人。他用自己的智慧和执著捍卫的祖先留给我们的荣耀,用自己的远见和开拓精神支撑了方正集团的发展。王选,一个纯粹的中国人。

模范学生

1937年2月5日,王选诞生在上海市衡山路一个知识分子的家庭里。王选的父母都是为人正直的知识分子。王选的父亲上学的时候学的是铁路管理专业的,毕业于南洋大学。在动乱的旧中国,王选父亲所学的专业没有地方施展才华，就只能在上海的一家公司担任会计师。

王选4岁上幼稚园，一直到1954年高中毕业，王选一直在上海南洋模范学校读书，这是一所教育质量很好的学校。作为知识分子家庭出来的王选，他是一个从小听话乖巧，学习勤奋的好学生。他的学习成绩一直都是班级前列，并担任过副班长、班长等职。王选从小学升初中，从初中升高中，都因品学兼优而被直接保送直升。

王选在南洋模范中学的时候，等到1954年高中毕业，17岁的王选选定了自己未来的志向，那就是数学。在填报志愿的时候，他的三个志愿都是数学系：第一志愿报的是北京大学数学系，第二志愿报的是南京大学数学系，第三志愿报的是东北人民大学(现在的吉林大学)数学系。

1954年8月，17岁的王选登上北上的火车。他是带着北京大学的录取通知书，怀着对祖国中心的向往，成为全国最高学府一名大学生。在北大的校园，衣着朴素的江南学子对着碧波荡漾的未名湖，古色古香的宫殿式建筑，藏书丰盛的百万册的图书馆，名扬中外的专家教授，心里有种说不出的激情。学过高等数学的人都知道，初等数学研究的对象主要是常量和不变的图形。而高等数学研究的对象则是变量和变化的图形。每年都有一批人因为无法迈过高等数学的门槛而在大学过的不如意。而王选则如鱼得水，轻易地跨过了这一道门槛。

在大学学习中，参考书是必不可少的。王选看书有自己的方法，他往往是把老师讲课时所采用的教材体系与苏联的教材体系都找来，他钻透一个体系之后再钻进另一个体系里去，然后再进行对比分析，对概念的理解就深刻多了。而对于一些同学来说，东一本西一本看了不少的书，费时又费力，但最后连基本概念都没有弄清楚。这样的结果最后是收效甚微，成绩自然也不会好。

在大学的三年时间，王选学会了科学归纳问题、分析问题的方法，养成了严密、精确逻辑思维方式,大大提高了自我能力和独立分析的能力。对于这段的大学时光,王选曾经这样回忆:"北大的基础课学习使我终生受益。它对我三十多年的科研工作起了至关重要,甚至是决定性的作用"。

与计算机结缘

1956年9月,王选大学的第三个年头,王选进入到大学三年级。当时数学系一共分了三个专业:数学专业、力学专业和计算机数学专业。

在大学里,大学生们对专业的选择历来是非常重视的。因为它对于一个人的发展方向往往起着决定性的作用。在这样的时刻,王选也在认真思考:到底选择哪个专业好呢?数学专业,这是一门古老而成熟的学科,全人类的数学家用自己非凡的智慧和辛勤的汗水,产生了一套又一套严密的理论体系。

计算机数学专业与数学专业相比,显得是冷门。之所以设立这个专业,它是根据我国十二年科学规划的精神,刚刚建立的新兴专业。可是在那个情况下,我国对这个专业都没有一套像样的教材。这对于渴望学习高深理论的大学生眼中,这条路无疑是艰难的。除此之外,计算机数学应用性强,编制程序繁杂琐碎,包含大量非创造性的工作,很多人忙忙碌碌几十年从事这一行最终却没有能取得像样的成就。

面对着这一情况,很多人非常务实地选择了数学专业,王选却从另外一个方面进行考虑:计算机专业虽然是新建立的,在眼下虽然没有什么系统的理论,但是新生的专业总是代表着未来,就像一个新生的婴儿,总会有成熟的那一天,总有长大的一天。对于一个不成熟的事物来说,不成熟意味着留给人们进行突破和创造的空间也就越大。相反,对于古老、充实的学科,时间发展的越早,所形成的理论体系也就越加的严密,想要取得新的突破也就更加困难。

不过，选择自己的专业是一件大事，王选没有立刻作决定，而是开始搜集有关计算机的相关报道。当王选了解到计算机对将来科技发展的重要作用时，王选终于下定决心选择了计算机数学专业。

1958年春天，王选进入大学最后一个学期的学习。计算机数学专业的实习课内容是调试张世龙设计的"北大一号计算机"。王选和同学们一起参加了这项光荣的工作。

这次的调试虽然最终没能成功，但王选却获得了一次难得的实践机会。更为难得是：由于张世龙老师对王选的器重，王选亲身参与了从逻辑设计到最后调试的完整过程。通过这次的实践，王选的动手能力有了极大的提高。

1958年的夏天，王选毕业了，当然是带着一份优异的成绩。王选留在了学校无线电系当了一名助教。

在经历过一场大病之后，王选选择了自己在学术上的主攻方向：一是研究新计算机的体系结构，二是研究高级语言编译系统。前者是硬件系统，后者为软件系统。

王选想通过深入研究计算机高级语言的编译系统，进而提出新的计算机体系结构。从另外一个方面说，他想通过研究软件来研究硬件结构，想清楚地了解软件对硬件的影响。

当时，人们的习惯的认为：软件，应该是由学软件的人去研究的。硬件，当然是应该由学硬件的人去研究。这种跨界去通过软件去研究硬件，或者通过硬件去研究软件是颇为大胆和创新的新鲜想法。

这样的选择，对王选来说，无疑是对他以后的人生道路起到了决定性的作用。王选的这种选择是基于这样的考虑：懂软件的不懂得硬件，他认为计算机生来就是这样的，不能去动的，也没有办法去动；懂硬件的人，不懂得软件的需求。两者一结合起来，能够在硬件上做出非常灵巧的设计，可以使软件的效率得到极大的提高,一旦有了两种背景以后,王选的思路一下变得开阔起来。他深刻体会到了美国控制论的提出者维那说的那句话:在已经建立起的科学部门间的无人的空白区上,最容易取得丰硕的成果;在两个领域交错的地方,最容易取得丰硕的成果……

接触过计算机的人都知道,机器语言是目前计算机能直接接受和执行的语言。在计算机中,他是用二进制"0"和"1"组合而成。编译系统有四大难处:难编、难记、难读、难改。后来的符号语言则用符号代替了二进制码,但仍然具有机器语言的缺点。在计算机中有一种语言被称为高级语言,这种高级语言比较接近人们的自然语言和数学语言。它与机器语言相比较,显得比较直观,并且具有易读、易写、通用性比较强的特点。但是,机器毕竟不是人类,计算机不能直接识别人类语言,必须要把高级语言翻译成机器语言才行。这种翻译高级语言的程序,就被人们称为"编译程序"。

在现在看来,做程序是一件比较平常的工作,但在60年代初,编译系统还是一个令人生畏的领域。由于计算机发展的并不成熟,那时的编译工作具有难度大、工作繁重的特点,敢于涉及这一领域的人少之又少,在全中国也不过三两人而已。

为了研究高级语言编译系统,王选对国外文献资料的阅读是非常用心的。虽然在中学时代,王选就打下了良好的基础,在上北大后王选的英语水平又有了很大的提高。但王选并不满足,他给自己定制了会读、会写、会听、会写的计划。对此,很多人无法理解,在本人几乎无法出国的情况下,会读会写就行了,何必花费精力去提高自己的听力和会话能力呢?

对于外人的质疑:王选有自己的想法:在他看来,读英文要能够像阅读中文那样才算真正掌握了英语。

划时代的发明

到了 1975 年,王选开始选择照排这个项目。

1974 年 8 月设立的重点科技攻关项目——"汉字信息处理系统工程",包括三个子项目:汉字通信系统、汉字信息检索、汉字照排系统。

在 70 年代,国外已经实现电子排版,但中国仍然使用的是铅字排版:这种铅字排版,拣字员需要端着拣字盘,在几平方米的拣字房里一天要走几十里。拼完版后还要把这些版捆在一起,重量大概有好几十斤重。众所周知,铅属于重金属,对人的神经系统伤害极大,每次排完版,排版员的指甲缝里总是洗刷不干净的油墨。对于排版工人来说,他们迫切地希望有一种新的排版技术来改变这种情况,来改变这种原始的劳作方式。

如果说照排是王选学术生涯的顶点,那么王选的数学基础,软件和硬件的两方面实践基础,同时王选又掌握了一定的英语。这些不断的积累才让他得到现在的成果。在进行照排研究的时候,王选所进行的第一件事就是研究外国情况,熟悉一下最新的进展。

根据王选对国外的了解:当时国际上最流行的排版属于第 3 代,激光排版属于第四代,国外也刚刚开始研究。

西方的照排技术从第一代机发展到第四代机用了三十几年,使用的字符仅一百多个。而汉字数量是以万来计数的,其中所面临的难度是不言而喻的。与此同时,国内在汉字照排技术上开展了激烈的竞争,研制精密照排系统的院校和科研院所已经有四五家。王选决定参加这场竞争,并且要一鸣惊人。王选的目光瞄准了第四代——激光照排系统。从选择的开始,他就要让中华民族在印刷技术上一步实现跨越,用最短的时间内走过外国人四十年才走完的现代化历程。

汉字照排的难点在于汉字的数量是极其惊人的。我们可以做一个简单的计算——常用汉字为3000个，印刷用的字体和字号繁多，每种字体至少需要7000多字，每个汉字从特大号到七号，总共有16种字号。综合以上考虑，印刷用的汉字数高达100万以上，汉字点阵对应的总存储量将达到200亿位！200亿，约合1万6千兆个存储单元。在不考虑制作工艺的前提下，要把这些存储信息制作成超容量的巨型磁盘，那它缓慢的存储速度和高昂的制作代价也让这一系统失去了自己的实用价值。

在貌似绝路的时候，王选另辟蹊径，他抛开了汉字的字数，从汉字的笔画笔锋入手，终于研制成了高达1:500的高倍率汉字字型信息压缩方案。这一方案将汉字的字模迅速缩减五百倍之后，为汉字精密照排系统扫清了信息量的障碍。

王选的方案虽然巧妙地解决了汉字数量的问题，但汉字精密照排系统是一项复杂而庞大的工程，其中高精度的输出装置是整个系统的另一大核心。

就在王选全力攻克难题的时候，王选和同事们听到了一个令人吃惊的消息：全球知名的一家英国公司正在加紧研制具有汉字排版功能的激光照排系统，并且筹备在1979年初的时候开办展览会，以图向中国推销它的汉字照排系统。

面对竞争对手咄咄逼人的态度，王选没有惊慌，在认真分析情况下，王选认识到自己的长处。活字印刷术本来就是老祖宗发明的，只有中国人才能够真正理解和掌握汉字。并且，如果在这一领域被外国人所占领，那作为中国的科研人员怎么面对列祖列宗。王选把全部的时间和精力投入到了工作之中。

1979年春天，王选研制样机成功。三个月后，样机调试完毕。

1979年7月27日清晨，北大汉字信息处理技术研究室机房，激光照排机输出了一张八开报纸的胶片,"汉字信息处理"六个大字占据着报纸的报头位置,不同的字体配合着精美的表格花边,整个版面显得是那么美观大方。这一成果预示着北大研制的汉字精密照排系统的主体工程是成功的。这张小小的报纸样章在国内印刷界引起了一片喝彩。

1980年初,汉字终端校改系统研制成功。

1980年夏,激光汉字编辑排版系统排出的样书——《伍豪之剑》获得成功。

1981年7月,中国第一台计算机激光汉字编辑排版系统原理样机——华光Ⅰ型机通过部级鉴定。

1983年夏天,华光Ⅱ型系统研制成功,被新华社大胆采用,华光系统进入到试用阶段。

1987年,《经济日报》印刷厂的激光照排车间诞生了世界上第一张整页输出的中文报纸。

中文的印刷终于告别了铅与火的时代。没有排铅所必不可少的捡字、排版、打纸型、浇铅版等一系列繁琐的工序,更没有熔铅、浇铅这类的有毒作业。汉字的排版进入到了光和电的时代。

从科学家到企业家

王选始终坚信,科技可以转化为生产力,在1988年春天,北大的校办企业——北大新技术公司介入到了激光照排系统的生产和销售。从此,北大新技术公司和激光照排紧密地联系在了一起,并且取了一个铿锵有力的名字——北大方正。

后来,一位极有影响的人士在谈到北京中关村电子一条街的历史时,曾说过这样的话:"在这条街上,一个企业发展的历史,也同时是这个企业的一个英雄和某几个英雄个人奋斗的历史。"

短短的两年时间,北方方正的声誉和财富呈直线上升的状态,新技术的不断出现让北大方正散发出新兴企业的朝气和活力。而王选所在的北大计算机所如同肥沃的土地,为中国计算机事业的发展不断培养出新的人才,开发出新的技术。

1992年5月16日,江泽民总书记、李鹏总理来到了北大方正大厦,对科技人员的创造力进行了高度的评价,这给了正在快速发展的方正集团有力的支持。

1993年,北大方正集团成立。这家著名的中国科技型企业迎来了另一个发展高峰。

在北方方正的日子里,王选坚持以科技带动产业创新,真正把科学技术应用到生产领域。90年代初期,他又带领自己的团队,根据市场的需要,先后研制成功了以页面描述语言为基础的远程传版新技术、开放式彩色桌面出版系统等,这些新的成果使得汉字激光照排技术占领99%的国内报业市场以及80%的海外华文报业市场。

如今的方正集团拥有6家在上海、深圳、香港交易所上市的股份公司,下设30家二级公司,3万余名员工。2010年,方正占据中国校办科技企业盈利规模近60%的份额。为国家首批6家技术创新试点企业之一。2011年集团总收入577亿元、总资产690亿元,净资产310亿元。可惜现在的王选已经看不到,2006年2月13日,王选因病在北京逝世。

史来贺

一个属于中国农民的创富传奇

——事在人为，路在人走，业在人创。

姓　　名	史来贺
籍　　贯	河南省新乡市刘庄村
生卒时间	1930年~2003年4月23日
历史评价	全国劳动模范，优秀共产党员的代表。

从20世纪50年代起，他的名字便誉满全国。作为农民的儿子，他把自己的所有都倾注在这片土地，用自己的汗水浇灌出漂亮的花朵。作为优秀的共产党员，他用自己的实际行动践行着入党时的宣言。这是一个属于农民自己的传奇故事。他就是河南省新乡市七里营镇刘庄村原党委书记史来贺。

让全村人吃饱饭

1952年，史来贺21岁。年纪轻轻的他当上了刘庄村党支部书记。这年北方雨水特别多，自入秋以来，连绵的雨水将晾晒的小麦变得生霉发芽，田地里的棉花也在雨水中浸泡着。看到这种情况，村里已经有很多人开始了自己传统的避灾方式——逃难。但这是在新中国，史来贺作为党支部书记，他不能让旧中国的悲剧再次上演。史来贺于是一边和村里的党员干部积极做群众工作,一方面带领广大开展生产自救活动。在史来贺的带领下,村民一方面改水排涝,抢种萝卜、蔓菁,一方面发展非农产业建立起砖瓦窑、豆腐坊等村级作坊。在不到半年的时间里,村里人分到了四次的红利,不仅解决了当年的吃饭问题,也让村民感受到了史来贺带领大家致富的决心和能力。年轻的史来贺第一次在刘庄村真正扎下了根,得到了广大村民的尊重和支持。

1953 年,在吃过去年阴雨天气的苦头后,史来贺深刻意识到水利建设的重要性。说到这来,就不得不提刘庄的地理位置。

刘庄处在河南北部的黄河故道上,历史上黄河多次改道,给这块 1.5 平方公里的土地留下了纵横交错的荒沟和 700 多块高低不平的"盐碱洼"、"蛤蟆窝"荒地。面对着这一情况,史来贺下定决心要整治,要向这片贫瘠的土地要粮。

在生产工具还比较落后的情况下,史来贺带领着全村的人用车推、肩挑、人抬等原始方式,起岗填沟,拉沙盖碱,最终将一片片盐碱地变成了旱涝保收的高产田,而这一治理工程,史来贺持续了 20 年。

治理好盐碱地,如何让有限的土地能有更高的产出是史来贺想到的另一个问题,为此,刘庄成立了由干部、技术员和老农组成的"三结合科研小组",重点研究棉花如何高产稳产。在不断地努力下,刘庄皮棉平均亩产达到 56 公斤,这是当时全国平均产量的 3 倍。此时的史来贺,已经实现了让全村人们吃饱饭的愿望了。

顶住压力

从 1956 年的合并公社开始一直到"文革"结束,史来贺面临着许多难以想象的压力,但史来贺没有盲从,他只是凭借着对土地的感情,凭借着对生产的热情，坚持着自己的想法，让刘庄有了更好的发展。这里流传着关于史来贺的两个小故事。

故事之一：在大跃进的日子里，"小麦高产放卫星"的新闻屡见报端。在这种形势下，公社的要求便是挖地三尺，每亩上粪 100 车、下种 150 公斤，最终实现亩产小麦 7.5 万公斤。凭借着一个农民对庄稼的直觉，史来贺坚决否定了这一套。在万般无奈之下，史来贺勉强同意种。但只种植三亩试验田，其他土地还是按照以前的计划进行种植。到了收获的时候，3 亩"卫星田"平均亩产仅 130 公斤，连种子都没打够。刘庄村因为种植卫星田的面积最少，所以也避免了更大的损失。

故事之二："文革"期间，全国串联成风，很多人都到刘庄来进行串联活动。史来贺召开群众大会上明确作出规定："谁离开生产出外串联，不记工分、不发盘缠；贴大字报，集体一分钱不报销。"

史来贺作为一个农民出身的党员，他深切知道让人吃饱饭的重要性。对于口号的理解，史来贺自有一套独特的理解方法。在巨大的压力下，史来贺以一个农民朴素的思维，相继建立了机械厂、食品厂、淀粉厂等。面对外界的质疑，史来贺这样给乡亲们打气加油：他们造他们的反，我们生我们的产。到年终分配，咱们分粮食，让他们分"路线"。

就这样，十年的文革没有让刘庄村的生产荒废，反而形成了以工促农、以工养农的新格局，为刘庄的工业化奠定了良好的基础。

走在时代的前列

党的十一届三中全会以后，家庭联产承包责任制已经推行，我国农村焕发出勃勃生机。此时的刘庄村却面临着两难的境地：一方面是中央的文件要求，另一方面是刘庄村的现实状况。在那个时候，刘庄村已经从传统靠地吃饭的自然经济转移到了商品经济生产，三分之二的劳动力已经转移到了第二和第三产业。集体经济已经有了很大发展。

刘庄村的土地分不分到农户，工厂包不包到个人？刘庄村党支部一时没了主意。史来贺带着老花镜，逐字逐句地反复领会中央的文件精神。认为中央精神的实质就是解放生产力，发展生产力。如果草率的将村里资产一分了之，必然会打破以往形成的良性循环。为此，史来贺本着从本村实际出发，成立了刘庄农工商联合社，实行了"综合经营、专业生产、分级管理、奖惩联产"的生产责任制。

这项制度在当时受到了广泛的质疑和争议，很多风言风语都指向这位老支书。但刘庄人用自己的实践证明了自己的决断。在这种新的经营方式下，既充分发挥了集体经济的优越性，又极大地调动了个人积极性，刘庄村的经济发展注入了新的生机和活力。

在自身工业得到广泛发展的同时，史来贺与村党支部成员开始琢磨向高科技产业发展。此举刚提出，便受到了强烈的反对。如果说村里办食品厂、淀粉厂村民还有底的话，那高科技产品让村民觉得有些不靠谱。有人说，"这高、精、尖项目，咱'泥腿子'能搞成？"还有人担心"逮不住黄鼠狼，反惹一身臊"。但史来贺依旧坚持自己的看法，经过反复的考察，史来贺决定引进高科技生物工程技术，在刘庄建立一座全国最大的生产肌苷的华星药厂。为了打消村民对这一项目的顾虑，史来贺与村里签订了一份奇怪的协议。在这份协议里，史来贺负责筹集资金建立工厂，如果厂子盈利了，工厂和收益全部归刘庄村集体所有，如果厂子办砸了，史来贺一个人承担全部损失。事实证明：史来贺赢了，如今的华星制药厂已经成为国内最大的肌苷生产企业和全球最大的抗生素原料药生产基地之一。拥有职工数千人，占地66万平方米，建筑面积26万多平方米，生产出的青霉素系列产品80%以上属于出口产品，刘庄村的农民也开始挣外国人的钱。

远见卓识

在华星药厂正式投产不久,一位工人操作失误,给药厂带来了一定的经济损失。按理说这样的事对违反操作的工人进行处罚,让大伙引以为戒就行了。但史来贺却想到:提高刘庄村的科学文化素质比建设药厂更重要。农民没有知识,农村现代化的实现就会不牢靠。

为此,刘庄投巨资建立起了高标准的学校,村子里的孩子可以在刘庄从幼儿园读到高中,并且是完全免费的。为了鼓励下一代好好上学,谁家孩子考上了大学,所有的学费和生活费都会由村里承担。不仅如此,刘庄还选派高中毕业生到外地进修,提高年轻一代的素质。在刘庄,有几项被别人津津乐道的规定:高中没毕业的刘庄村不给安排工作;不是高中以上的女孩是不允许嫁到本村来;新过门的媳妇,必须要接受科技培训,经过考试后才能给安排工作。

如今的刘庄,家家住的小洋楼,人均120多平方米的别墅让很多人羡慕不已。在刘庄村的居民家里,每户都配有中央空调、花园、车库等。生活设施中配有宽带、家具、闭路电视和电话⋯⋯

在居民福利上,村民65岁老人每月可以领取退休金,18岁以下的未成人每月有自己的生活费。为了保障村民的健康,村内建有先进的卫生室,小病基本上不用出村,另外每年都组织村民进行全面的体检⋯⋯

外人提起刘庄村,往往都是十分的羡慕,只有刘庄村自己知道,为了实现如今的状况,他们付出了多少的努力。

2003年4月23日,史来贺走完了艰难而传奇的一生。他走的时候,中共中央和国家领导人都送出了花圈,刘庄村的村民含泪相送。史来贺走了,但他依然活着。

王进喜

为了祖国的石油事业

——有条件要上,没有条件创造条件也要上。

姓　　名	王进喜
籍　　贯	甘肃省玉门县
生卒时间	1923年10月8日~1970年11月15日
历史评价	全国劳动模范,中国石油工人的光辉典范。

时间,能够标注生命的长度,却难以丈量精神的高度。有人说,他是一座丰碑,一座活在大庆人记忆深处的不朽丰碑。有人说,他是一盏明灯,一盏指引着大庆人甚至全国不断拼搏进取的明灯。他是王进喜,他有一个更为广泛的名字"铁人"。正如《铁人铭》中描述的那样:"铁人乃铁,钢筋铁骨,沉甸甸掷地有声;铁人者人,古道热肠,活生生血肉之躯。"

讨饭青年放牛娃

1923年,甘肃省玉门市赤金堡,一个贫寒的家庭里出生了一位男婴。按照家族的辈份,进字是排辈的字,不能改动,得了这么一个男婴,家里人很是欢喜,这样,王进喜的名字就伴随着这个男婴短暂却动人的一生。

家人的穷困并不因为名字的美好而丝毫有所改变，在动乱时局里出生的王进喜小的时候想进学堂是一件奢侈的事情，只能很小担负起劳动的任务，力所能及的维持贫困的家庭。

1929年，玉门遭受了百年不遇的灾荒，玉门本来就是一个比较穷的地方，尤其是在对于家庭贫穷的王家来说，遇到了灾荒之年唯一的出路只能是讨饭。就这样，年仅6岁的王进喜带着双目已经失明却无钱求医的父亲沿街乞讨，为的只是活命而已。

为了挣钱给父亲治好眼睛，10岁的王进喜和几个贫穷的孩子结伴到地主家放牛，成为地主家里的"小苦力"。放牛的收入虽然很少，但这不光能养活自己，还能为家里分担一些困难了，年幼的王进喜开始逐渐长大了。

在那个军阀混战的年代，被征兵是时常发生的事情，可大部分人的结果都是有去无回，成为了炮灰。1937年，14岁的王进喜为了躲避兵役，跑到过深山中淘过金，跑到荒野中挖过油。到了1938年，玉门油矿招工，为了养家糊口，15岁的王进喜进入到了油矿，开始了自己与石油打交道的生活。

建设新中国

1949年9月25日，这对于玉门，对于王进喜是一个不同寻常的日子，因为玉门解放了，周围的一切都是一种新生。1950年春，王进喜通过了考试，进入到了玉门油田，成为了新中国第一代石油工人。

作为一名已经在旧社会卖苦力已经十多年的王进喜来说，心情无疑是异常兴奋的。面对着新旧社会变化的切身体验者，王进喜从心底是热爱共产党，热爱新中国的。年轻的他，在玉门油田以勤劳，能吃苦在周围著称。一直以来艰苦的油田生活也锻炼了王进喜坚忍不拔的性格。

1956年4月，王进喜加入到中国共产党，成为了一名光荣的共产党员。

1956年秋,王进喜成为了玉门油田贝乌钻井5队队长,在同年石油工业部组织的劳动竞赛中,王进喜带领他的钻井队,创出了月进尺5009.3米年的全国钻井最高纪录。树立起了自己的榜样形象。他所在的钻井队也被称为"钢铁钻井队",王进喜本人也被称为"钻井闯将"。

1959年,全国各省都开始评选劳模,作为新中国成立10周年的献礼。在油田钻井的王进喜受到了广泛的关注,被顺利的评为甘肃省劳模,后来又被选为出席建国十周年国庆观礼代表团的代表,到北京参加观礼活动。

说起大庆油田的由来,这是有缘故的。大庆油田的发现是在国庆十周年发现的,所以就被命名为"大庆"。在新中国诞生后,贫油国的帽子一直顶在我们身上。甩掉这顶帽子一直是石油工人的愿望。在发现大庆油田后,党中央对此抱有很大希望,特意派遣了独臂将军余秋里带领数万大军开赴大庆,开展一场有关石油的会战,想一举扭转我国石油的被动局面。这似看似简单的任务其实是很难的。当时的大庆并不是现在这么交通发达,刚开发时期的大庆,没有公路,没有粮食,天上是朔风呼啸,地下是滴水成冰,在没有人烟的荒原上,吃的是苞米面炒面,住的是四面漏风的窝棚。面对这样要啥啥没有的情况,王进喜首先想到的不是吃住的问题,他问的第一个问题便是钻井有没有到位,井位大概是多少,这里的钻井记录是多少。

1205钻井队

困难是一直存在的,在这次的石油会战中,王进喜面对到的第一个重大困难就是设备无法运达指定的位置。在建国初期,我国重工业还是比较落后的,吊车和拖拉机的数量严重不足,钻井设备虽然已经通过火车运到了大庆,但由于运输工具的缺乏,钻井设备迟迟卸不下来。当时就有人问:没有条件,怎么上马?王进喜是这样回答的:有条件要上,没有条件创造条件也要上!这句掷地有声的话影响了当时,也影响了以后的几代人。

这王进喜的鼓舞下,他带领全队30多人用撬杆撬、木块垫、滚杠滚、大绳拉等各种办法,相当于在没有机械的情况下,使用最原始的方式,将60多吨重的钻机一寸一寸,如愚公移山般运到了井场。这种看似最笨拙的方法,王进喜和他的工友们用了四天的时间,硬是用这种在后来看来费时费力的方式将40多米高的钻机矗立在茫茫的东北荒原上。

在克服没有运输工具的情况下,王进喜用人拉肩扛的方式代替了机械,可更大的困难还等待着他。在历尽千辛万苦将钻机安装好以后,王进喜悲哀地发现:缺水。在一片荒芜的草地上,没有打好的水井,没有安装好的水管,甚至没有一台水罐车。为了早日能出油,能摆脱贫油国的帽子,王进喜的倔强性格又一次显现,没有水井,附近的水泡子就是水井,没有运输工具,脸盆水桶就是运输工具。在这个过程中,王进喜基本上以工地为家,饿了就啃几口冰冻的窝头,困了就躺在钻杆上睡一觉……功夫不负有心人,经过异常艰苦的劳动,开钻前的各种准备工作终于完成了。到了1960年4月19日,王进喜终于实现了自己的梦想,他所率领的钻井队打出大庆石油会战的第一桶乌黑的原油。

不久,王进喜的事例就在大庆油田传播开来,指挥部根据王进喜的先进事迹,在4月29日召开的"五一"万人誓师大会。在这次万人大会上,王进喜被树立为"五面红旗手"之一。就在这年的10月,王进喜被任命为钻井指挥部装建大队大队长。为了给他以及他的钻井队以表扬,王进喜所率领的1205钻井队被誉为"硬骨头钻井队"。

铁人的精神

经过初期的会战，王进喜在当时已经赢得了"铁人"的称号，工友们私下都议论着说：咱们队长是铁打的吧，从来没有发现队长有过疲倦过。在一次打完一口井，放下井架去往另一处打井，忽然，一根钻杆从高处滚下，这根几百斤的钻杆砸到了正在专心指挥的王进喜的腿上，王进喜当场昏倒。王进喜醒来后，发现工友正在抢救他，而井架却还没有放下的时候，王进喜当时就急了："井架还没有安上，你们管我做什么，我又不是泥捏的，哪能一碰就散了？"他坚持着从床上起来了，坚持着指挥着将井架架好。井架架好后，王进喜再次昏迷了下去，工人们赶紧把他送到了医院。在医生给他清理伤口的时候，医生惊呆了，连声说这么严重的伤，平常人早就顶不住了，他可真是一个铁人。可是就在这样的情况下，王进喜依然放不下他的钻井队，王进喜在医院只待了几个小时，在深夜就跑出来了，拄着拐杖，一瘸一拐地来到钻井队，刚刚缠在腿上的绷带都沾满了泥。大家看到这种情况，连忙帮助王进喜收拾床铺的时候，王进喜已经拄着拐杖到了井场上去了……

就在井场拄着拐杖指挥打新井的一天，王进喜听到了轰隆一声巨响，钻机上几十公斤的方瓦忽然飞了出来。和钻机打了一二十年交道的王进喜知道，这是发生了对钻机来说最可怕的事故——井喷。对钻机有所了解的人都知道：井喷就是埋藏在底层深处的水、原油和天然气在底层的高压下突然喷发，一旦控制不好，将井架吞没到地层里面去，造成井毁人忙的景象。在这个万分危急的时刻，王进喜心里只有一个想法：那就是不能慌张，更不能害怕，出现了问题，首先必须要压制住井喷。压制住井喷需要用重晶石粉调和泥浆，但要命的是在井场现场并没有，他当机立断决定用水泥来代替。当大家辛辛苦苦把一袋袋泥浆倒入到泥浆池，大伙发现现场没有搅拌机，水泥都沉到了搅拌池的底部,对压制井喷起不到太大作用。见到这样的情形,王进喜把自己柱的双拐一扔,纵身跳入了泥浆池中。这样的目的很清楚,那就是用自己身体搅拌泥浆。看到自己的队长都奋不顾身的跳下去了,大家伙什么也不说了,纷纷跳入到泥浆里,用自己的身体当做搅拌机。就这样,王进喜和工友们在泥浆里持续三个小时的搅拌将这次的井喷给压制了下去。油井和钻机是保住了,工人们的手上和身上都被碱性很强的水泥泥浆烧起了泡,而已经带着严重腿伤的王进喜情况比人们想想的更加严重:当王进喜从泥浆坑里出来的时候:他全身被烧起了泡,严重受伤的腿还流着大片的脓血……刚上到岸上的时候,豆大的汗珠从脸上滚下来。即使是这样,王进喜一声不吭,在场的人都说,这真是铁人。

"铁打的人",这一称呼不光是王进喜所领导的钻井队工人这么称呼他,其他钻井队的工人也这么说。当年的中国,工业制造能力还很落后,科技手段也跟不上,井喷的危险是时时存在的。在这种情况下,其他钻井队经常来找王进喜帮忙,去现场处理情况。因为钻井队中已经达成了共识:王进喜是最有经验的,遇到困难从不慌张,总能够化险为夷。在大庆的油田上,经常可以看到这样的画面:一个穿着老羊皮袄的人,累了就依靠在钻杆上眯一会,饿了就啃几口冰冷的窝窝头,天气下雨的时候,他就头顶雨衣四处查看井场。凡是他所到的井场,钻井队的工人没有不称赞的。有一次在帮完一个钻井队制服了井喷回到本大队的时候,他几乎成了一个泥人。吃中午饭的时候,饭碗突然掉到了地上,而人已经靠在墙边睡着了。工人们看到他日渐消瘦的身躯,劝他说:你这么拼命干,要少活二十年!

他的回答是:"宁愿少活二十年,拼命也要拿下大油田!"这句话同样掷地有声。

就这样,王进喜被人称为了"铁人",以后他也形象地被叫做"老铁"。

铁汉柔情

吃苦耐劳的铁人只是王进喜的一面,他还有不为人知的柔情的另一面。其实,长期在基层的领导实践使他也摸索出一套属于自己的管理办法。而这套办法就是几句话。第一句:当老实人,说老实话,做老实事。第二句:严格的要求,严密的组织、严肃的态度,严明的纪律。最后一句:黑夜和白天一样;坏天气和好天气一样;领导在场和领导不在场一样;没人检查和有人检查一个样。综合起来就是"三老四严,四个一样"。

1961年2月,王进喜被任命为钻井指挥部生产二大队的大队长,他管理着12个钻井队。按理说,他已经成为一个不大不小的领导了,有自己的办公室和电话,但王进喜很少在办公室里办公,很少通过电话来进行指挥。人们看到的往往是身为大队长的王进喜身背干粮袋,骑着摩托车到井场现场办公。

在王进喜当上领导干部后,对工人和家属关怀备至。他家人口比较多,长期的劳累让年轻的王进喜身体遭受了严重的折磨。油田党委按照油田对工人的补助的惯例,考虑到王进喜一家的实际情况,决定每月给他补助一些钱。王进喜知道后,坚决不要,他说,现在大家都处于比较困难的时期,要说困难谁家都有,为什么要给我补助?当会计按照党委的决定把钱送到他家里的时候,王进喜把补助的钱交了党费。领导考虑到他带病工作不容易,给他配发了一些猪肝和苹果。王进喜收到后,自己立刻把他分给了工人病号。

除了严格要求自己,王进喜对自己的家人要求丝毫不亚于自己。他家有老母亲、弟妹、子女共计十口人。在这个三代同堂的大家庭里,王进喜的个人工资是全家的唯一收入。作为大队长的王进喜,那个时候的收入也不高,家里过得十分艰苦。王进喜长期工地的工作,让他患上了严重的关节炎,上级为了照顾他,给他配了一辆威力思吉普车。王进喜很少坐这辆车,这辆车的主要用途是给井对送料、送粮、送菜,接送职工看病,实际上是公共用车。

王进喜从小贫苦,小的时候没有上过学,原本识字也不多。在参加工作后他深刻认识到没有文化就干不好工作,他便以惊人的毅力学习文化。1959年,当时去北京参加会议的王进喜收到了一份特殊的奖励———一套《毛泽东选集》,可是当时他根本不认识几个字,对着文字如同天书。通过几年坚持不懈的学习,到了1962年,王进喜已经能够大体上读报、看文章了。

1970年春节前,王进喜受到周恩来的委托,到江汉油田去慰问。王进喜深入到新油田各个井队、车间、工地,开座谈会,起到了解放干部,稳定队伍的工作。

1970年4月5日,王进喜回到玉门参加了全国石油会议,在会上提出了"大庆产量要上四千万吨,全国产油一亿吨"的奋斗目标。就在为石油事业劳碌奔波的王进喜并不知道,自己已经得了重病,在玉门开会时,领导见他脸色不是很好,立即派了一名医生送他到北京治疗。领导坚持让他到北京检查身体,到了北京,检查结果是:胃癌晚期,需要立即做手术。在王进喜住院的日子,党和国家领导人先后来医院看望多次,但精神的力量终究无法战胜病魔,1970年11月15日,为石油事业奋斗不息的铁人王进喜最终还是离开了,年仅47岁。

包玉刚

中国走出的世界船王

——大富大贵不忘造福乡里，叱咤风云终究叶落归根。

姓　　名	包玉刚
籍　　贯	浙江省宁波市
生卒时间	1918年10月13日~1991年9月23日
历史评价	中国近代实业家、慈善家、世界船王。

他是世界船王，更是中华之子。他在经营中转变，他以一个商人的身份替华人赢得了荣誉，他以一名中国人的身份为香港的回归和繁荣作出自己全部的努力。他从无到有，由少集多，最终聚财无数却散于回报家乡，回报故土。

少年意气

1918年10月13日，浙江宁波。包玉刚在一个再普通不过的小商人家庭里出生。父亲包兆龙常年在汉口经商。虽然是商人家庭，可是长期在外的父亲从未放松过对孩子的教育，他把包玉刚和包玉星送进了当地最好的学校——叶氏中兴小学。

这所学校的教育质量,在整个宁波都是比较出名的。除了包氏兄弟,影业巨子邵逸夫,新昌集团叶庚年、叶谋彰都是这个学校走出来的佼佼者。

俗话说,三岁看老。一个人的童年往往是一个人生长的重要阶段,特别是一个人的幼年教育,往往会对一个人的一生产生不可估量的影响。在包玉刚上小学的时候,遇见了影响他一生的好老师支家英。这位小学老师说的一口流利的英语,这对包玉刚以后的发展不能不说有很大的影响。而老师那种沉实、稳健的作风也传习到了包玉刚的身上。

虽然家乡老师教得也很好,但年幼的包玉刚的好奇心早已超越了死板的书本,在闲暇的时候,包玉刚经常坐在起居室的那个窗前,看着江面上来来往往的商船,外面的世界是什么样子呢?包玉刚太想知道问题的答案了。

由于父亲在汉口做生意,经常会向包玉刚讲述武昌发生的事情,这让包玉刚对那个陌生的城市充满了向往,也暗自萌发了读武昌读书的念头。

男儿志在四方,通过包玉刚的不断努力,母亲终于同意了包玉刚的请求。此时的包玉刚,深感宁波太小了,渴望着向外面的世界伸展。在宁波的中心小学,他熟读四书五经,通晓孔孟之学;在父亲从武昌带回的书籍和故事里,他知道了康有为、梁启超等人的戊戌变法,同样也知道了孙中山的辛亥革命;从博学的支家英那里,他知道了外面的世界,知道了哥伦布、爱迪生,等等。

来到了武汉,包玉刚在鞋店里帮父亲的忙。白天还好,到了晚上就觉得自己像海绵一样需要吸收更多的水分,他要继续读书。但父亲只想让包玉刚在店里打点生意,将来能够衣食无忧即可。但时局牵动着每个热血青年的心,包玉刚坚定了自己要读书信念。经过和父亲的沟通,包兆龙看到了他的远大志向,也就给包玉刚在汉口找了一家中学。

在求学的过程中,很自然就遇到了语言障碍的问题,但年轻聪颖的包玉刚用心揣摩周围的说话,大胆与人沟通和交流,实在说不明白的就用笔写下来，就这样不到半年的时候，包玉刚已经可以很熟练的与当地人交流了。

为了让自己的孩子有更好的发展空间，小小的鞋店已经无法对包玉刚进行磨砺了。父亲在经过仔细思考后决定把包玉刚送到燕疏行上班，这是一家类似于今天保险公司的机构。这是一个很难得的机会。但包玉刚有自己的打算，他想继续学习。经过和父亲的商量，包玉刚决定采取半工半读的方式。白天去做学徒上班，晚上去夜校继续上学。

在这期间，发生了一件让包玉刚终生难忘的事情。在进入到燕疏行后的一个月发工资的时候，虽然拿的是学徒的薪水，但包玉刚依旧兴奋不已。正当包玉刚思考买什么礼物给家里人的时候，一个同是学徒的同伴把他连哄带骗地带进了赌场，结果是把一个月的薪水输得干干净净。这是包玉刚第一次进赌场，也是最后一次。他终生以此为鉴，不但自己不再沾染赌博，而且对于周围的人参与赌博也是极力地劝阻。当然这是后话。

从上海到香港

男大当婚，按照传统的习俗，在包玉刚还不满20周岁的时候，家里就给安排了一桩婚姻。虽然不是自由恋爱，但二人在洞房相见的瞬间深深爱上了对方。这就是那个在以后几十年里相濡以沫，不离不弃的好妻子黄秀英。

美好的时光总是短暂的，卢沟桥的炮火让全国人陷入到艰苦的抗战之中。这也打碎了包玉刚读大学的美梦。此时的包玉刚，身处沦陷区的上海，在无法完成自己学业的时候，他把努力工作作为了自己补偿。经过自己的努力，包玉刚在上海中央信托局保险部找到了一份工作。在工作中，他谨慎做事，三思而行，使他成为众人眼中的性格稳健的人。因为他出色的工作，包玉刚成了业务骨干。

抗战中的中国，时局不稳，物价飞涨。包玉刚虽然业绩出色，被公司调往衡阳，纸币贬值的速度让这个保险业职员苦不堪言，此时的黄秀英总是温柔体贴地侍候着丈夫，经济紧张的时候，这位年轻的妻子宁愿自己饿着肚子，也要让丈夫吃饱吃好去上班。患难见真情，黄秀英用自己的行动给了丈夫最好的支持。

1945年8月15日，抗日战争终于结束了。就在这个消息的前几天，包玉刚的第一个女儿降生了。在这双喜临门的时刻，包玉刚欣喜若狂，不能自已。

没有过几天，包玉刚接到通知，回到了抗战胜利后的上海。此时的上海，刚经历了战乱，金融秩序极不稳定，虽然包玉刚有着满腹的聪明才干，但也无法医治已经病入膏肓的上海金融。在上海的时候，包玉刚已经是一个有一定社会地位的银行经理，进入到了银行的管理层。但包玉刚朴实的作风，不讲排场的态度让同事觉得他是一个很好相处的人。

事业上的成功，家庭的团聚并没有让包玉刚感到些许的欣慰，面对种种发生在身边的现象，包玉刚想到了香港，那个商人梦寐以求的自由港。

1949年春天，春寒料峭。当包玉刚从启德机场走下的时候，包玉刚感到自己被流放了一样。在日本侵占香港的两年里，曾经那个自由而开放的香港没有了。初来乍到的包玉刚人生地疏，只能到处小心翼翼地行事。而包玉刚需要担负起一家人的衣食住行，大事小事无不需要他亲自打理。

为了维护一家人的开销，包玉刚决定开始做生意。自己熟悉的银行业是无法进入了，包玉刚决定做见效较快的进出口贸易。从最开始的四人写字楼的单间开始，包玉刚开始了自己最初的事业。由于新中国成立后内地各种生产材料的缺乏，尤其是朝鲜战争爆发后，包玉刚的公司得到了初步的发展。

随着四人公司业务的不断扩大，包氏家族成员的不断加入，包兆龙想回到内地发展，但由于种种条件的限制，包氏父子开始决定在香港发展其事业，将香港的生意由暂时性转为永久性。

航运帝国

众所周知，香港有天然的深水泊位和充足的码头，在第二次世界大战后，世界经济开始复苏，各地之间的贸易往来增多。包玉刚敏锐地感觉到以后船运将是一种廉价的运输方式，必将大有作为。

当包玉刚把自己的想法说出来以后，家人表示了明确的反对，一些好朋友认为他已经"疯了"。包玉刚的想法遭到了亲友们的一致反对。

在当时看来，航运能够赚到大钱，但风浪无常，危险性极大。除了对航运不熟悉之外，当时的香港搞航运的已经有了几十家，无论从哪个方面讲，包玉刚都仿佛走到了错误的境地。此时的包玉刚，已经年满36岁了。

面对着种种压力，包玉刚没有动摇，而是摆事实，讲道理，终于得到了父亲的支持。

搞航运就要买船，买船就要花钱，航行在茫茫大海之上的远洋货轮动辄百十万，甚至上千万美元一艘，刚来香港的包玉刚哪里有那么大的资本呢？

困难是打不倒这个年近不惑的中年男人，他倾其所有，发动任何可以发动的亲戚、朋友，多方游说，四处奔波，终于筹得了20万英镑。为了节省中介费，包玉刚没有去找中介公司，直接从一家名叫威廉逊的公司，买到了一艘运力为820吨，已经有28年船龄的货船。包玉刚取名为"金安号"。

1956年，也就是包玉刚购买"金安号"半年之后，埃及总统宣布将苏伊士运河收归国有，非其友好国家的船只是不允许使用苏伊士运河的。这一举动，让世界上往来欧亚的船只必须绕道好望角，对船只的需求一下子增大。

按照当时的国际惯例，船只是按照行程计算租金，尤其是苏伊士运河事件发生后，拥有超级油轮的船主往往坐地起价，往往只签署短期合约，但包玉刚反其道而行之，采取了薄利长租的策略。为此，很多人同行都觉得包玉刚太傻了，放着短期肥厚的利润不赚，却用几年的租约把自己捆死。对于他的这种举动，有人甚至称他为"做船生意的银行家"，嘲笑他没有足够的魄力。

然而，正是这种银行家的冷静，包玉刚预见到了国际市场的变化多端而采取的这种利润不高但相对保险的经营方式，使包玉刚成功避免了航运史上的几次风险。

事实胜于雄辩，在包玉刚短短一年多的时间里，他已经拥有了7条自己的货船，并把自己的公司更名为"环球航运公司"。这个时候的包玉刚，他的航运事业开始了新的发展。

在航运上，拥有旧船和拥有一艘完全属于自己的新船，那种感觉是截然不同的。包玉刚当然想要开始打造了自己的新船，但基于资金和风险的考虑，包玉刚想到了银行。通过包玉刚的努力，终于从原本不愿意投资船运业的银行那里借到了款项，买了第一条属于自己的新船。同时也和汇丰银行结下了良好的合作关系，为其以后的发展铺平了重要的道路。

有了第一艘，很快就有第二艘，从1961年到1968年短短七年的时间里，包玉刚的船队达到了50艘，排水量350万吨，总价值近3亿美元。

没有硝烟的战争

1978年，包玉刚因为表兄的引荐，和邓小平进行了初次的见面。这次的会面，让包玉刚对香港的未来有了新的盼望，也促使了他把自己的海上王国搬到陆上去。这个时候的包玉刚，虽然萌发"登陆"的想法，但一直没有机会，也没有大的举动，直到李嘉诚找到他。两人达成了一项秘密协定，这个协议奠定了包玉刚后来收购九龙仓这个繁华码头的基础，同时也开始了香港两位超级富豪之间的友谊。

李嘉诚和包玉刚之间的秘密交易无疑是双赢的结果,不久过后,李嘉诚大举收购和记黄埔获得了成功,奠定了李嘉诚在香港房地产界的霸主地位,而接过李嘉诚手中 2000 万股九龙仓股票后,包玉刚有了向怡和洋行挑战的资本。

但办事谨慎的包玉刚没有向外界透露任何消息,只是加紧收购九龙仓的股票。在不到三个月的短短 80 多天,包玉刚已经控制了 30% 的九龙仓股票。但稳健的作风让包玉刚又走了一步好棋。包玉刚把九龙仓的股票转让给自己控制的隆丰国际有限公司,所谓股权转让,实际上是包玉刚攻守兼备的高招,如果成功,他将得到整个九龙仓,如果失败,他失去的仅仅是一个隆丰国际,不会对包氏财团产生致命的打击。

在收购九龙仓的过程中,包玉刚两天内动用了 21 亿港元现金,以迅雷不及掩耳之势压倒性地取得了胜利。这样的胆略和能力让香港人见识了包玉刚的魄力和能力。

1980 年.包玉刚取得了九龙仓的所有权,成为了全香港几个为数不多的大不动产拥有者之一。但包玉刚的陆上王国绝不仅仅止于此,到了 1985 年,包玉刚又成功收购了四大英资集团成员之一的会德丰。在收购期间经历了各种艰险,历时一个月有余。在这次收购战中,包玉刚耗资 25 亿港元。成功入主会德丰大厦顶楼的董事长办公室。

早在 1978 年会见邓小平回港后,包玉刚在多个场合都谈到了香港的前途问题,表示了对香港前途的极大信心。

在香港基本法起草期间,包玉刚是起草委员会的副主任,为香港基本法的确立付出了大量的心血。其间多次与邓小平会见,是香港能够顺利回归的重要人物。

叶落归根

　　漂泊在外的游子总是思念着家乡。包玉刚认为,对家乡最好的建设不是投资办厂,而是教育,尤其是高等教育。在1982年包玉刚和邓小平在人民大会堂会见的时候,包玉刚就提出在家乡宁波办一所大学。在北京大学、浙江大学、复旦大学的大力援助下,仅仅一年的时间,宁波大学就正式开学,这也是全世界罕有的效率。除了自己办理学校,包玉刚还积极发动自己的关系,通过海外的宣讲,让不少的海外华人都开始对祖国的高等教育事业出钱出力。在那个经济还不发达的中国,这些海外的捐助无疑给了中国高等教育的迅速发展提供了有力的支援。

　　除了教育,包玉刚也开始在家乡投资一定的实业,造福相邻。建立港口、建立图书馆、建立医院。通过一点点的努力,包玉刚完成了自己对家乡的承诺。

　　1991年9月23日,包玉刚因病逝世,享年73岁。在出殡的那天,是香港历史上从未有过的景象,由许多显赫人物组成的一个强大的阵势,为一个死者扶灵,在香港名流的葬礼写下历史的一页。中国领导人送来的花圈放置在灵台的最显眼之处。香港的政要和名流依次前来吊唁……包玉刚的逝世,标志着一个时代的结束。

范旭东

一个实业家的传奇

——以能为社会服务为最大光荣。

姓　　名	范旭东
籍　　贯	湖南省湘阴县
生卒时间	1883年10月24日~1945年10月4日
历史评价	中国近代民族化学工业的开创者。

说起我国化学工业的发展,范旭东是一个无法回避的名字。他自幼接触维新思想,在日本留学改志,回国后一心创办实业。从最初的盐厂到碱厂以致到最后的酸厂,范旭东所尊崇的标准就是为中国的化工事业争气。他没有看到新中国成立后化学工业的发展,但他留下的人才是一笔无法衡量的巨额财富。

变革从思想开始

1883年秋天,洞庭湖畔的湘阴县城,一位姓范的私塾先生正抱着他的第二个儿子,取名为"源让",后改名为"旭东"。作为一个贫穷的教书先生,范旭东父亲的收入并不高。

在范旭东6岁的时候，父亲不幸病逝了。为了维持生活，范旭东的母亲带着范旭东和他哥哥寄居到了长沙的姑姑家里。在小范旭东的记忆里，母亲永远是那么忙碌，白天要给人浆洗衣服，晚上就在昏黄的油灯下做针线活。

在姑母的资助下，哥哥范源濂上了学堂。通过自己的努力，哥哥在13岁的时候就考中了秀才，进入到了长沙有名的岳麓书院继续读书。哥哥很懂事，每天从学堂回来，做完家务后就开始教小范旭东读书。

后来，哥哥又考上了梁启超任教习的时务学堂，接触到了维新思想。受康梁维新思想的教育，范源濂一心想着改制和变法，经常跟着哥哥的小旭东也深受影响：学堂的讲义他也看，维新派兴办的报纸杂志也经常阅读，甚至有时候还跟着哥哥去街上参加集会演讲。

随着维新变法的失败，范源濂只能逃往日本。到了1900年，范源濂想乘着义和团运动将软禁的皇帝救出来，这次计划失败后，范源濂只能再次逃往日本，这一次，他带上了弟弟。

来到日本以后，范旭东苦学日语，不久便考入了东京第六高中，后来又以优异的成绩考入了冈山第六高等学堂学医。在当时很多留学生看来，到日本学医目的就是为了在学成后医治国人的身体。品学兼优的范旭东受到了冈山的校长酒井先生的欣赏，希望他能留在日本。但此时的范旭东也和大多数的留学生想的那样，学医就是为了回国救民的。在经过几次挽留后，酒井先生叹了口气，说了一句让范旭东深受震撼的话："俟君学成，中国早亡矣。"用现在的话说就是：等你学成了，中国早就灭亡了。

范旭东心里从未受到过这样的冲击，学医的范旭东心里开始反思：学医需要长期的临床经验，即便想通过医学救国，其进程也是十分缓慢，而且只能救治为数不多的中国人。在经过长时间的思考之后，他看到了日本之所以能够很快速地发展起来，主要依靠的就是工业的发展。由此看来，工业才是救国的道路，理工科才是真正实用的学科。既然如此，那就改行重学！

1908年，范旭东考入了京都帝国大学理学院化学系。为了实现国家富强的愿望，范旭东除了每天刻苦学习书本知识，在实验室里一待就是一天以外，他还利用假期四处游历，了解日本各地的工业建设。同时他又学习柔道、击剑、射击、骑马，让自己有一个强健的身体。

两年后，学业优秀的范旭东被京都帝国大学留下了做了助理。此时的范旭东，把目光投向了遥远的祖国。

借着革命的东风

1911年，辛亥革命成功，国内百业待兴。听到这个消息后，范旭东再也无法平静了。与妻子的商量后，范旭东夫妇日夜兼程回到了祖国。

回到了祖国以后，在司法总长梁启超的推荐下，范旭东到了财政部工作，主要工作是进行货币的分析。他做事严谨，锱铢必较的态度很快在财政部吃不消了。此时的范旭东看到了官场的腐败和自己的无能为力。

在这个时候，已经成为教育次长的哥哥范源濂便想办法通过关系把范旭东安排到了财政部盐务机关工作。在这里，范旭东第一次开始了解中国的盐业。

盐，不仅仅是人餐桌上必不可少的调味剂，也是工业发展的重要原料。而此时的中国，整个盐业的生产情况却没能很好地发展起来。市场上充斥着外商运过来的精盐。中国本土生产的盐常常含有大量杂质。在国外，氯化钠含量不足85%的盐，都不准用来作饲料喂牲畜，而在中国，大部分人吃的都是氯化钠含量在50%以下的大粒粗盐。这样长期食用本土盐的后果便是引发各种疾病。此外，现代化学工业已经发展到了现在这个地步，而中国的盐业生产还一直沿用老祖宗传下来的技术。

学化学出身的范旭东知道：制盐提纯的技术并不困难，只是中国接触这项技术的人太少了。正在这个时候,在哥哥的帮助下,范旭东获得了欧洲考察盐务的机会。在这长达一年的考察时间里,范旭东对国际上的制盐工业有了新的认识。

在奥地利的时候,范旭东看到了详尽的盐业买卖法律,此外还有科学的制盐技术和制盐的先进设备,这些事务都让范旭东获益匪浅。

属于中国人的化工业

在其他国家考察的时候,范旭东想见识一下当时流行的"苏维尔法"制碱工艺。这种原料易得,生产纯度高的制碱工艺吸引了范旭东,他很想把这种方法带回国内。令范旭东感到愤怒的是,这种工艺方法是对外不公开的,他在欧洲处处碰壁,尤其是在号称"世界碱工厂"的卜内门公司参观时,接待的人十分傲慢地说:"你们中国人是看不懂制碱工艺流程的,还是参观锅炉房吧!"

在自己的自尊心受到了伤害,这也成为激励他办理化学工业的动力。回到国内后,范旭东钻进了实验室,开始设计制盐的方案,开始了自己的建厂计划。

碱,在那个时候是十分珍贵的,尤其是洋人垄断了制碱工业,再加上外商刻意哄抬价格,一般来说,进口的碱需要付出比原料高七八倍的价钱。这对于研究化学工业出身的范旭东来说,技术不是太大问题:既然洋人能制碱,我们也能够搞出来。他的很多好朋友都是化学家,只要有足够的时间和资金,肯定能够研制出自己的碱。

于是,他建立起了一座三米高的石灰窑。三个月后,终于研制了9公斤合格的纯碱,自己初步掌握了属于自己的制碱技术。有了技术的支撑,范旭东开始四处奔走,筹集资金开始购买设备,准备成立"永利制碱公司"。范旭东知道,公司需要的人才,在朋友的帮助下,范旭东邀请了三位技术大师:毕业于美国麻省理工学院和哥伦比亚大学的化学博士侯德榜、哈佛大学化学博士孙颖川、美国制碱专家李佐华。

有了人才,范旭东又赶赴欧洲,采购设备,几经波折,"永利制碱公司"终于开始投入到了实际的生产。

然而,就在很多人满怀希望时,第一批出厂的碱让很多人感到失望,制碱厂生产出的碱红白杂陈,根本达不到设计要求。这个时候,最初200万元的启动资金已经花了精光。在股东人心惶惶的时候,范旭东坚持自己看法,组织公司的技术骨干们投入到了制碱技术的研发。经过反复的实践,永利制碱公司终于掌握了"苏维尔制碱法"的秘密,敲开了制碱工业的大门。

在终于看到了自己公司研制出纯白的碱,范旭东感慨万分。范旭东把自己公司生产的碱命名为纯碱,以区别洋碱。这种优质的纯碱,就是后来人们所熟知的"红三角牌"纯碱。到了1926年,美国建国250周年的国际博览会上,红三角牌纯碱荣获金质奖,被称为"中国工业进步的象征"。

真正的实业家

在范旭东大力经营下,中国人的纯碱逐渐占领了市场。英国卜内门公司当然不会善罢甘休。一方面,他们同永利公司大打价格战,同时也向永利派出商业间谍。面对气势汹汹的挑战,范旭东选择了积极应战,他拉低了价格,并且在日本强占市场。范旭东有"久大精盐公司"撑腰,资金上有了保证;由于自己和哥哥的特殊身份,在销售和税收上也得到了不少的优惠。

双方坚持了一年多的时间,卜内门公司有些受不少了,开始与永利公司进行谈判。在谈判桌上,范旭东态度强硬,永利必须占中国纯碱销量的55%,卜内门公司的市场份额不能超过45%;英商在中国销售纯碱的价格,必须征得永利的同意。英国公司只能做出让步。

　　永利公司在制碱工业取得了突破性成功,但范旭东深知"酸碱乃工业之母",为此,他于1929年向国民政府提出资助2000万元用以建立"国立酸碱厂"的建议。也有人提议筹备硫酸铔厂。"硫酸铔"即现在所说的化肥硫酸铵。中国自古以来就是农业大国,对化肥的需求量很大。但是因为中国自己不能够自己生产化肥,每年都需要从国外进口大量化肥,耗费了有限的外汇资源。除此之外,范旭东还看到制造硫酸铵的工艺和造炸药仅差一步之遥。如果中国自己能够生产硫酸铵,这无疑是对国力的有益补充。在政府与外商谈判久拖不决的时候,范旭东毅然决定自己承办南京硫酸铔厂。

　　南京硫酸铔厂在当时是号称"远东第一化工厂"。这个工厂的发展成败关系到中国化工业的发展。1934年,范旭东派总工程师侯德榜率技术人员赴美设计和采购。除了引进国外先进设备外,凡是国内能够自己生产制造的设备,范旭东均自行解决。

　　经过3年的艰苦筹备,1937年2月,南京硫酸铔厂顺利生产出我国第一批硫酸铵,揭开了我国化工史上新的一页。实际上,南京硫酸铔厂实际上成为能生产包括硫酸、硝酸、化肥等多种产品的大型联合企业。从设计到实际投产,在当时动荡的岁月里,范旭东为这座工厂寄托了太多的心血,他是一个真正的实业家,想靠实业救国的人。

　　然而好景不长,1937年12月,日本人攻占南京,南京硫酸铔厂被日本海军陆战队占领。为了避免更大的损失,范旭东在南京彻底沦陷之前,忍痛撤离了人员设备。

为梦想含恨离世

在抗战时期,四川是全国抗战的大后方,而化学工业对抗战的重要性是不言而喻的。在民族最危难的时候,范旭东没有像其他商人那样,带着资本去香港或者日本。他来到四川之后,跋涉于巴山蜀水之间,勘察地形、选择厂址,为筹措资金而奔走。四川盛产盐卤,但盐的利用率比较低,范旭东和侯德榜辗转实验,并到国外出国考察,终于把盐的利用率从75%提高到90%以上。这便是后来被永利化学工业总公司命名的"侯氏制碱法"。

在进入到四川的最初五年时间里,范旭东从来没有停歇过,短短的时间里,范旭东办成了自流井久大盐厂,恢复了黄海化工研究社,和侯德榜一起完成了侯氏碱法的试验。除此之外,他还打出了当时国内最深的油气井,用芒硝制碱,用桐油提炼汽油,等等。在后方做出了一个化学家,一个企业家所能做出的一切。

到了1942年,世界反法西斯战争已经有了新的突破。范旭东看到了胜利的希望,凭着办工业养成的敏锐眼光,他开始搜集资料,准备筹划战后的复兴计划。在范旭东心里,一直为国人对办工业的漠视而痛心。范旭东认为,认为如果自己以及其他工业家早些把中国的工业建设好,中国就可以不要吃这么大的苦了。所以,在世界反法西斯战争出现转机的时候,范旭东便认识到:抗战胜利,政府必先建设工业,认为"一旦停战,各国势必倾全力于复兴,彼时器材之迫切需要,或更甚于现金。"

正在范旭东筹划了一幅新的创业蓝图时,他遇到了最大的困难,资金短缺。1944年,范旭东和卢作孚等实业家到美国出席大西洋费城国际工商会议。在这次会议之后,美国进出口银行钦敬范旭东的事业精神,愿意向永利公司借贷巨款,协助永利各厂复兴建设之用,而且取息极低,无须抵押,唯一需要的就是中国政府保证而已。范旭东由此看到了希望，他迫切地希望早点借款成功，希望尽快将所需要的设备买到手。但让范旭东十分失望的是，国民政府对在美的借款合同一拖再拖，打上去的报告不停地作着公文旅行。此时的范旭东异常的焦急，不仅买新设备需要钱，工厂的修理也需要钱，而这些钱主要就是指望那1600万美金的借款了。但当时主持行政院的孔祥熙、中国银行董事长宋子文，对批准范旭东借款的要求一再推诿。而这其中最主要的原因就是宋子文想把永利纳入他自己的资本集团。但是范旭东想与孔、宋保持距离，认为民营工业有许多胜过国营之处，他反对政府的干预。这样一来，借款的计划就被拖延了下来。范旭东面对这种情况，心里自然极度压抑。

1945年10月，积劳成疾，心情沉重的范旭东因病逝世。在他的追悼大会上，他生前好友以及中国共产党和国民党的代表都前往致哀。当时，正在重庆和国民党谈判的毛泽东主席送去了"工业先导，功在中华"的挽联，周恩来同志亲往南开中学吊唁，他和王若飞的挽联写的是："奋斗垂卅载，独创永利久大，遗恨渤海留残业；和平正开始，方期协力建设，深痛中国失先生。"

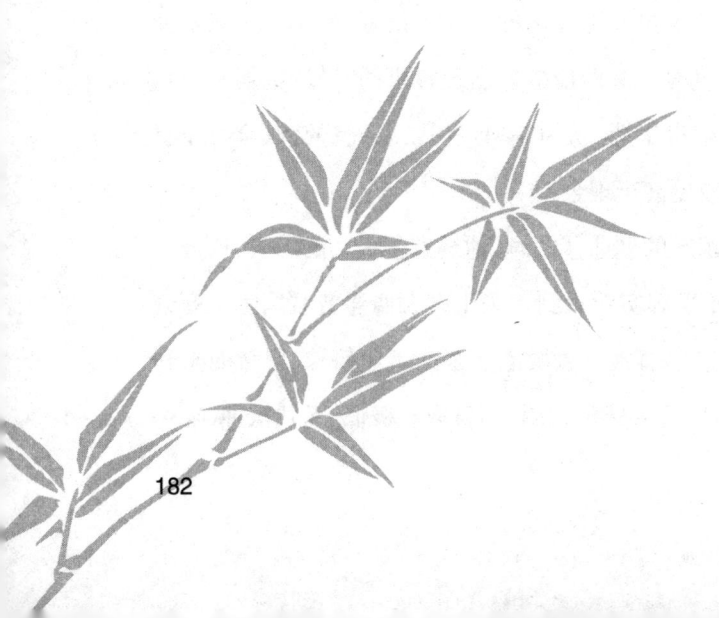

李烛尘

一心报国的工商业家

——神州无限伤心事,总觉崇洋是祸根。

姓　　名	李烛尘
籍　　贯	湖南省永顺县毛
生卒时间	1882年9月15日~1968年10月7日
历史评价	中国近代著名红色资本家。

从资本家到红色资本家,李烛尘都没有忘记自己身上的使命。在内忧外患之际,他选择了实业救国的道路,在政局飘摇中,他坚定这自己的信念,在新中国的建立和建设过程中,他义无反顾。在经历了种种风雨坎坷后,李烛尘遵循着学以致用,爱国救民的准则。李烛尘的一生,也就是我国化工事业发展的见证。如果非要用一个标准的定义的话,那李烛尘可以这样定义:我国民族工商业家的楷模。

锐气少年救国志

李烛尘,1882年9月15日出生在湖南永顺县毛坝乡。永顺是湘盐入川的重要通道,往来商贩众多。李烛尘的父亲李绍贤就在路边开了一家名为

"李益泰号"的"歇铺",供来往行人吃饭、休息。除此之外,李家还有10多亩的田地,全家的日子基本上还算过得去。

李烛尘自幼聪颖好学,但由于家庭条件所限,自己请不起私塾先生。但得到了开明绅士郁圆初先生资助。在他19岁那年,也就是1900年,李烛尘考中了乡试第一名,成为大清王朝最后一批秀才。

此时正是废科举,办新学的时刻,在县城里大开眼界的李烛尘又考取了常德西路师范学堂。在这个新式的学堂里,李烛尘结识了林伯渠、徐特立等人,受到了新思潮的影响。

1909年,李烛尘毕业外出游学,在北京他看到了风雨飘摇中的紫禁城里八旗子弟依然架鹰提鸟,优哉游哉。而路边衣衫褴褛的人却衣食无着。在天津,他看到了租界里飘扬的各色国旗,码头上停满了外国的铁舰商船,外国人到处指手画脚。在上海,他看到了被奴化的仆人和岸边林立的工厂烟囱和一溜窝棚……

李烛尘年轻的心不再平静了,他认识到此时的中国需要的是新式工厂,而不是以前自己所学的孔孟之道。实业救国——李烛尘笃定了自己以后的道路。

1911年辛亥革命成功后,国家要选派一批人到日本官费留学。李烛尘凭着自己在家乡的声誉而获得举荐,经过一番艰苦的考试,他被录取了。

在日本,他现在日语学校学习了一年语言,后来经过自己的努力考上了东京工业大学预科班。第二年考入了化工系,在化工系的4年里,他专攻电气化学。

时间转眼到了1918年,距离李烛尘离开祖国,离开家乡已经6年了。在回国的路上,李烛尘绕道台湾、大连等地,一路考察工业发展情况。到了北京以后,李烛尘住在湖南永靖会馆。在此期间,李烛尘将回国途中考察盐碱工业的心得写成了一篇文章,投稿给了《盐政杂志》,杂志主编景韬白对此文极为赏识。因为景韬白的特殊身份，又把李烛尘推荐给了创建久大精盐公司并正在筹建以盐制碱大业的范旭东，二人志趣相投，一见如故，从此结为一生好友。李烛尘不久便入久大精盐公司任技师。李烛尘也开始了自己的新篇章。

扬眉吐气

进入到了久大精盐公司不久，李烛尘根据当时的实际情况，向范旭东提出了"扩股增产，开拓外销"的建议，得到范旭东的赞同和支持。仅仅过了几年的时间，久大精盐的业务便有了飞跃发展，产品畅销华北、江南、中南各省。

1919年春天，李烛尘前往四川调查钾盐资源，一路上先到自流井，又到五通桥，环行川北，最后到南充，在交通闭塞、土匪如毛的旅途上历尽艰辛，耗费了大半年的时间。在这大半年的时间里，李烛尘亲力亲为，翔实地掌握了四川地区的盐业资源、能源、交通等资料，回来撰写了《四川自流井钾盐调查报告》发表在《盐政杂志》上，他在文中明确指出："四川自流井废卤中虽含有多量之钾，系由多量之盐中所存积，非新卤中即含有百分之十六，并不能确定四川自流井必有钾矿也……"

第一次世界大战结束后，国内市场上碱奇缺，而永利制碱公司此时正在基础设施建设阶段，为了解决这种困境，范旭东想到了去我国的西北区运输天然碱。1921年，李烛尘奉命到内蒙古调查天然碱的情况。到了内蒙古伊克昭盟等地详细记录了当地的盐碱资源。但由于当时交通运输条件的限制，这一从西北运碱的计划只能胎死腹中。

这两次的考察队李烛尘的触动很大。认为公司的发展必须要有专门的研究机构，自己探索盐碱的奥秘。在范旭东的支持下，虽然当时范旭东正在积极扩建工厂，但还是从十分紧张的资金中拨巨款筹建研究社，在1922年成立了黄海化工工业研究社。聘请留美化工博士孙学悟主持这件事。这在当时民族工业界是首创的。从这开始，永利、久大、黄海三位一体，成为我国化工界著名的"永久黄团体"。

　　1919年秋，李烛尘担任久大盐厂厂长，面临的首要问题就是如何推销精盐。那个时候，普通百姓对于精盐这种新生事物极为不适应。在长期的生活习惯和记忆里，历来北方人吃大颗粒海盐，南方人或内地人吃锅巴盐。粗盐里的杂质多，甚至含有一定的有害物质，但对这些没几个人能听懂。除了广大百姓的不理解，李烛尘还面临着当地盐商和盐霸的垄断。因为食盐的销售历来是政府垄断销售，政府的盐政和地方盐商把持，码头林立，不容他人插手。

　　面对这种情况，李烛尘在各地广泛建立分支机构，在南方各省成立精盐公会，积极宣传推广久大精盐公司生产的精盐。功夫不负有心人，久大精盐公司生产的精盐势如破竹地推向全国市场。

　　为了打破外国对中国制碱业的垄断，1924年，永利制碱厂正式投产。从1919年破土动工到现在已经5年了，股东们为了这个碱厂已经投入了160万大洋。在这期间，永利、久大负债累累，几近崩溃；资金短缺，一些股东釜底抽薪，撤资退股……

　　但让人没有想到的是，在这个众人期盼的厂房的传送带上的碱面不是白色的，而是红乎乎的。这意味着范旭东和李烛尘失败了。

　　船偏偏遇顶头风。3个月后，更大的问题发生了——碱厂的干燥锅烧塌了，碱厂停工了。身处困境的范旭东知难而进，提出了具体的整治措施，李烛尘积极配合，认真落实各项决议，使整个工厂焦虑纷乱的局面逐渐安定下来，继续支持侯德榜制碱生产的改进工作。1925年永利终于生产出纯碱，行销国内外，打破了英国财团在中国市场上的垄断。实现了中国人自己制碱的梦想。

到了1931年,永利制碱公司已具备年产近百吨的生产能力,这对于洋碱充斥市场的半封建半殖民地的旧中国来说,无疑是一项了不起的成就。

商人的气节

1933年,"何梅协定"的签订让华北陷入了冀东汉奸政府的手中,日寇在中国的土地上横行霸道,经常以各种理由进入工厂,扰乱生产。但李烛尘谨慎周旋,在维护国家尊严的前提下,让工厂维护了正常的生产秩序。

长期的留学日本,让李烛尘对日本人有了较为深刻的认识,也让他对未来充满了担忧。为了不让工厂的重要资料落入日本人手里,李烛尘在1934年就指令将永利的重要档案、技术资料、设计文件等,由塘沽转移到处在法租界的天津永利总管理处保存起来。

1937年7月7日,卢沟桥事变。作为当时化工行业领军人物的范旭东决定和李烛尘等人商量,准备和国家一起长期抗战。在对工作作出了全面的安排之后,范旭东抱定了"宁为玉碎,不为瓦全"的宗旨,电告李烛尘"全体职工拆除设备,退出工厂,留津待命"。

淞沪抗战爆发后,李烛尘意识到这将是一场残酷而长期的战争。作为一名有责任心的中国人,李烛尘立刻开始着手两件事:一是随时准备撤离,二是着眼战后的重建。为此,他组织李祉川等8名技师多次往返津塘,在已经被日军包围的碱厂,这些技师一丝不苟重新校核设备的尺寸、结构和布置。在整理了全部资料后将剩余蓝图和资料放在了烧碱炉里化为灰烬。除了对相关有价值资料的整理,李烛尘又指示拆除了石灰窑顶部的分石器,蒸馏塔的温度传感器、碳化塔的部分管线和关键生产设备。终于赶在日寇侵占永利碱厂之前把这项工作完成,在12月12日急速绕道香港、广州、武汉,最终将这批珍贵的资料撤离到了重庆。

到了1938年3月,迁川人员陆续到达重庆,并且设立驻渝办事处,由李烛尘任主任,办理在川设厂的各项联系工作。他将300余名技术人员,除了一部分安排在黄海化工社进行研究工作外,其他的人员基本都安排在了他任厂长的自流井老龙坝久大华西分厂和其他几个分厂的技术工作岗位上。在四川,当时无论是军需还是民用食言,主要依赖的都是川盐。为了增加食盐的产量,李烛尘带领的技术人员,由海水煮盐的"煮海"改为探井采卤的"煮井",并且从工艺和机械上进行改革。

为了进一步开发西北的化工工业,1942年10月19日,李烛尘开始从星星峡进入到新疆哈密,过七角盐区,又继此西进,由三台到果子沟而至伊犁。在沿途考察阶段,李烛尘掌握了我国盐碱资源的丰富资料。

1943年,李烛尘考察回到重庆,在范旭东的支持下,埋头发展化工事业的李烛尘日益增多参加社会活动的次数。在此期间,周恩来副主席对他的爱国精神和事业心很欣赏,为了加强统战工作,争取他在工商界能发挥更多的作用,派秘书徐冰经常和他联系。当时,他还担任"迁川工厂联合会"、"中国工业协进会"等组织的常务理事。

抗战胜利后,各方呼吁和平民主的声音日益高涨。李烛尘同知名人士胡厥文、章乃器、施复亮等经过20多次磋商,持"不右倾、不左袒"的中间立场,决定发起组织民主建国会。在12月16日召开的成立大会上,李烛尘当选为理事,并由理事会推选为常务理事。

1945年日本投降后李烛尘立即从四川到了天津,回到了饱受摧残的塘沽工厂。眼前的景象让李烛尘痛心疾首。面对日寇留下的烂摊子,首要任务便是恢复生产,但是破旧和大批损毁的机器,却限制了它恢复生产的速度和规模。战前,永利碱厂日生产能力已经达到160多吨,年产量为全国所需纯碱总量的50%。而眼下生产能力大幅度降低,不及战前的50%。产量的下降并不意味着对纯碱的需求降低,战后由于各项工业的恢复和发展,对纯碱的需求量却由以前的每年12万吨左右,增长为20多万吨。而眼下国内的纯碱年生产总量仅为3万吨。通过李烛尘的努力,永利碱厂终于恢复了一定的生产能力,为我国的工业的发展做出了巨大的贡献。

与此同时,李烛尘还担任天津工业协会的理事长,组织经济调查所,主办《工业杂志》,组织经济界头面人物的"三五俱乐部",加强了与中共地下组织的联系,积极参加和平民主运动,对工商界澄清思想,安定情绪,维护权益,保全资产,维持经营起了很大作用。

1949年,天津解放。李烛尘又开始了自己全新的生涯。

为祖国,终生无悔

1950年4月5日,天津市工商业联合会正式成立,李烛尘当选为主任委员,这是新中国成立后建立的第一个民间工商团体。

为了适应国家经济形势发展的需要,1950年8月李烛尘代表永利化学工业公司联合向人民政府提出走社会主义道路,进行公私合营的要求,1952年永利化学工业公司首先批准实行公私合营,是全国公私合营的首创。同年全国工商联筹委会成立,李烛尘被选为副主委。

1956年,李烛尘被任命为食品业部部长。后食品工业部与轻工业部合并,改任轻工业部部长。

此时已经是耄耋之年的李烛尘依然积极参加各种重大国事活动,1960年随周总理访问越南、缅甸,1962年以副团长身份随郭沫若访问印度尼西亚,1965年应邀访问朝鲜。1964年还不辞年迈体弱赴新疆博斯腾湖考察造纸资源。直到1968年在北大医院逝世。

卢作孚

一个时代的完人

——只有为人民服务的人最受人民欢迎。

姓　　名	卢作孚,原名魁先,别名卢思
籍　　贯	重庆市
生卒时间	1893年4月14日~1952年2月8日
历史评价	中国著名爱国实业家、教育家、社会活动家。

他是一个小学毕业的教授,在国家风雨飘摇之际,他投身实业。他以一艘客轮起家,最终将川江上的万国旗统一为中国旗。他以商人的身份,以一己之力将"中国工业、兵工业的命脉"从宜昌撤退到后方。在新中国成立之后,他拒绝蒋介石的邀请,把巨大的船队带回中国,为新中国的建设尽心尽力。他就是堪与胡雪岩比肩的卢作孚,被称为"一个时代的完人"。

博学少年

1893年4月14日,卢作孚出生。这一年,影响中国的伟人毛泽东和宋庆龄也在同年诞生。非常巧合的是,晏阳初、梁漱溟也在同年出生,而二人连同卢作孚一起被称为"民国时期乡村建设运动三杰"。

卢作孚的父亲是在合川贩卖麻布的小贩,卢作孚兄妹众多,而贩卖麻布的收入是十分有限的,养活一大家人给卢作孚的父亲带来了沉重的生活压力。卢作孚从小好学,在他10岁那年生了一场大病,因为治疗不当,失语两年。这直接导致了卢作孚辍学,后来又奇迹般的复原。1907年的时候,卢作孚高小毕业,但未能继续升学。15岁的时候,年少的卢作孚不甘心自己的命运,在亲朋好友的帮助下,他凭借着超强的个人毅力,步行十多天来到成都,到了一所补习学校学习数学。或许真的是卢作孚有数学学习的天赋,他很快就觉得补习学校老师教课的内容太过浅显,于是卢作孚干脆住到了合川会馆进行自学。在短短几个月的时间里,他就学完了数学课程。可是卢作孚并不满足,为了学习英文版的高等数学,他又开始学习英语。令人意想不到的是,前一段时间还是补习生的卢作孚转眼间变成了补习老师,现在却可以招收数学补习生。更加出人意料的是,他不仅能教学,还能够著书,例如《代数》、《三角》、《解析几何》等。那时候的他只有16岁,这种天赋和努力确实是令人敬佩不已。

如果按照这样的发展速度,卢作孚应该成为一个数学家。但事情的发展轨迹往往是出人意料的。那时的卢作孚,并没有拘泥于数学,他还广泛涉猎其他的知识,他当时的书目主要包括卢梭的《社会契约论》、达尔文的《进化论》,等等。

在卢作孚18岁那年,他加入到了同盟会,立志救亡图存,振兴中华。但在辛亥革命胜利以后,胜利的果实被袁世凯所窃取,作为同盟会会员的卢作孚感到十分的失望和迷茫。

教育救国

1914年，卢作孚前往上海，寻找救国之路。在上海的时候，他认识了教育家黄炎培。在黄炎培的影响下，一直从事教育工作的卢作孚认为，要想使中国富强，必须从发展教育开始。

在上海的卢作孚是贫困交加的，此时的卢作孚靠给《上海时报》写通讯勉强度日。后来他又经过朋友的推荐去成都《群报》担任报纸的记者兼编辑，月薪仅14元，仅够卢作孚一家人勉强度日。1917年夏天，卢作孚受聘到了合川县立中学当了监学兼数学老师。不久以后，《群报》更名为《川报》，成为四川地区新文化思潮的主要阵地。此时的卢作孚，又应邀成为了《川报》的记者，后来慢慢成为这家报纸的编辑和主笔。

1921年，川军的一个师长杨森邀请卢作孚到泸州任永宁公署教育科长，卢作孚觉得自己的理想有了施展的空间，接受了这份邀请。在泸州，卢作孚开展了通俗教育实验，但好景不长，杨森在军阀混战中失势，卢作孚也就此离开了泸州。过了两年，杨森再度上台，与上次相比，这次杨森的势力更大，这次他邀请卢作孚是担任教育厅长，卢作孚则建议他在四川设立通俗教育馆，继续实现他教育救国的理想。然而和上次结果一样的是，1925年川军混战再次爆发，刘湘接替杨森主持四川的政务，卢作孚的通俗教育实验再次遭受到了挫折。

实业,真正的出路

两次的失败,卢作孚感到了力不从心,也对自己努力的方向感到怀疑,在纷乱的政治环境下,卢作孚的救国理想逐渐从教育转向了实业。

1925年是卢作孚一生中最为重要的转折点。始终以一个文化人出现的他要把自己改造成一个商人,离开自己熟悉的教育和文化领域,进入到一个自己从未涉猎过的行业。也就是在这一年,他的好朋友恽代英找到他,希望他能够去黄埔军校从事革命。卢作孚拒绝了,据说当时他对恽代英是这样说的,我的事业才刚刚开始,我不能半途而废,今后你革命我建设,终归最后是殊途同归。

1925年10月,在师友的大力协助下,经过多方筹措,卢作孚筹集到了资金8000元。卢作孚带着这笔钱来到上海准备订购一艘载重70吨的小客轮,但经过询价,卢作孚一下子就不知所措了,原来这样一艘客轮的造价是3.5万元。在几经思考之后,卢作孚做出了一个决定:用5000元买了一台发电机和一台柴油机,先在合川办一个小型的电灯厂。这样一方面使股东不至于完全丧失信心,另一方面可以利用现有的盈利去支持轮船公司的筹备。余下的3000元作为造船的定金与造船厂签订造船合同。

这样的行动无疑是一场冒险的赌博。最终的结果是卢作孚赌赢了,电厂顺利建成,合川县成为了四川第一个用电灯照明的县城。1926年6月,在多方筹措之后,卢作孚的公司宣告正式成立,确定公司的名称为"民生实业股份有限公司"。

1926年7月,卢作孚指挥自己的客轮完成了重庆到合川的航行。这样一来,过去需要两天的路程,现在顺水只需4个小时,逆水9个小时,大大方便了人们的出行。此外,和卢作孚严把服务,将服务质量视为公司的生命,这样一来,民生的声誉很快传扬开来了。

但是,"民生"号轮船在运行不到四个月的时候,冬季来临,长江进入到了枯水期,轮船不得已停运。这对于一家刚刚诞生的航运公司而言,无疑是灭顶之灾。但卢作孚没有坐以待毙,他做了两件事,一是开辟新的枯水季节航线;二是制定吃水更浅的新轮船。在这年的冬天,"民生"轮改航重庆到涪陵一线,获得了可观的利润。同时在上海定制的只有34吨,吃水更浅的"新民"号也投入到了生产,使重庆到合川常年通航。1928年,卢作孚又买下第三条船,取名"民望"号。这样,民生公司以三艘轮船,在重庆、合川、涪陵三地之间循环航行,有限的资源得到了高效的配置。到了1929年,民生公司盈利达到了4.9万元,成为一家极富生机的航运公司。

1929年的时候,刘湘邀请卢作孚担任新成立的船桨航务管理处处长。卢作孚对从政是没有兴趣的,但这个职务关系到民生公司的前途,也关系着中国航运事业的发展,卢作孚答应了。

有了官方的背景,民生的发展速度大大地加快了。1931年的时候,民生公司总公司迁到了重庆,接连收购了许多华商轮船公司。1932年的时候,民生公司开始运营长江中下游的航运业务。到了1937年的时候,民生公司也就有了轮船46艘,总吨位达到了19182吨,成为川江上最有实力的轮船公司。

此时的中国,列强对中国虎视眈眈,国外的公司在中国横行霸道,民生公司既有民族的感召力,又有过硬的设施和服务,很快不仅可以在川江上与各外商轮船公司分庭抗礼,而且渐渐在川江上游拥有了霸权。

虽然此时的卢作孚已经在商业上取得了成功,但他想救国的梦想一直藏在心中。现在有了足够的经济实力,卢作孚开始了他特殊的"革命"。

北碚是重庆附近的一个地区,这个地区山岭重叠,交通困难,再加上四川境内军阀割据,内战不绝。在这个城市脏乱,兵匪横行的地方,他把这个地方作为了自己的实验平台。不到两三年的时间,这个地区就从无到有地建立起了中学、工厂、公司、医院甚至还有公园。1932年的时候,著名爱国活动家杜重远来到重庆,他看到的是衣冠不整、横行霸道的军人,看到的是林立的鸦片馆和妓院。而在距离重庆市区不远的北碚,他看到的是一个安宁、整洁、进步文明的地区。所以杜重远说"昔称野蛮之地,今变文化之乡"。

1936年,北碚被四川省批准成为乡村建设实验区。抗战爆发后,重庆定位陪都,随着内迁过来的机关、学校和居民大批迁入到北碚地区,这里被称为"陪都中的陪都"。

为抗战不惜一切

抗日战争爆发后,卢作孚放弃了预定的欧洲之行,全力投入到抗日的工作上去。为此,他改变了一向不肯做官的态度,临危受命,他被任命为军事委员会第二厅副厅长兼农产、工矿、贸易调整委员会运输联合办事处主任。到了1938年初,卢作孚又出任了国民政府交通部次长,他的主要任务任务就是在两个月内完成武汉所有兵工厂和钢铁厂的撤退运输工作。

1938年秋天,武汉已经沦陷,3万多人员和10万吨的物资依旧滞留在宜昌。不要小看这10万吨的物资,这些物资是那个时候中国兵器工业、航空工业、钢铁工业的最后一点骨血。如果想要抵抗侵略,这些最后一部分物资精华。如果这些物资不能够及时入川,这对于后方的军事工业重建将是一个极为重大的挫折。然而,此时的长江航线上正处于枯水期,面对这样紧急的情况,卢作孚临危不乱,开创了宜昌撤退的"三段航行"。所谓的三段航行可以这样解释:把最重要和最笨重的设备直接送到重庆;次要的、较轻的设备就缩短一半航程只送到万县;更轻、更次要的器材,再缩短一半的路程,送到奉节就卸下。

日军的飞机开始轰炸宜昌后,卢作孚坐镇宜昌进行指挥,40个昼夜几乎没有休息,为了抢时间,民生临时招聘了近3000名搬运工在码头上来往运货。40天后,人员运完,器材运出了三分之二,又过了20天,器材全部运完。

这到底是怎么样的一个撤退运输呢,我们有一个例子可以对比一下。美国"9·11"恐怖袭击事件后,纽约市政府用9个月时间完成了世贸大厦南楼和北楼双塔废墟的清理,共运走了93万吨坍塌大楼的物料。9个月93万吨,月均10万余吨,这和宜昌大撤退的40天10万吨器材,3万多人员的运量基本相当。

1940年3月,粮食已经成为抗战进程中最为重要的战略物资。1940年7月,国民政府紧急任命卢作孚出任全国粮食管理局长。这次的临危受命希望他能够使全国前方军粮告急,后方粮食市场告急的情况得以缓解。

在这个时候,卢作孚用了几个不眠之夜来思考这一问题。然后充分发挥了他数学的优势,提出了他的著名的"几何计划",在这个计划里,卢作孚将谷物供应集中在沿规定路线的一些指定的点上和特定的区域,这样就把问题缩小到易于管理的范围。下一个问题就是在大后方动员人力运输大量的粮食了。这一次,依旧是卢作孚亲自指挥,每天从都在电话里不停地指挥。几个月后,一些粮仓里已经有了充足的粮食,一场危险就这样被化解了。

在整个抗战期间,民生公司抢运各类人员150万人,各种物资100万多吨。但为此整个公司也付出了沉重的代价,卢作孚遭到日机炸毁的船只有16艘、牺牲的职工有100多人。

抗战胜利以后,卢作孚把自己在长江航线的重点转移到了上海,并以上海为中心,向沿海、远洋发展。并为此增辟由上海到台湾、汕头等南洋的航线和由上海到连云港、青岛、天津、营口等北洋航线。这时候的卢作孚,已经把目光投向了海外,他与金城银行集资100万美金,创办了"太平洋轮船公司",购入了海轮3艘,卢作孚把自己的事业延伸到了越南、泰国、菲律宾、新加坡和日本。

壮志未酬

1949年新中国成立后,卢作孚将自己的海外船队陆续从香港带到内地。1951年的时候,卢作孚逐步将滞留香港的船只驶回中国,同年冬天,卢作孚赴京开会,周恩来表示希望他到交通部担任负责工作,他决定处理完香港撤船事宜后再赴任。

在此期间,卢作孚十分肯定了当前的土地改革,称土地改革好似当前国家最伟大的革命事业,并断言,"只有为人民服务的人最受人民欢迎",一颗对国家民族复兴的报国之心可见一斑。

但非常不幸的是,正当卢作孚壮志雄心,准备为新中国做出更大贡献的时候,国内的形势发生了巨大的变化,与此同时,卢作孚所领导的民生公司内部也出现了一些问题。这些问题层层积累,最终导致了一次集中爆发,导致卢作孚无法承受而猝然离世。

在留下的遗书中,仅仅的几行字,昭显了自己的清白,又不诬陷和伤害任何一个伤害自己的人。

在卢作孚死后的一年,毛泽东曾对黄炎培说:"在中国近代历史上,有4个人是我们万万不可忘记的,他们是:搞重工业的张之洞;搞纺织工业的张謇;搞交通运输业的卢作孚;搞化学工业的范旭东……"

张弼士

中国葡萄酒工业化生产的先驱

——美酒荣获金奖,飘香万国;怪杰赢得人心,流芳千古。

姓　　名	张弼士
籍　　贯	广东省梅州市大埔县
生卒时间	1841年~1916年
历史评价	中国近代著名民族资本家,张裕葡萄酒厂的创立者。

他曾经富可敌国,自己的资产堪比国库一年的收入;他曾身居高位,死后哀荣备至。他在南洋经营着自己的商业帝国,同样也在故土上实现自己的报国理想。他作为清廷御赐的高官,却耗资巨大来资助革命。在烟台大片葡萄园里,在酒窖的醇香里,人们怀念张弼士。

下南洋,为争一口气

1858年夏,张弼士随着一队青壮年在通往汕头的路上缓慢前行,他们的最终目的地是南洋。

张弼士的家境并不算很差,他的父亲是山村的一名教书先生,母亲是普通村妇,他的家中有兄弟四人,他排行老三。生在这样的家庭,张弼士不至于因为吃不饱而下南洋,他下南洋只是为了争口气。这是怎么回事呢?原来在一次帮姑父家放牛的时候,因为一点过错受到了姑父的讽刺和挖苦。正在这个时候,一位在南洋经营当铺的学生来拜访他的父亲。这样正在为自己未来而发愁的张弼士看到了希望,在他看来,出去怎么也比在家强。

于是,17岁的张弼士跪下向父母叩首,然后决然离去。

到了印尼巴城,也就是现在的雅加达,张弼士感到了一阵莫名的恐惧。如果说坐在船上,那时的自己还有梦想,都还心怀希望的话,那上了岸,浓郁的异国风情让很多人感到新奇。但那个时候的张弼士,除了认识父亲的那个学生,不认识其他任何人,张弼士连找一份工作都很难,更别提发财了。这样17岁的张弼士无所适从。

在这个陌生的地域,经过老乡的辗转介绍,张弼士在米店做过杂工,到矿上做过矿工,最后辗转到了一家姓温的华侨开设的纸行里当帮工。此时,张弼士来到这里已经三年了,一夜暴富的故事没有发生在张弼士身上,但他终于在这个地方站住了脚,能够自己养活自己了。

善缘结善果

张弼士的转折起源于一个故事,一次,一位从欧洲来的海员提了一箱子的贵重物品找到张弼士。张弼士对海员说:"我在欧洲没有亲戚,这东西不是我的。"海员面露难色:"你看,地址和姓名都没有错,退回去我怎么交代?"张弼士坚决不收。最后,两人采取了折中的办法,暂时将箱子寄放在张弼士这,等查清楚了再说。时间过去了一年,箱子依然没人来取,张弼士还在耐心的等待箱子的主人。这件事很快在当地传扬开来,纸行的老板对他诚实的品格十分欣赏,于是将店里的财务交给了张弼士去管理,后来,纸行的老板又将自己的独生女儿许配给了他。

没过两年,温老板去世,张弼士开始当家。年轻的张弼士没有沉湎于眼前的小康生活,他时刻没有忘记自己来到南洋的目的,他决定以现有的财产为基础,进行扩张。经过考察后张弼士发现,在南洋的外国人经常出入高级夜总会,而当地却没有他们需要的高档洋酒。张弼士由此发现了商机,果断了调拨了部分资金,开设了一家专营各国酒的商行。商行开业后,生意很快就红火了起来。

张弼士真正发迹起来,也是与他的品行有关。在一段时间里,一名叫做亨利的荷兰籍青年军官经常到张弼士的酒吧喝闷酒,有时甚至不付酒钱。店里面的伙计都觉得这个人是个无赖,但张弼士说:"这位军官气质不凡,现在买醉可能是遇到了烦心事,以后大家要以礼相待,也不要向他要酒钱。"这位年轻军官感到十分诧异,店里的伙计将张弼士的话说给年轻的军官听,这位军官感叹不已。

善缘结善果,谁也没有想到,这位当年在张裕酒吧里买醉的军官若干年后重返巴城,成为当地的最高长官。在进行巴城酒税和典当捐务承办权的投标竞争的时候,熟悉进出口和税收业务的张弼士,在亨利的帮助下轻而易举地中标了。与此同时,张弼士还承办了新加坡的典当业务,通过这几项成本低、利润高的业务,张弼士的财富很快得到了增长,不久变成了巴城的大富翁。

在拿下了酒税和典当捐务后,张弼士又将自己的眼光投入到了荷属东印度一些岛屿的鸦片烟税,在统一了烟土税后,张弼士又把自己的目光投向了垦殖开发、开矿、房地产以及药材经销。这样一来,没过几年,张弼士的财富已经在南洋富甲一方了。

酒香飘四海

富而思贵,这是人之常情。但张弼士不愿意在异国做官。到了19世纪90年代,当地的殖民当局曾多次要给张弼士封官,都被他婉言谢绝了。衣锦还乡,是当年张弼士的心愿,也是催促他不断努力的最多动力。

1893年春,清朝驻英公使奉命考察欧美的富国之道,在途经新加坡的时候,张弼士已经在南洋建造起了自己的庞大的商业帝国,清政府也多次和张弼士接触,有意要他为祖国做贡献。

1893年,张弼士应诏回国,受到了光绪皇帝的召见。乘着这个机会,他多次上书,建议振兴商务。

1982年,中国发生了很多事情,在一百多年后的2000年的中华世纪大典上,北京中华世纪坛的青铜甬道上,铭记着一件大事。铭文是这样写的:"1892年,壬辰,清德宗光绪十八年……华侨张弼士在山东烟台创办了张裕葡萄酒酿酒公司。"

创办张裕,是张弼士一生最大的成就,也是他回国投资创办的企业中最为成功的一家。

在办张裕酒厂的时候,张弼士充分显示了一个商人的精明与远见。虽然得到了清政府的办厂执照,但张弼士心里还是很不踏实,他自己计算过,如果要创办这样的一家酒厂,至少要投入200万两白银,耗时更加无法预期。如果不把前期的道路铺好,一旦半途而废,那损失将不可计数。

此时的张弼士虽然已经结识了李鸿章、盛宣怀等洋务大臣,但张弼士知道,要想完全确保国内的投资安全,就必须打通政治势力中最强的环节。说白了,就是要得到清政府真正的主人慈禧太后的支持。

1903年,慈禧太后召见张弼士。当日正逢慈禧太后的寿辰,他顺势奉送了一笔厚厚的觐见礼物——白银30万两。他这样的举动轰动了清廷内外,为此,清廷赏赐张弼士品顶戴,太仆寺正卿的职务,而且体恤到张弼士已经年老,特准其见太后和皇帝时不用跪拜。从此以后,张弼士成为了官商一体的红顶商人,这对他以后在国内的种种办事无异提供了一张通行证。

张弼士派人到了欧洲购买了120万株良种葡萄苗,在运输的途中葡萄苗遭到了暴晒后大量枯萎了,损失惨重,但张弼士却鼓励经办人,胜败乃兵家常事,我不怪你,你再去欧洲买120万株苗就是了。

葡萄苗进来了,但栽种不久就出现了大量的死亡。这个时候,烟台的野生的葡萄终于派上了用场。张弼士让人用当地的葡萄枝来进行嫁接,经历过无数的失败,到了1906年,终于获得了成功,总共嫁接葡萄24万多株,124个品种。

酿酒师是酿酒艺术的灵魂,七分葡萄,三分酿造。经过几次的挑选,张弼士终于找到合适的酿酒师。在任何一个酿酒厂,酿酒工艺与配方无疑是葡萄酒厂的核心技术,如果将酿酒的技术完全掌握在外人手里,终究不是长久之计。为此,在积极引进外国酿酒师的同时,张弼士指派自己的侄子张子章等人到法国等地学习酿造技术;在张裕酒厂的酿酒师巴保进厂后,他又安排他们拜巴保为师。为了将巴保的酿酒绝招学到手,张子章可谓绞尽脑汁,最终总算偷艺成功。张子章也成为我国第一位葡萄酒酿酒大师。

"品重醴泉"

张弼士是一个很有营销天赋的人,在那个传媒并不发达的时代,张弼士在报纸上登广告,在车站、码头都有张裕酒厂的巨幅广告。上海一家报纸曾悬赏500大洋公开征集对联,上联是"五月黄梅天",而重金悬赏的下联就是"三星白兰地"。谜底揭开时,人们才恍然大悟,这下联竟是一种酒名。这背后其实正是出于张裕的炒作。

张裕葡萄酒问世后,受到国内外众多名人的关注。为了迎合当时的国内上层社会,张弼士煞费苦心地开发出以张裕葡萄酒为配剂的三种鸡尾酒:布朗司、但马丁尼和红太阳升。很快,这三种鸡尾酒在当时颇受当时上流社会的青睐。由此,很多人慕名而来,为了接待这些贵宾,张弼士特意在东葡萄园的高处建立一片豪华的别墅和花园。

在这片花园里,重要人物的比比皆是,在这些著名的题词中,最让人印象深刻的是孙中山先生为张裕题写的"品重醴泉"四个大字。这是孙中山唯一一次为企业题词。这句题词是意味深长的。"品"字指酒品,但更重人品。好的人品才能酿造好的酒品。这既是感谢张弼士当时对孙中山革命的支持,也是他们"实业兴邦"的共鸣。后人戏称,孙中山的题词,每个字价值7.5万两白银,因为当初张弼士给了孙中山30万两白银支持孙中山进行革命。

1916年9月,张弼士为庆祝了"可雅白兰地"酒荣获金奖和赴美之行成功,在这年的印尼巴城五知堂设立的中秋宴会上,张弼士在会上异常兴奋,频频举杯祝酒,导致了心肌绞痛。

12日,张弼士终因医治无效,病逝于荷兰皇家医院,享年75岁。张弼士病逝后,移柩返籍途经新加坡、香港时,英荷政府下半旗志哀,港督躬亲凭吊,民众到处设牲祭奠,可谓生荣死哀。国学大师章炳麟亦敬送挽联"南人光祖国,天际以归魂。"当由汕头溯韩江而上时,两岸群众均摆设牲仪致奠;甚至于孙中山先生在得知噩耗后,还特派代表送挽联:"美酒荣获金奖,飘香万国;怪杰赢得人心,流芳千古。"

张謇

中国唯一的状元实业家

——天之生人,与草木无异,若留一二有用事业,与草木同生,即不与草木同腐。

姓　　名	张謇,字季直,号啬庵
籍　　贯	江苏省海门市
生卒时间	1853年7月1日~1926年7月17日
历史评价	中国近代实业家、政治家、教育家。

出生科举却创办新式教育,状元及第却开办实业。以企业家的姿态心存苍生百姓,以自己的实践践行着爱国的信仰。或许,正如张謇自己说的,"天之生人,与草木无异,若留一二有用事业,与草木同生,即不与草木同腐"。大哉张謇!

聪慧少年陷科案

1853年7月1日,在偏僻的长江口北岸的江苏海门长乐镇,一个男婴的啼哭打破了张家的宁静。出生的时候,正值太平天国攻下南京城不久。此时的苏浙皖一带虽说正炮火连天,但由于所处位置是苏北地区的一个半岛上,没有多少战略价值,所以张謇的童年还是相当宁静中而安详的。

在张謇很小的时候,父亲已经开始让他学习《千字文》、《百家姓》、《三字经》、《神童诗》等基础启蒙教育材料,他的父亲对于这个聪慧的孩子十分喜爱。为了让张謇有一个更好的老师,他决定重礼聘请通州西亭镇的宋郊祁作为张謇的授业老师。在新老师的指导下,张謇的学业有了很大进步。在他12岁那年,张謇写出了一首诗《盆松》:

山泽孤生种,谁将到此盆?青苍一撮土,蟠郁百年恨。

宿黛含霜气,创鳞见斧痕。等闲怜托处,梁栋与谁论。

在这首诗中,他把自己比做崇山深涧的苍松,而不是那供人观赏的盆景,因为只有山野的苍松才能成为支撑大厦的栋梁。

1868年,已经15岁的张謇开始了他的科考生涯。按照以前的旧俗,像张謇这种祖上三代没有获得功名的人被称为"冷籍"。如果张謇要参加考试,就要收到当地学官和保人的推荐。在这种情况下,地方学官和保人经常对冷籍的子弟进行刁难、勒索。为了避免这种麻烦,张謇15岁时由他的一位老师宋琛安排,结识了如皋县的张家。张家同意张謇冒充自家的子嗣报名获得学籍。16岁,张謇考中了秀才。

但让人没有想到的是,如皋县张家开始用冒名一事来要挟张謇,连续索要钱物,又因张家是个庄户人家,无权无势,各种敲诈纷至沓来,张謇一家彻底没落了。直到1873年,经多方的努力,张謇重填履历,恢复原籍,与如皋县脱离了关系,张謇一家才摆脱了厄运。

功名路上多蹉跎

经过这场"冒籍风波",张謇一家面临破产的危机。

按照规定,张謇每年应去江宁参加一次乡试,可他是从16岁中秀才开始,一直到他27岁,往返江宁5年,却没有任何收获。此时的张謇,心思已经不完全在科考之上了。在1882年,朝鲜发生了"壬午兵变",张謇跟随着吴长庆来到汉城。在汉城期间,张謇针对现状写下了一些政见和议论,当这些书稿传回北京的时候,引起了北京高层官员的注意,其中就有光绪的帝师、时任户部尚书的翁同龢。

此时的张謇,已经名声在外,北洋大臣李鸿章和两广总督张之洞都争相礼聘,邀其入幕,但张謇一概婉拒。或许此时的张謇,仍然想通过自己的努力,走"学而优则仕"的道路,他的父亲张彭年更是朝思暮想,指望儿子早日金榜题名。

直到1885年,张謇终于在乡试中考中了第二名举人。这是他参加科举考试以来最辉煌的胜利,从顺治年间大清朝开科取士至今二百多年,南方知识分子在顺天乡试中被取中只有三个人,这让张謇感到异常的自豪。

或许真的是如孟子所言"天降大任于斯人也,必先苦其心志,劳其筋骨,饿其体肤,空乏其身,行指乱其所为。所以动心忍性,曾益其所不能",张謇此后却在1886年、1889年、1890年、1892年四次礼部会试中,连续落第。从1868年张謇第一次参加科举考试到现在,已经25年了,在人生最美好的25年里,张謇在科举中消磨了自己。曾经那个从小聪慧的少年,那个名满朝廷的士子,现在的处境让张謇的自尊心和心理承受能力到了即将崩溃的边缘。这时的张謇,似乎已经放弃了对考取功名的追求,在1892年,也就是他第四次会试落第的时候,他将自己的应试文具都扔掉了。

1894年,也就是甲午年,因为慈禧六十寿辰特设了恩科会试。张謇此时已经76岁的父亲依旧希望看到张謇金榜题名的时刻,禁不住父亲的恳求,张謇勉强答应参加考试。出乎意外的是,在礼部的会试中,张謇取中第60名进士。4月,礼部复试又被取中一等第10名,这样,张謇就有了殿试的资格。

4月殿试时,翁同龢的提携之心已经迫不及待。他命收卷官坐着等张謇交卷,然后直接送到自己手里,匆匆评阅之后,便劝说其他阅卷大臣把张謇的卷子定为第一,并特地向光绪帝介绍说:"张謇,江南名士,且孝子也。"于是张謇在41岁的时候,终于得中一甲第一名状元。

状元及第,张謇苦苦追求26年的光辉时刻终于到来了。中状元的这一天,他的心情非常复杂,当天的日记中几乎没有兴奋之情,在登上科举制度的金字塔顶,原本可以攀爬官僚体系那座更高也更为显赫的山峰。但这么多年的科考生涯让张謇对于科举考试的弊端有了深刻的认识,同时也对功名利禄趋于一种淡泊。在张謇高中状元的喜讯传到家乡不久,他父亲就撒手人寰,按清朝规矩,他得在家守制3年,这似乎预示着他终将与仕途无缘。

弃官从商

1894年,中日爆发了规模巨大的甲午海战,中国惨败于岛国日本。这样的消息传来,张謇的一片爱国之心被激发。在众人看来,张謇已经做到了读书人所能做的极致,可这种传统意义上的成功却对现实中的中国起不到任何作用,修身齐家治国平天下的思想只是一句空话。在内外交困的情况下,经世致用的思想与爱国救亡的思想逐渐清晰明了。

1895年夏,张謇就在替两江总督张之洞起草的《条陈立国自强疏》中提出了"富民强国之本实在于工"的观点。与此同时,张之洞委派张謇创办通州实业公司,"总理通海一带商务",张謇决定根据通海一带盛产棉花地理条件,兴办纱厂。在唐闸选定厂址之后,张謇取了"大生"两字作为厂名,"大生"二字源自《易经》:"天地之大德曰生"。

1895年,张謇联合数位商董开始招股创办大生纱厂。其间的过程十分艰难,张謇多次奔走于上海、武昌,有时连旅费都是靠卖字筹措。

1899年5月23日,大生纱厂终于开机了,这已经距离筹备期过去了44

个月。虽然工厂已经开机，但困难依旧重重，原定 2 万纱锭只开足了不到 1 万锭，直到从国外购买了其他机器的零部件，才把开锭的数字提升到 1.44 万锭，而这，又过去了 5 个月。

此时的张謇，已经 47 岁了，面对着未知的将来，他心里十分激动。机器纱厂，这个全新的事物，能够给当时的中国带来什么，没有人能够知道。张謇只是知道，大生是最早中国人自办的纱厂之一，他的纱厂承载了太多的期望。或许真的是苍天眷顾，大生纱厂在开机第一年就获得盈利，除去官股和商股的红利，还有 7.8 万多两。张謇看到了未来。

状元办厂，这样新奇的事情在中国引起了轩然大波，张謇索性把大生纱厂的商标确定为"魁星"，商标的寓意就是独占鳌头。从此，张謇和他的纱厂进入到了新的发展时期，投产后获利不断，到了 1908 年，大生纱厂的累计纯获利达到了 190 多万两。

第一次世界大战爆发后，民族工业迎来了一个短暂的春天。西方各国忙于战争，给了中国纺织市场留下了巨大的发展空间。"一个人办一县事，要有一省的眼光；办一省事，要有一国之眼光；办一国事，要有世界的眼光。"张謇的理念决定了他事业的规模。1913 年以后，和其他地方的纺织企业一样，大生一厂、二厂连年赢利，兴旺一时，仅 1919 年两厂赢利就高达 380 多万两，创下最高纪录。总计从 1914 年到 1921 年的 8 年间，大生两个厂的利润有 1000 多万两。1920 到 1921 年，上海报纸天天刊登大生的股票行情，是当时市场上最抢手的股票之一。此时的大生纱厂，进入到了自己发展的黄金时期。

救国,以实业的方式

大生纱厂初见成效后,对于棉花的需求急剧增加,为了建立一个属于自己的棉花生产基地,1901年,张謇创办了通海垦牧公司。

就地理位置而言,张謇创办了通海垦牧公司位于"高天大海间的一片荒滩"上,总面积12.3万亩。为了治理这片荒地,张謇进行了大规模的水利建设。把筑堤、开河沟、建涵闸、改土治碱作为垦区四大工程。并且为了解决资金不足的问题,张謇将股份制运用于农业领域,取得了较好的效果。通海垦牧公司自1911年开始获得投资效益,到了1923年,一共开垦出可用耕地9万多亩,年均皮棉的产量达到1.2万担,到了1925年,一共获利84万多两,是中国农业企业化的新篇章。

盐业自古以来在封建社会居于重要地位,但清末的盐业制度既束缚了盐业自身的发展,也在一定程度上影响了社会治安。在张謇看来,"国计之大利在于盐,大害在于枭。盐生利,利注枭,枭生害,害进则利退,而国计穷矣。"因此,张謇于1903年集资10万元,收购吕四盐场,创办了同仁泰盐业公司。该公司生产的精制盐于1906年曾获意大利万国博览会最优等奖牌,为中国赢得了声誉。

随着张謇的事业不断发展,对专业人才的需求日益迫切,张謇在通州创办师范学校。张謇在开学典礼上说:"欲雪国耻而不讲求学问则无资,欲求学问而不求普及国民之教育则无与,欲教育普及国民而不求师则无导,故立学校须从小学始,尤须从师范始。"

1904年,张謇又设立了"通州五属学务处",作为统筹推广新式教育的具体办事机构,并相继兴办了一批中学和小学,1906年创建吴淞商船学校,1914年又创办了河海工科学校。在他的努力下,南通陆续出现了300多座小学,20多所中学。

张謇开创的教育事业影响十分巨大,在众人质疑的阳眼中,他以科举状元的身份,以家人的毅力坚持教育事业,是我国近现代教育的先驱。

危机之中见风骨

1922年,一个惊人的消息突然传出大生企业系统的两大盈利企业——一厂和二厂都出现严重亏损,由于大生纱厂历来实行"得到全分"的方针,严重削弱了企业本身的资金积累。面对这样的亏损困境,大生资本集团只有到处求援借债,以求苟延残喘。但是,杯水车薪,无济于事,债务如山,责难纷至。

特别是到了1924年,大规模的江浙之战和第二次直奉战争爆发,战火一直延烧到张謇赖以生存的长江口,大生集团,不但销路受阻,而且这些军阀对大生集团频繁勒索,这对于早已处在困境中的大生集团无疑是致命的打击。

1926年,张謇已经73岁高龄,但他依然放心不下他的事业,在他生命最后的几个月,我们依然可以从日记里看到这样的行程:

4月,参加女子师范学校二十周年纪念会,发表演说。视察垦牧水泥工程。

5月,参加各公司董事会。为火柴联合会解厄,向江苏省府进言。参与通海官绅会勘县界,至老洪港返经竹行镇。

6月,视察保圩会十七楗沉牌,又至姚港视察十八作楗工程。

1926年,在多年的操劳之后,张謇颔首微笑,带着些许的遗憾闭上了自己的双眼。张謇去世后,全国各地的唁电飞向了南通,有的地方还开了追悼会,悼念这位中国实业的先驱。

乔致庸

一代儒商的代表

——人弃我取,薄利广销,维护信誉,不弄虚伪。

姓　　名	乔致庸,字仲登,号晓池
籍　　贯	山西省祁县
生卒时间	1818 年~1907 年
历史评价	历史著名晋商,乔家大院的建造者。

他或许是山西商人中知名度最高的人,他一生历经嘉庆、道光、咸丰、同治、光绪五代。他一生娶了六个妻子,这些并不是乔致庸的全部。他从一介书生到商人的代表,他始终没有忘记家国的责任。在国家需要的时候,他义无反顾。他就是《乔家大院》里真实的人物——乔致庸。

半路出家的儒商

乔致庸,一部《乔家大院》让很多人知道这个山西的商人。说起祁县人善于经商,是有一定的历史原因的。作为特殊的地理位置,朝廷在北方边境建设了 9 个边关重镇。一旦驻守了军队,物资消耗是惊人的,这给了山西商人提供了大好的机会。除了外界的因素,山西祁县的气候并不是很好,每年的无霜期只有 170 多天,土地不是很肥沃,也没有什么特产和矿产,经商是唯一的一条路。在清朝道光年间，北京城里有300多家粮店，100多家都是祁县人开的。晋商发展主要集中在榆次、太谷、平遥、介休，当时传统叫'祁、太、平'，也就是祁县、太谷和平遥。

在祁县乔家堡的乔致庸是一个既有钱又有时间的人，他出生在一个商贾世家，自幼父母双亡，乔致庸是由兄长抚育成长的。在中国古代，从商只是末流，走仕途才是所谓的正道。正如电视剧里描述的那样，乔致庸本想只做一个从秀才开始的士子。他本想光耀门庭，可惜的是在乔致庸刚考中秀才的时候，兄长英年早逝。面对家道即将衰败的情况，乔致庸不得不放弃走仕途的阶段，只能远离文房四宝，一个人挑起了理家、理财的重担。古人常言说"半部论语治天下"。作为半路出家的儒商，乔致庸经商有着属于自己的特色。从他接受自家产业开始，乔致庸就坚持着这样的一个原则：以儒治商，以儒兴商。

汇通天下不是梦

在乔致庸接手生意之后，才发现他接手的是一个比较棘手的摊子。乔家主要经营的就是丝茶，众所周知，南方是丝茶的主要产地。但是在咸丰年间，北方捻军和南方太平军起义，南方的茶路一下子断绝了。既然茶路不通，乔致庸所作的第一件事就是到南方去疏通茶路和丝路。这看似简单的任务其实是异常艰险的。

传统的茶路主要是分为两条：一是经西口前往新疆塔城、蒙古的恰克图；二是通过张家口前往东北。在这条茶路上，从南方的武夷山到内蒙古，这关系着无数茶工、驼队和山西商人的命运和生计。而丝路主要是将湖州的丝绸运送到山西潞州制作成潞绸。但乔致庸凭借着惊人的勇气和智慧，终于让这条已经中断的商路在他的手里重新活跃了起来。在运茶和运丝的过程中，乔致庸逐渐看到了票号的重要作用。

在那个时候,乔家还没有涉及票号生意,平遥的日升昌是全国票号的领头者。但日升昌有一个致命的缺陷就是不和中小商人打交道,在一定程度上影响了它的发展。乔致庸意识到票号的广阔前景之后,他立刻意识到这是一个多么艰难的决定。特别是乔致庸提出汇通天下的理想后,很多人都觉得乔致庸是典型的理想主义者。

但是,乔致庸依然看重票号的前途。在当时商路上,土匪和乱军纵横,商人在经商的时候往往在携带大量银两是非常危险和不方便的。乔致庸利用乔家的资本一下子开了两个票号:大德通和大德丰。在乔致庸的带领下,大德通和大德丰都成为了全国屈指可数的大票号。乔家的票号发展速度是十分惊人的,光绪十年大德丰成立时的资本是6万两,没几年就变成12万两,到光绪十几年的时候资本已经增加到35万两了。

乔家票号发展的原因主要是每年都把获得利润投入作为资本,这一点和其他山西商人里是特立独行的。这样滚雪球一样的发展速度让乔家成为山西商人群体中的佼佼者。有人研究决定,乔家的流动资金约在800万到1000万两,这还不包括乔家的票号和房地产。

以儒为商不忘本

在现在看起来,乔致庸无疑是一位成功的企业家。而他的经商的方式就是以儒为商。

除了乔致庸的天赋以外,乔致庸将儒家的宽厚和仁义精神带进商业。这一点体现在儒商的人格里,那就是仁爱立人,乐于施善。在乔致庸的儒商精神之下,不只是乔致庸,包括他的孙子乔映霞那一代,每到了年关,他们都要用车拉着米面,给贫穷的人以资助,帮助其度过年关。

"人弃我取，薄利广销，维护信誉，不弄虚伪"的指导经营思想。在乔致庸的指导思想里，他经常告诫自己的儿孙，经商处世要以"信"为重，其次是"义"，不哄人不骗人，第三才是"利"。

除了以儒商的价值思想，乔致庸另外一个特点就是善于用人。这是乔氏商业长久兴旺的重要原因。其中经常被人称道的就是聘用阎维藩，阎维藩在平遥蔚长厚票号福州分庄任职时，曾为福州都司恩寿垫支白银贿官，总号认为阎违背号规，要处置维藩。乔致庸得到这个消息，派儿子从半路上接到乔家，并且特意嘱咐让阎乘坐八乘大轿，自己的儿子骑马驱驰左右。这些行为让阎异常的感动。来到乔家之后，乔致庸用上宾的礼遇对待阎，聘用阎维藩为大德恒票号总经理。士为知己者死，阎维藩为了报答乔家的知遇之恩，兢兢业业，殚精竭虑，为乔家的商业发展立下了卓越的功勋。在他主持大德恒票号的二十六年间，乔家票号的发展实现异乎寻常的发展速度，成为山西票号中最有竞争力和生命力的票号之一。

乔致庸用人从来就是不拘一格，马公甫本是复盛公字号里的小伙计，雄才大略的乔致庸识出他是个人才，在大掌柜告老后，让他当上了复盛公的大掌柜，给包头商界留下谚语：马公甫一步登天。还有马荀，本是复盛西字号下属粮店里的小掌柜，不识字，但经营有方，盈利不小。乔致庸便给他一定的资本，让粮店独立经营，他成为大掌柜后也给乔家赚回不少银子。

人们都说乱世不经商，但在1906年乔致庸去世之前，乔家的生意发展到了顶峰。在一般人看来，这时候正处于八国联军入侵中国，国家面临生死存亡之际。但正是战乱将清政府南方的公款无法及时送达北京，国家不得已开放了民间公款汇兑。可以举一个简单的数字来说明这个问题。在1884年的时候，乔家大德通票号的每股分红是850两，1988年是3040两，而到了1908年，每股的分红已经高达17000两。由此可见乔家发展的速度是十分惊人的。

乔家大院

乔致庸之所以到今天依然被人津津乐道，他在人生的最后一件大事就是为后人留下了一座乔家大院。其实，乔致庸在本人是没有兴趣在山西新建家宅的。乔致庸信奉的是当年山西一个商人计然的学说，在计然看来，货币的流通应该像流水一样，流得越快越广才能给更多的人包括自己带来丰厚的利益。在这一观念的指导下，乔致庸一生都将获得的利润投入到了生意之中。

但乔家生意鼎盛的时候就是中国向列强赔款的时候，当时来说，乔家最大的生意就为朝廷的税务通过乔家的大德通、大德恒进行汇兑。第二个生意就当年英国人通过不平等的条约把持了中国天津的海关，在英国人直接提走赔款之后，其余的税由乔家这样的票号代收。就像电视剧里所说的那样，在大伙都等着分红利的时候，年老的乔致庸却悲愤地说，我们做的是帮助外国人拿走中国人银子的生意，我赚得越多，就意味着中国有更多的银子被外国人拿走。

面对这种情况，常年在生意场上厮杀的乔致庸自然能够预料到乔家生意的未来，再者那个时候乔家的人口也大量增加，乔致庸开始在自己的晚年返修老宅。乔家的院子在山西晋商的宅院中并不是最大，但在山西目前保存的晋商宅院中，是唯一的国家文物保护单位，因为它从来没有拆过，一直保存了原汁原味。

说来有意思的是，乔家大院最终能够保存，在历次的战火中得以幸免，这与乔致庸的仁厚也有着密切的关系。在八国联军入侵中国的时候，国内掀起了杀光洋人的风潮，当时从太原逃出了7个意大利的修女，逃到祁县的时候被乔致庸保护下了，藏到了自己的银库里，最终用运柴草的大车拉到河北得救。为此，意大利的政府给了乔家一面意大利国旗。后来，在日本侵华来到山西的时候，山西其他大户的宅院都遭到日本的不同程度的破坏，乔家把意大利国旗挂到了家门口，日本人看到这个盟友的国旗，就没有对乔家进行破坏。

1907年，已经89岁的乔致庸走完了他的一生。他留给世人的不仅仅是一座乔家大院，更是一种商业精神。

王炽

实至名归的一代钱王

——以利聚财,以义用财,乃为商人之典范。

姓　　名	王炽,字兴斋
籍　　贯	云南省弥勒县
生卒时间	1836年~1903年
历史评价	同庆丰的主人,富甲天下的一代钱王。

他是淹没在历史尘埃中的一代钱王,在国外进行的一项统计中,上个世纪最富裕的前十人中,他名列第四。作为同庆丰的主人,当时的他全国首屈一指的大商人。在国家危难时刻,他用自己的财产捐助国库;在需要帮助的时刻,总能听到他的名字,他就是王炽,一位富可敌国的云南巨商。

自幼经商

王炽的祖上是一个很富有的家族,但俗话说,富不过三代,到了王炽父亲这一代的时候,家道已经没落了。在王炽的时候,三兄夭折,王炽的父亲也离开了人世。全家的生计只能依靠母亲勉强度日。这时,本想依靠"读书应举"来光耀门第的王炽只能离开私塾,外出经商。就这样,王炽拿着母亲变卖家中所有值钱的首饰和衣物得到了十几两银子开始了自己的生意。

王炽先从家乡收购土布运到竹园等地,出售以后又从那些地方采购红糖回到家乡销售。这样来去的时候都有生意做,王炽的小生意日益红火。

经过几年的积攒,王炽有了一定的积蓄,于是他理所当然地扩大了经营项目和经营范围。和当初的很多商人一样,王炽选择了跑马帮。这是一件常人无法理解的困难选择。在云南特殊的地理条件下,商品和货物的运输只能依靠马帮,一个马帮出行时,风餐露宿,一步一步地在崇山峻岭中穿行。路程短的话,来去一趟需要一二十天,路程远的话,来去要四五十天;如果更远的话,来去一次要接近半年的时间。

王炽的马帮是跑起来了,但此时的王炽,在众多的小贩中并不起眼,依然没有属于自己的领地。随着王炽生意的扩大,他向开疆拓土的愿望越来越强烈。

自立门户

生活总是充满了起伏和未知,当王炽从云南来到重庆的时候,他看到了机会,他看到了重庆商业的繁盛,看到了重庆水陆交通的便利。但此时的王炽只有四五百两银子的本钱,他认为做小买卖的利润实在是太微薄了,所以他决定找人合作做大生意。在重庆,他找到了一个姓王的老板合伙经商,由王老板出资,王炽自己组织马帮,在当地购买川烟川盐和土杂日产运回到了云南,然后又将云南毛皮等土产运回到了重庆。这支由三四十骡子组成的马帮,由重庆向西南行进过会理,然后进入到云南境内。在沿途一边采购,一边销售。随着资本的不断积累,王炽从合伙人那里分离了出来,在重庆挂出了"天顺祥"的牌子,开始了自立门户的生意。

光绪初年,在云南做官多年的唐炯奉命督办川盐而被任命为盐茶道员。

川盐一直是中国盐业生产的重地,唐炯为了改善川盐生产,需要白银十万两。但由于财政的危机,布政司没有足够的白银来拨付。在这种情况下,唐炯只能向商界筹划借款事项。自古商人重利,大多数的商人认为发展盐务不是三五年就可以取得成效的,何况对于一个官员来讲,他的任期是有限的。借款给官府,风险是很大的。这件事传到王炽的耳中,王炽再三思考,决定自己承担下这个极具风险的借款。在同行都认为王炽的钱要打水漂的时候,王炽有自己独特的思考方式。在王炽看来,这次的筹银一方面可以缓解盐茶道之急,借此结交唐炯,为自己在官场上找到一个靠山,另外一方面,刚开始不久的"天顺祥"钱庄需要得到人们的信任。若自己能够在十日内凑足十万两白银,这样就能够向人们展示了"天顺祥"的实力。

基于这样的考虑,王炽答应了十天内凑足十万两白银的任务。果然,不出十日,王炽便凑够了银两,并特意安排挑夫数百人,打着"天顺祥"的名号,列队在全城敲锣打鼓的将银两送至了官府。一时间,全城轰动,"天顺祥"也打开了自己的招牌。

通过了这次的筹款事项,王炽的身价大增,更为重要的是,王炽找到了自己的政治靠山唐炯,并从此走上了"官之所求,商无所退"的发迹之路。在唐炯的支持下,王炽开始代办盐运。随着自己生意越做越大,王炽开始在昆明创设自己的"同庆丰"商号,并且改组"天顺祥",有了官府的背景,再加上王炽商号的汇兑信用好,"同庆丰"很快成为民间和官府承办汇兑的首选。很快,王炽的钱庄随着长江沿线逐步增加分号,在鼎盛的时期,他在香港都设立了属于自己的办事处。

除此之外,王炽在云南省较大的商品集散地都设立了"同庆丰"分号。这样一来,全国各商行或者私人往来汇兑,都可以在沿途的钱庄进行办理存取业务。

因为有了官方支持,"同庆丰"每年还负责调剂云南省内的朝廷款项,数额都是以百万计数的。代办盐运，经营房产，广置田产，都成为了王炽的主要收入。

王炽成为了名震南北的"钱王"，被誉为"执全国商界牛耳"的云南金融业开山鼻祖。而"同庆丰"、"天顺祥"则被誉为"南邦之雄"。

商人并非无义

如果王炽只是一个富甲一方的巨商，人们也不会如此缅怀他。在经营上，王炽从不故步自封，而是善于借鉴先进的经验，在个人生活上，王炽富而不奢，始终保持着勤俭持家的作风。并且能急国家之所急，以义用财，投资实业，为国分忧，为民造福。

云南地处我国西南，矿藏资源十分丰富，尤其是云南东川的铜矿资源，那是清政府铸币的重要来源。在1887年，清政府委派云南巡抚唐炯为矿务大臣，专门管理云南的铜矿资源，创设矿务局。唐炯与王炽熟识，受到唐炯的委派，王炽负责筹集矿务资金。在以后的十多年里，王炽苦心筹划，亲自赶赴四川、湖南、广东等地招商积股。当时，很多朋友都劝告王炽不要涉及铜矿这种"国之重器"的行业。但王炽却以发展地方工业的大局为重，不让云南的矿产资源落入到外国人之手。在此期间，他不辞劳苦，任劳任怨，为开发东川铜矿、个旧锡矿尽心尽力。

1883年，法国趁着清朝国内局势不稳，出兵犯境。云南巡抚岑毓英督师出关救援。此时军情紧急，在筹集军饷的紧急时刻，王炽没有像其他达官贵人那样忙于避祸，而是毅然拿出60万两白银垫做饷银。对于其他商人的不解，王炽是这样解释的：如果士兵没有饷银，怎么能够英勇作战，一旦战争失败，局面将不可收拾。云南和越南是唇齿相依的关系，一旦越南出现了意外情况，云南还能够自保吗？我个人的一点财产又算得了什么呢？

在岑毓英班师后将王炽的事情奏告朝廷后,清政府诰封王炽为"资政大夫二品顶戴候选道员"。

在法国人入侵越南后,王炽花费巨资从法国人手里买回了滇越铁路的路权,使云南路权不再受法国人的支配。

1884年,四川泸州大桥被洪水冲塌,在清政府国库空虚的情况下,王炽捐资修建铁索大桥。这次举动,又被清廷特赏"三代一品封典"。

1890年,八国联军攻入北京,慈禧太后带着文武大臣仓皇出逃。王炽得知消息后,十万火急地给自己的商号"同庆丰"下令,慈禧人马所到之处,只要清廷有求,就要源源接济。在清廷国库亏空的时候,王炽时时资助。后来李鸿章感叹道"犹如清廷之国库也"。

王炽以一介商人身份,见书院损毁,捐资修建;出现灾荒,买粮赈灾,见学子失学,建免费私塾;士子乡试无处住宿,捐建虹溪会馆以供住宿;见举子无钱赴京赶考,便承揽了云南全部举人进京赶考的一切开销……

晚年的王炽十分关心石龙坝水力发电的建设,王炽经常对友人说:"同庆丰也要搞水力发电站,我们不搞,别人也会搞,与其让别人搞,不如我们搞。"在临终前,王炽还对他的儿子王鸿图说:"兴建石龙坝电站,功在千秋,利在当代,同庆丰要倾全力支持。"

王炽是最早把光明带给昆明的人,可他还没有来得及看到水电站开工,王炽就撒手人寰,留下了无尽的遗憾。

雷履泰

中国银行业的始祖

——任何事业的开创都需要有第一个敢于吃螃蟹的人。

姓　　名	雷履泰
籍　　贯	山西省平遥县
生卒时间	1770年~1849年
历史评价	中国票号业的始祖,金融行业的先驱者。

他是中国票号业的始祖,是中国银行业的乡下祖父。自幼经商,让这个敏锐的年轻人看到了流通的力量。商品经济的发展让他的如椽巨手有了挥洒才华的机会。汇通天下的梦想在他手里得到了实现,出类拔萃是同行对他的褒奖。他就是山西票号始祖——雷履泰。

沉默的学徒

说到晋商,不得不提一个地方,那就是平遥。根据记载,平遥"今来古往,不无交易之人,女织男耕,自有懋迁之地"。而本文的主角,雷履泰就出生在这里。虽然是当地的大家族,但雷履泰的父辈们还是竭力地想改换门庭,毕竟他们还生活在一个重农抑商的年代里。

雷履泰酷爱读书,在他很小的时候,能够识文断字的母亲是他的启蒙老师。4岁的时候,雷履泰开始到了本族设立的私塾接受正规的传统教育。六七岁的时候曾经在一次借书的过程中受到了一位老秀才的指点,第一次阅读到了司马迁的《史记》。书中起伏跌宕的故事情节,可歌可泣的人物形象,风云际会的朝代更迭都让幼小的雷履泰深受震撼。也许是天生的敏锐,雷履泰最感兴趣的是"货殖列传"中的富商巨贾。特别是吴越时期的越国大夫范蠡,利用奇谋打败了吴国,但不贪权位,四处经商,终成一代钱王。

父亲的早逝让雷履泰不得不放弃奋发读书,考取功名的道路。作不成学子,自然而然地就只能做商人了,走向这个祖辈经营的道。15岁那年,雷履泰成为了一名学徒,正式开始了他半个多世纪的商业生涯。

学徒的生涯是艰苦的,但年幼的雷履泰从没有停止过学习。雷履泰第一次进的平遥城内北门拐角宝房。所谓学徒,其实是免费的杂役差不多,对自己的师傅必须言听计从,不能有丝毫的顶撞,即使受了委屈,也不能随意辞职。面对这样的情形,雷履泰选择了坚持,他白天劳作,夜晚在灶台炉火照亮的地方借光读书。功夫不负有心人,雷履泰在三年学徒期满后,就开始顶上了人力股生意,这在当时平遥商铺中是绝无仅有的。

在雷履泰慢慢在平遥城里站住脚跟的时候,他结识了平遥颜料铺李大全二少东,这次的会面,改变了雷履泰的一生。如果没有这位人称"李二魔子"的李箴视出现,雷履泰或许还是平遥商铺里的一个掌柜,中国银行业的发展就不会留下雷履泰的印记。

细心的掌柜

这位颜料铺的二少东把雷履泰聘入西裕成,开始跑营业。由于个人能力的突出,很快被提拔为北京"西裕成"颜料分店的掌柜。

那年的春节即将临近,一位山西的老乡找到了雷履泰。这位老乡在北京是做干果生意的,但由于时局不是太稳定,对镖局的押运能力又产生了怀疑,于是便找到雷履泰,想和雷履泰商量一件事:他想把这些年赚到的钱带往老家平遥。但大量现银携带既不方便又不安全,于是他想到先把这些银子交到北京"西裕成"的分号,由分号的掌柜开具票据,等他回到山西之后,再从平遥的"西裕成"总号兑换现银。

因为雷履泰和这位做干果生意的老乡都是熟人,便不好意思拒绝,同意了这种做法。起初的时候,谁也没有把"西裕成"帮老乡把银子捎回老家当做什么重要的事情,"西裕成"最初也只是偶尔接受朋友、亲戚的托付,顺手帮忙而已。但这种方便快捷的方式很快就在山西帮的商人里传开了,于是,来求"西裕成"办理现银兑拨的人越来越多了。

可"西裕成"只是一家经营颜料的店铺,并不是慈善机构。对于这种帮有钱人干活却要自己承担风险的活,雷履泰作为一个商人是无法接受的,但这种意外得来的人气,雷履泰又不想这样失去,经过再三的考虑,雷履泰就与希望汇款的人商量:是不是可以适当的收取一点汇费。那些商人当然没有异议,毕竟这种方式不仅方便省事还安全。

当这项服务从无偿帮忙变为约定收费的时候,精明的"西裕成"掌柜雷履泰仿佛看到了一个从未有过的商机。虽然这种汇兑的汇费金额并不多,但只有雷履泰知道其中有多大的量,并且这种钱生钱的方式一旦广泛开展起来,获得的利润将不可限量。

作为一个掌柜,雷履泰是幸运的,因为他遇到了李箴视这位知人善用的老板。经过深思熟虑,雷履泰将这种异地汇费的汇兑标准和汇票的防伪方法以及这项业务开展的利害关系一并上报给了东家李箴视。对于这位掌柜的提议,这位东家除了赞赏,便是完全的赞同,并放手让雷履泰全权去做这样的事情。

于是,"西裕成"在卖颜料的同时也开始了异地汇兑的业务,凭借收取汇费获利。

中国"银行家"

随着业务的不断扩大,"西裕成"的掌柜雷履泰感觉到了经营的变化,经过与东家的协商,"西裕成"改字号为"日升昌"。为此,雷履泰放弃了以往的颜料生意,专门从事这项全新的业务。"日升昌"这个名字,寄予着东家和掌柜的美好希望:一来标志着新的盈利途径的开辟,二来寓意这项新的业务繁荣昌盛。"日升昌"似旭日东升,光照大地,万物复苏,一派繁荣"昌"盛。

在创立"日升昌"后,汇兑业务越来越多。作为谙熟生财之道的雷履泰,便派出精明能干的伙计深入到全国各地,在商业发达的城市设立分号。雷履泰联络全国各地的晋商,得到了山西商人的信任。除了晋商之外,外省和沿海的一些其他商人也通过"日升昌"来进行汇兑款项。

随着经营业务的不断扩大,雷履泰不再仅仅满足于简单的汇兑收取汇费,"日升昌"继而开始了吸收存款,发放贷款。这样一来,"日升昌"的利润大增,真可谓是日升月昌,一片兴旺的景象。

二虎相争

有了"日升昌"的成功,山西商人纷纷投资票号。从此山西票号业进入到了鼎盛的时期。

雷履泰作为"票号"创始人,自然而然总理"日升昌"的种种业务,协助雷履泰的是年轻的毛鸿翙。俗话说,事成于和睦,力生于团结。尤其是对于开店的人来说,如果自己的团队不能够精诚团结,那后果是可想而知的。

按照票号的规定,业务的发展,机构的设置。职工的聘用辞退等权力都操于大掌柜雷履泰的手里,作为二掌柜的毛鸿翙是辅佐大掌柜的,是没有决策权的。

随着"日升昌"业务的不断扩大,此时已经年近花甲的雷履泰感到身心俱疲,在号里休养。这样二掌柜多分管了一些事务。但此时的毛鸿翙已经不满意自己的二掌柜地位。二人之间的猜疑越来越严重,最终发展为水火不容的地步,以至于雷履泰用辞职来要挟东家。事情发展到这种地步,毛鸿翙只好辞职,另谋出路。

就在这个时候,介休蔚字号财东侯荫昌拟组票号,聘用毛鸿翙为总理。毛鸿翙在"蔚字号"锐意经营,企图在票号的争夺战中打败雷履泰。对于小辈的挑战,作为行业领头人物的雷履泰自然不甘示弱,他凭借自己在票号的影响力和雄厚的资金,减息放款,加息存款,减少汇费等方法来大量招揽顾客。

二掌柜的出走,二人之间无休止的竞争。对于"日升昌"来说或许是灾难性的,因为他把雷履泰最好的接班人送给了竞争对手,但这对于山西的票号业发展倒是一件不折不扣的好事。商业的发展依赖于不断的竞争,这也为山西票号业的整体繁荣提供了条件。

千秋功罪任评说

雷履泰从1823年创办"日升昌"票号,直到1849年去世,主持号事长达26年。在此期间,他在20多个城市设立了分号,真正实现了汇通天下的梦想。

梁启超在民国初年,写出了具有总结山西票号历史的《山西票号成败记》中曾明确地指出:"西(山西)商票庄,创始于雷履泰,暗合古交钞法,于今之中西银行尤能挟其秘奥。故咸、同以来六十余年,全国财政,赖以灌输,称极盛焉。"

山西票号研究的权威专家黄鉴晖先生在其代表作《山西票号史》中,对于雷履泰有一段非常中肯和公允的评价,黄先生是这样论述的:"雷履泰创办日升昌票号后,在世界东方伟大的中华民族国度里,发生了起源于埠际间汇兑业的中国银行业——山西票号。这是有唐以来,中国汇票经验的继续和发扬,是一代风流人物把会票由兼营引向专营的创举,开拓了中国汇兑事业的新纪元……"

雷履泰凭借自己聪明智慧,在票号中形成了一套独具中国特色,又与现代企业制度相近的企业结构和治理方式。雷履泰去世后,他留下的种种优良的制度被以后的金融机构所借鉴,真正无愧1840年他七十华诞时,平遥城绅商给他送了一块金字大牌匾——出类拔萃。

李嘉诚

香港商界的一个传奇

——不义而富且贵，于我如浮云。

姓　　名	李嘉诚
籍　　贯	广东潮州
出生日期	1928 年 7 月 29 日
历史评价	长江实业集团有限公司董事局主席兼总经理。

他也许是整个香港知名度最高的商人。他的创业经历是很多人效仿的楷模，他的眼光和勇气达到了很多商人无法企及的高度。从学徒到华人首富，他走过了很多路，经历过很多的事情，他有着高超的理财技巧，但真正成就他的，还是那崇高的品德、宽广的胸怀以及富不忘国的境界。他就是李嘉诚。

少年怀大志

1940 年，李嘉诚随着父母从家乡潮州逃难到了香港，那一年，李嘉诚仅仅 14 岁。

李嘉诚的父亲原本是一名教师，但到了香港后很长一段时间也没有找到合适的工作，只能投靠舅父。可没多长时间，李嘉诚的父亲便患上了严重的肺病,在临终的时候,他没有交代什么遗言,只是问李嘉诚有什么愿望。看到即将逝去的父亲,李嘉诚说出了对父亲的承诺:"日后一定会令家人有好日子过。"

父亲病逝之后,作为家中长子的李嘉诚只能放弃自己的学业,开始找工作。最开始的时候,母亲希望他能够进入到舅父的钟表公司至少可以学习一门手艺。但李嘉诚不想依赖别人,他想出去闯闯。几经周折之后,李嘉诚在茶楼找到了一份跑堂的工作。舅父送给李嘉诚一个小闹钟,好让他把握好每天早起的时间。通过这件事,舅舅不再怀疑外甥的谋生能力,但还不敢预料李嘉诚的未来。此时的李嘉诚,没有考虑想太多自己的未来,他最现实的事实就是做好眼前的这份工作,养活自己的母亲和弟妹。为了能够认真上班,李嘉诚每天都把闹钟调快十分钟,而这个习惯一直沿用到近。

茶楼是一个小型的社会,在三教九流的人群中,李嘉诚开始揣摩茶客的籍贯、职业和性格等,然后寻找机会进行验证。后来他又试着揣摩顾客的消费心理。慢慢地,他在赢得了顾客好感的同时,也训练出了一套自己察言观色、见机行事的本事。

后来,李嘉诚把在茶楼学到的这套本领还运用在了他的生意场上,让他更好地了解客户的需要,驾驭客户心理。

茶楼的工作虽然能够养活一家人,但却让李嘉诚看不到前途,于是他辞职进了舅父的公司。当初拒绝舅父,是不想受到他的恩惠,而如今自己是在社会上闯荡和磨炼过的人,可以为舅父做点事情,实现自己的价值了。李嘉诚为了能更快更好地学会装配和修理钟表,他每天利用工作的空隙,一有空就跟着师傅学艺,不到半年的时间,他就学会了各种型号钟表装配和修理。

在舅父公司上班的时候,李嘉诚除了正常的上班外,还给自己定下了新的目标,那就是要利用课余时间自学完中学的课程。在他的心中,一直渴望着出人头地,做出一番事情来,而这都需要知识的积累。

尽管李嘉诚有着十分强烈的求知欲，可却为买教材的事情发了愁，因为他微薄的薪水要维持全家的生活，还得保证弟妹读书的学费。为此，李嘉诚想到一个绝妙的方法：购买旧教材。李嘉诚抽出一点点钱买来半新的旧教材，学完后又卖给了旧书店，然后再买新的旧教材。年少的李嘉诚在工作之余，只要一有时间就躲在小书房里看书，他通过学习不断了解外面的世界。年轻时期的李嘉诚表面上看起来很谦逊，可内心却很好强，他利用一切时间努力学习，同事们在玩的时候，他总是在那刻苦钻研。同事们保持着原状，而他却在不停地进步。后来李嘉诚回忆说，这是他一生中最宝贵的财富。

羽翼的成长

在舅父的公司里虽然收入稳定，工作环境也好，但李嘉诚不想一直依靠在舅父的羽翼下生活，他要学习谋生的本领，做属于自己的大事业。舅父支持李嘉诚的想法，因为他知道，依照李嘉诚的性格，走上这一步是迟早的事情。于是，李嘉诚到一个五金厂做了推销员。

自从李嘉诚进入五金厂后，这个厂子的业务就蒸蒸日上，老板异常高兴，在员工面前称李嘉诚为工厂的第一功臣。

然而，令人意想不到的是，备受老板器重的李嘉诚，刚刚把厂子打开局面，就想要跳槽而去。老板心急火燎，提出给李嘉诚晋级加薪，但他仍没有回心转意。

李嘉诚放弃已经看似很有前途的职业，到了一家塑胶制造公司。在当时人眼中，这只是一间小小的山寨式工厂，但李嘉诚有自己的想法。

李嘉诚在推销五金制品之时，就敏感到塑胶制品的巨大威胁。最初，塑胶制品是奢侈品，价格昂贵，消费者皆是富人阶层。后来，塑胶制品的价格一直呈下降趋势，舶来品愈来愈多，尤其是港产塑胶制品面市，造成价格大跌。

李嘉诚清晰的意识到,要不了多久,塑胶制品将会成为价廉的大众消费品。

在辞职的时候,李嘉诚向五金厂的老板建议:五金行业应该审时度势,要么转行,要么就调整生产门类,尽量与塑胶制品避开,塑胶虽然用途广泛,但依然不可能替代一切金属制品。一年之后,这家五金厂转型生产锁具,让这家一度接近倒闭的工厂重新焕发了生机。

在加入到塑胶公司仅仅一年的时间,李嘉诚就超越了公司的另外6个推销员。作为一个刚入行的新手,老板拿出的财务统计结果是让人难以置信的——他的销售额是第二名的7倍!18岁的李嘉诚被提拔为部门经理,统管产品销售。两年之后,李嘉诚又晋身为总经理,负责公司的日常事务。而这些成绩的取得,无外乎两点:勤奋和责任。当他的同事每天只工作八个小时的时候,李嘉诚工作时间长达十六个小时。对于打工,李嘉诚绝不是把它视为赚钱糊口的手段,而是当成自己事业来做。

长江危机

经过塑胶厂的历练,李嘉诚开始相信:如果自己能够自立门户,那将会取得更好的成绩。1950年,二十岁的李嘉诚辞去了总经理一职,开始尝试自主创业。李嘉诚的创业资本仅仅有5万港元,而这其中的大部分还是借来的。从辞职的那一天起,李嘉诚就一直在思考自己工厂的名字,最后确定为"长江"。简单的名字却有着深刻的寓意:长江不择细流,故能浩荡万里。李嘉诚是个实实在在做事的人,他要用自己的实际行动来实现自己的宏图大志,而不是挂在嘴上。

破旧的厂房,过时的机器,没有经验的工人,在这种条件下,李嘉诚的长江塑胶厂挂牌成立了。没有人会预料到,这个平时默默无闻的年轻人将会成为香港塑胶界的泰斗。在最初的时候,李嘉诚把自己埋进了长江,他租了一间破旧的阁楼,既是长江的办公室,又是成品仓库,还是他的栖身之所。李嘉诚既是老板,还是操作工、技师、设计师、推销员、采购员、会计……

经历过最初的困难后,李嘉诚工厂收到的订单开始越来越多,而李嘉诚也只顾着不停地出货,直到一天一家客户宣布他的塑胶制品质量不合格,要求退货。此时的李嘉诚才开始冷静下来,知道自己太过急躁了。而此时,李嘉诚手中还有一把的订单,客户还打电话要求催货,延迟交货就要罚款,而靠着这些老式的机器质量又难以保证。李嘉诚一时间没有了主意。

屋漏偏逢连夜雨,倒霉的事情一件接着一件,银行在得知李嘉诚的塑胶厂陷入危机的时候,立即派来职员催促还贷。焦头烂额、苦不堪言的李嘉诚只好强颜欢笑,恳请银行延后还款期限。一时间,长江塑胶厂处于被清盘的边缘。

在一番痛苦的思索之后,李嘉诚深切感受到了自己的错误。为此,他决心坦然面对现实,用自己的行为来维护自己的名声。

在几番努力之后,李嘉诚有了一定的流动资金,偿还了紧急的债务,同时加紧了对工人的培训,又购置了新式设备,产品的质量一下子得到了很大程度的提升。那些在困难时期被裁掉的员工也回来上班了,李嘉诚兑现了自己的承诺,从有限的资金中补发了他们离厂的工资。

这是在长江发展史上具有重大意义的事情,经过这件事后,李嘉诚完成了从小商小贩到大商人气度的转变。也正是从这个时候起,李嘉诚养成了自己一生的理财习惯:稳健中寻求发展,在发展中不忘稳健。

经过上次的风波,李嘉诚塑胶厂有了长足的发展,订单不断,在同行中也有了一席之地。就在这一切大好的时刻,李嘉诚陷入了深思。香港的塑胶以及玩具厂已经有了三百多家,李嘉诚的长江只是经营状况良好但缺乏特色的一家。除了同行,谁会关注这个"长江塑胶厂"呢?对此,李嘉诚感到不满且忧虑。

在事业起色后,李嘉诚没有像一些中小企业老板那样享乐,每天工作十多个小时后,他还有一门必须课,那就是临睡前翻看杂志。他订购的杂志都是经济类的,他也从中汲取了大量的知识和信息。

一个夜晚,李嘉诚翻阅英文版《塑胶》杂志,目光被一则简短的消息吸引住了:意大利的一家公司,已经开发出利用塑胶原料制成塑胶花,即将投入成批生产。一直苦苦寻找突破口的李嘉诚,如同在黑夜里看到了亮光,他兴奋不已。

几个星期之后,香港大街小巷的花卉店里,摆满了长江出品的塑胶花,无论是寻常百姓家还是大小公司的写字楼,甚至汽车驾驶室里,都能看得到塑胶花的影子。李嘉诚掀起了香港消费新潮,长江塑胶厂顿时蜚声香港业界。

天空才是极限

塑胶市场不是李嘉诚的最终极限,在长江实现飞跃之后,李嘉诚把目光投向了一个他完全陌生的领域——房地产。在香港股市的暴利时期,他丝毫不为炒股的高额利润所动,坚持自己的发展思路。那时的房地产商人,往往将用户缴纳的楼房首期(款)以及物业抵押获得的银行贷款,全额投放到股市,大炒股票,以求牟取比房地产更优厚的利润,这种做法加大了房产开发的风险,后来爆发了香港著名的"银行挤兑风波",终使那些铤而走险的商人遭到了经济规律的惩罚。

20世纪60年代中后期,由于时局动荡,香港人心浮动,许多有钱的人士纷纷移民,并抛售物业,结果,使得香港整个房地产市场立刻陷入低迷。当时,李嘉诚也在房地产市场拥有多处物业。他经过深思熟虑后,毅然决定继续在香港房地产市场投入资金。李嘉诚公开宣称:"你们大拍卖!我来大收买!以后,有你们追悔莫及的那一天!"于是,他以低廉价格一座接一座地买进大楼,还趁建筑材料疲软之时大兴土木,建起了一座座高楼大厦。

到了 70 年代初期，香港地价再度回升，房价迅速上涨。而此时的李嘉诚已经建起了一座座漂亮的大楼和厂房，不久即全部出售，利润成倍增长。就这样，李嘉诚凭借敏锐的洞察力，最后成为这次地产大灾难中的大赢家。

在商界，流传着这样的一句话。如果 80%的人都发现有利润可赚，你就不要掺和进去，因为已经没有利润可赚了；如果 20%的人发展其中有利可图，你要付出比别人更加努力的代价才能取得较好的成功；如果只有 5%的人看到其中的商机，那么恭喜你，你可以大赚一笔了。

李嘉诚过人的眼光和勇气在房地产行业中显露无遗。

进入到了 21 世纪，随着网络热潮的兴趣，一个全新的经济时代即将到来了。当盖茨以数百亿美元的身价成为全球首富，亚洲的经济评论家们一直认为，在知识经济来临的时代，香港以李嘉诚为代表的那些靠地产、航运、港口致富的传统型富豪，将很快被时代所淘汰。

事实上，李嘉诚能从白手起家发展成巨富，是有着极强学习能力的。他时刻关注着科技发展的最前沿，把握着科技进步对现代商业的影响。所以，在李嘉诚的儿子李泽楷试图在香港发展数码港的时候，李嘉诚表现出了极大的支持。

1999 年 10 月，李泽钜宣布通过长江实业、和记黄埔来共同投资网络。最初定下的方向是综合性门户网站，投资额是人意想不到的 10 亿美元。李嘉诚父子不仅在传统行业做得风生水起，而且一直跟随着科技发展的步伐。

自 2000 年开始，被奉为华人首富的李嘉诚不再以地产商或其他类似的面目出现，而是开始了其商旅生涯中的又一次转折，这一次，他摇身一变成了 IT 时代的新资本家。

李嘉诚说："我从不间断读新科技、新知识的书籍，不至因为不了解新讯息而和时代潮流脱节。"这就是李嘉诚，一个不断学习，不断跟随时代发展的商业楷模。

我的心一直属于祖国

李嘉诚作为商人的优秀代表,如果能够选择一个问题去询问李嘉诚,相信很多人都会问,如何做一个成功的商人?当然,这个问题太重要了,几乎每个人都渴望着成功,尤其是像李嘉诚那样的成功。

然而,李嘉诚却只是说:"其实,我很害怕被人这样定位。我首先是一个人,再是一个商人。"这就是一个成功者最想说的话。

自古以来,为富不仁是很多人对商人不变的评价。人们羡慕那些商业成功的人,但人们更加钦佩那些内心富贵的人。如果说创造财富是对一个人智力和勇气的考验,那奉献出自己的财富更是彰显一个人品格的最佳途径。对于李嘉诚来说,他最大的荣耀不是挣了多少钱,而是把挣到的钱用在什么地方。李嘉诚一直用自己的实际行动表明:他的心属于中国,属于那些需要帮助的人。1981年创立汕头大学,至今对大学的投资已过31亿港元(包括长江商学院)。

1989年,捐赠1000万港元,支持北京举办第11界亚洲运动会。

1997年,北京大学100年校庆期间,李嘉诚基金会向北京大学图书馆捐赠1000万美元,支持新图书馆的建设。

2002年李嘉诚海外基金建立长江商学院,是中国第一所也是唯一一所实行教授治校的商学院。

2003年11月MBA第一批学员入校,MBA学员GMAT入学成绩高居亚洲首位,现在已在北京 上海 广州等地设立学校,目前是中国最著名的十大商学院之一,目标是用十年的时间进入世界十大商学院之列。

2008年5月十九日,李嘉诚致函中央政府驻港联络办公室主任高祀仁,再以李嘉诚基金会、长江集团、和记黄埔集团的名义捐款一亿元人民币,用于为灾区学生设立特别教育基金。

2009年4月22日,李嘉诚旗下长江集团、和记黄埔联合向2010年上海世博会中国馆捐赠人民币1亿元。

……

20世纪80年代,拥有雄厚财力的李嘉诚成立了慈善基金会,命名为"李嘉诚基金会"。到了2010年,这个基金会已经捐出及承诺款项达到113亿港元。李嘉诚有过少年失学之痛,因此十分重视教育投资。他的父亲因病去世、自己也曾与肺结核奋战多年则使得他关注起了医疗。为此,李嘉诚说:"我对教育和医疗的支持,将超越生命的极限。"

在李嘉诚的眼里,慈善并非是一件可做可不做的事情,而是一件真正付出时间去做的事情。慈善也是一个真正商人需要担当的责任。

眼睛仅盯在自己小口袋的小商人,眼光放在世界大市场的是大商人。同样是商人,眼光不同,境界不同,结果也不同。

霍英东

愿意为祖国奉献一切

——四门大开，欢迎普通群众进来。

姓　　名	霍英东
籍　　贯	中国香港
出生日期	1923 年 5 月 10 日
历史评价	杰出的社会活动家，著名的爱国人士，香港知名实业家。

他从一个贫困潦倒的打工仔，到拥有百亿元的超级富豪；从社会底层的流浪汉，到走进北京的人大常委；从争强好胜的嗜血商人到热心体育发展的社会活动家。霍英东的发展一直被称为一个谜，其实谜底也很简单：那就是热爱。对金钱的热爱，对机会的热爱，对祖国的热爱。他的气魄和胆识令人佩服，他的赤诚和慷慨更让人感动。

悲惨童年

霍英东原籍广东省番禺县，1923 年 5 月 10 日，他出生于香港一个水上人家。霍英东出生的时候，没有医院，没有产房，更没有妇科大夫，破烂的船舱就是他的出生地。在他来到这个世上之前，已经有了两个哥哥。出生在香港的霍英东是一个不折不扣的穷人,做穷人想要在香港这个繁华地方生存是异常艰难的。

在常人的眼中,霍英东这样在水上谋生的"舢板客"就好似"水流柴",意思为无家无业,随水漂泊。甚至有人把他们形象地比喻为在水里漂浮的鸡蛋壳,稍遇风雨或者哪个调皮的小孩扔一个石子瓦片都有可能让蛋壳覆灭。

那时没有天气预报,水上人家生命毫无保障。他的两个哥哥在一次台风中沉船丧生,一个5岁,另一个7岁。然而命运对他的考验仿佛还没有到头,在霍英东大约7岁时,他的父亲患病不幸去世了。父亲死后,一家人迁居到了湾仔的棚户区,这里没有点灯,没有厕所,甚至没有淡水。霍英东就在这样的环境中度过了自己几乎全部的童年。

虽然霍英东的母亲目不识丁,但她希望自己的儿女能多学一些知识。于是在霍英东大约6岁时便被人带着去拜师启蒙,接着就在帆船同业义学就读小学,这学校是免费的。1936年,霍英东考入到了皇仁书院,在这里,他接受了较为完备的中学教育。据他自己后来回忆说:"那时我读书十分专心,总是不甘落后。偶尔成绩排在第三名以下,自己便会觉得脸红。"1941年,日军侵占香港,后来学校的校舍被日军占用,教室也改为马房,霍英东就这样开始走向社会。

那时刚刚18岁的霍英东是霍家唯一的男子汉,在没有机会继续上学的情况下,在家里一贫如洗的处境下,他不得不尽快找份工作挑起家庭的重担。

但是,霍英东所能做的就是当苦力。他在轮渡上加煤添火,在机场搬运石料,只要能挣钱,霍英东就卖力地去做。与其说是在做苦力,不如说是在搏命,正值年轻的霍英东从来就没有吃饱过,但每天却不得不饿着肚皮做活。

在这段日子里,霍英东接触到了清道夫、厨师、相命先生、甚至还有小偷、暗娼等社会的底层人物。在这些小人物身上,霍英东也更加深刻地认识到了香港社会。

1942年，霍英东的母亲倾其所有在湾仔市场附近买下一家杂货店。在母亲的要求下，霍英东到店里做了一名售货员。棚户区杂货小店的生存只有两个办法：一是勤勉，二是节俭。当维多利亚港湾上的雾气还没有消散的时候，杂货铺就要卸下门板，招揽生意了。

1945年，日本结束了对香港的殖民占领。日本人走后，各种物资十分匮乏，运输业成为了当时最迫切需要发展的一个行业，运输业的开展，必然要带动依附于它的驳运行业。一时间驳运业主大发横财。

霍英东的母亲不失时机地将杂货店的股权全部卖出，连夜找人洽谈，租下了湾仔的一处地方。有了地方之后，霍母联络了以前主顾的几条驳船，打出了旗号，开始做起了老本行——驳船生意。此时的霍英东一如在杂货铺一样，给母亲打工，按时领取薪水。

而此时的霍英东，无时不在想着发财的捷径。他耳听六路，眼观八方。每天早起的第一件事就是找到一份日报，在字里行间寻找可以发财的机会。当时经常发布的战余物资拍卖的消息让他感觉到了发财的机会。他拿出自己为数不多的积蓄，买下一些需要小修的军用小艇、廉价的舢板和发动机、水泵之类的物资。这对于常年在驳船上的霍英东来说，一看就能够看出其中的差价和买卖的可行性。每次拍下之后，霍英东稍作修缮，很快就转手倒卖出去了。"这种急功近利的买卖虽然赚得不多，但聊胜于无，慢慢地使我有了一些积蓄。"霍英东后来回忆说。

1949年，霍英东带着80位和他一样满怀发财梦想的渔民，来到了东沙群岛。可等待他们的不是遍地的黄金，而是一种炼狱般的生活。半年之后，九死一生的霍英东回到了香港，但自己所有的积蓄也全搭了进去。此时年近三十的霍英东看起来是个不知不扣的失败者。也就是通过这件事之后，他离开了母亲，开始了独自闯荡的生活，也开始了他人生新的篇章。

传奇的开始

1950年,朝鲜战争爆发,美国对中国实施了全面禁运的政策,很多物资都在禁运的行列。而此时的新中国正处于建国时期,百废待兴,对各种物资的需求量极大。这虽然从表面上来看对已转口贸易为主的香港打击很大,但其实也给了一个巨大的利润空间。

通过这样的冒险,霍英东赚取了自己人生的第一桶金。有人说数目有"三十万美金",也有人说高达一百万。对于此类的问题,霍英东从来就是缄口不谈。但有一点是可以肯定的是,在赚取第一笔钱之后,霍英东没有效仿一般的暴发户,把钱存起来或者买一幢楼宇,做一个安乐的收租者。有了钱,霍英东的第一个想法就是用钱去赚取更多的钱。

经过洗礼后的霍英东把目光集中在了房地产上。香港地狭人多,有人形容香港居民生活在鸽笼里,有人形容是火柴盒。一方面是居民用地供不应求,另一方面写字间和办公楼奇货可居。1954年的冬天,霍英东走进了一幢多层大楼。半小时之后,霍英东从大楼的门里走了出来。当这个30岁出头的年轻人把那张可以立刻兑现的20多万港元的支票放在案头的刹那,霍英东成为了这幢大楼的所有者。第二天,身穿中山装的霍英东又过来了,这一次,他把一块大理石的招牌挂在了门前的石墙之上——立信置业公司。10年之后,"立信"的名号在香港几乎是无人不晓。

在进入到房地产行业之后,霍英东采取了巧妙的办法——"卖楼花"。这是怎么一回事呢?在以前,购置物业是有钱人的事。每次买卖都是大笔的现金交易,没有拖延,更没有通融的余地。

那个时候的房地产生意并不好做,无论是买的人还是卖的人,都感到资金周转的困难。霍英东苦苦思索,有没有办法扩大购置对象,让房地产"发"

起来呢?于是,他采取了楼宇预售的办法。只要先付10%的现金,就可以得到一幢即将破土新建的大楼。简单地说,如果以前你有建一幢大楼的资金,现在可以新建或者购买10幢。这种吸引力是显而易见的,通过楼花的热卖,霍英东的事业开始起飞了。

在进军房地产的时候,霍英东做了一件令整个香港界瞠目结舌的壮举——淘沙。钢材、水泥和沙子是建筑的三大主要材料。但哪里有沙呢?——海底。

面对一张特制的"南海海底储沙分布图",霍英东沉思了一天一夜。最后霍英东觉得要冒这个险。这不是单纯的冒险,而是有着充足的考虑的:首先,大海中淘沙能拯救已经处于困境的淘沙业,能够给房产建筑业增添信心和动力;其次,挖深海床对疏浚码头、航道来说有着开创意义,尤其是香港这个海港城市而言;最后,这项活动的展开还可以为新兴的填海工程业务助上一臂之力。一石三鸟,何乐而不为呢?进军淘沙这个高风险但高利润的行业之后,霍英东的名字开始响彻香江两岸。

白天鹅走向世界

20世纪70年代末,当改革开放政策刚刚实行,霍英东就有心到内地投资。1987年,他回到了自己的原籍番禺,被安排到了县委院内小招待所一号楼的一间最好的套房里。但这套简陋笨拙的房间让他感慨不已。

如果没有回家的感受,霍英东不会萌发建造旅馆的冲动,也就不会有以后的故事了。霍英东搞过驳运、搞过房地产、甚至搞过填海工程,但对于办酒店却没有任何经验。但他不是一个知难而退的人,他一直想如果能够在当地成功地建设好一家现代化的旅游宾馆,这对增强人们的信心、加强引进外资都有着重要的意义。

霍英东放出豪言,决定在一年之内把宾馆建成。要知道,那是在1979年。各种物资极度缺乏,很多东西都需要进口。但再多的困难也无法难倒这个充满热情的汉子。自1979年开始建设,用时一年多,中山温泉宾馆如期营业,他开创了国内第一家内地与香港合作经营旅游宾馆的先例。宾馆自开业以来,凭借舒适优雅的环境、先进的设备和优质的服务,吸引了大量的顾客。

中山宾馆的牛刀小试为后来白天鹅的出现探索出了一条有效的方式,也积累了大量的经验。广州作为临近港澳的城市,具有很多有利的条件,霍英东决定把新宾馆的地点选在广州。在宾馆的建设中,霍英东坚持自己设计、自己施工和自我经营管理。他不仅是为了赢利而建设这个宾馆,更为重要的是,他希望借此机会培养一批属于中国人自己的设计师和管理人才。

白天鹅宾馆刚刚开业的时候,霍英东就提出一个口号"四门大开,欢迎普通群众进来。"他留下一句流传很广的话:"先有'人气',才有'财气'"!当初这一口号的提出,遭到了很多人的反对。理由很充分,一是走遍北京上海,没有宾馆对普通群众开放的先例;二是大量人进来之后安保工作不好做;三是容易损坏物资。

可是霍英东坚决不让步,他说:"广州沙面是个很敏感的地方。以前就有所谓'华人与狗不得人内'的历史创口。如今修了一个宾馆不让老百姓进,与当年的洋人来办的有什么两样!"又说"北京、上海的酒店我们管不着,但我知道全世界的酒店都是向公众开放的,没有理由让一个人民当家作主的国家的酒店要对公众封闭"。在霍英东的坚持下,白天鹅宾馆成为中国大陆第一个真正向公众开放的国际五星级酒店。

霍英东说,他要通过"白天鹅宾馆",把祖国改革开放的形象以及对各国人民的友情,通过各国来访的友好使者带到世界的每一个角落去。这不仅是"白天鹅"的职责,更是一种无上的光荣。在1983年开业以来,据不完全统计,白天鹅接待了近35个国家现任或者前任国家元首及政府首脑等。

心系祖国体育

如果说霍英东只是在经济上奉献自己的力量,那他也不会被全国人们所记住。他的身份不仅仅是一个商业家,更是一个社会活动家。

自七十年代起,霍英东就把很大一部分精力倾注到祖国的体育事业之上。而争取恢复我国在国际体育组织中应有的地位,从而参加各项赛事是首要大事。但当时外有反华势力的阻挠,内有"左"的干扰,不是一件容易的事情。但霍英东没有退缩,1974年的德黑兰,霍英东格外的忙碌。他以香港足协负责人的身份参加亚洲足协会议,他想从亚洲足球打开缺口,争取中国加入到"亚足协",然后再走向世界。

虽然当时联合国已经恢复了中国的合法席位,但国际奥委会和其他许多单项国际体育组织仍然把中国排除在外,而保留台湾的席位。虽然已经错过了提案的提出时间,但霍英东仍然不死心,怀抱这一线希望、尽心尽力地去争取。因为他知道,如果错过了这次会议,又要再等两年。

这时,在霍英东的脑海中突然闪过这样一段文字:出席者四分之三以上的支持,可以作为紧急事项,提出临时动议,可以列入到会议的议程之中。说做就做,霍英东顾不上吃饭,便开始四处游说活动。在他的努力之下,许多代表同意把"让中国入会"的提案列入议程之中,投票的结果是:赞成票刚刚超过四分之三。

虽然争取到了列入议程的资格,但讨论"让中国入会"这一实质性的问题时候又遇到了难题。按照章程规定,亚洲足协只接受已经参加国际足联的成员,而那时中国尚未成为国际足联的成员。貌似这是一个无法解开的死结,但商人出生的霍英东灵机一动,提出了修改章程的建议。按照规定,修改会章需要四分之三以上的票数通过。这次举手表决的结果依然是四分之三多数通过。还剩下最后一个问题:那就是台湾。如果接纳中国为会员,台湾就得被开除。霍英东胸有成竹,果然,一经举手表决:赞同开除台湾的票数超过了三分之二!中国足球在"亚足协"中的合法地位终于得到了恢复。

连闯三关,霍英东把这个貌似不可能实现的任务完成了。这虽然与中国强大国际地位的提高密不可分的,但霍英东的积极争取也起到了十分重要的作用。有了这一突破,霍英东为中国全面恢复在国际奥委会和其他体育组织中合法席位打开了广阔的通道。

1975年以后,所有亚洲足协举办的比赛,中国足球队都可以正式参加了。

1984年,霍英东飞往美国,亲眼见证了中国体育健儿一举打破"零"的尴尬局面,勇夺15块金牌的时刻。正如一篇文稿中写的那样,"在洛杉矶,霍英东度过了生平以来最不平静、也最幸福的时刻。商场闯荡几十年的霍英东,为一次次升起的五星红旗和奏起的国歌而激动不已。"

在国家体委举行的招待会上,他心绪翻滚。他突然间站了起来,面对安静下来的人群,霍英东脑子有些空白,原本普通话就不是很流利的他,此刻都有些结巴了:

"我……我想……拿出1亿港元给国家……"

稍许停顿了一会儿,他才较流畅他说完了要说的话:"我已是60多岁的人了,并不希望把钱全都留给子孙,我只想在去见到祖宗之前能够替国家和人民出一点力……这1亿港元就作为发展祖国体育事业的基金吧!"

顿时,一条新闻通过新华社传遍了北京,传到了香港,也传向了整个中国和世界。从此,霍英东与中国体育结下了更深的缘分。

2006年10月,享年84岁的霍英东在北京逝世。这位为了中国发展贡献自己一生的商业巨子走完了全部的人生道路,这是一条从艰辛中奋发向前的道路,这也是一条鲜花和荆棘同时存在的道路。霍英东虽然离去,但他留给祖国的财富依然服务着广大的人民……